Lucie Castel
Ein ganz besonderes Weihnachtsfest

Zu diesem Buch

»Es ist der 24. Dezember. Wir befinden uns auf dem Land in Surrey. Direkt vor uns liegt eine Kuh auf der Straße. Entweder ist sie tot oder schauspielerisch begabt. Was hat das Schicksal sich jetzt schon wieder einfallen lassen? An Heiligabend eine tote Kuh mitten auf der Landstraße zu haben, die mit ihrer Körperfülle unerbittlich den Weg versperrt, während wir gerade dabei sind, die letzten Umzugskartons in unser erstes gemeinsames Zuhause zu transportieren – was für ein Zeichen will mir das Universum damit geben? Soll diese Kuh mir jetzt sagen, dass es ein Fehler ist, mit William zusammenzuziehen? Nun, William und ich sind an Herausforderungen gewöhnt.«
Scarlett glaubt, sie und ihr William hätten schon alles erlebt. Doch nun steht die Planung ihrer Hochzeit ins Haus, und die diskutierfreudige Französin ahnt noch nicht mal ansatzweise, welche Katastrophen und Stürme auf sie zukommen ...

Lucie Castel lebt und arbeitet als Lehrerin in Lyon. Mit ihrem ersten Roman »Weihnachten wird wunderbar« eroberte sie nicht nur in Frankreich die Bestsellerliste. Auch ihr zweiter Roman »Die Magie von Schokolade« wurde zum Lieblingsbuch der französischen Buchhändlerinnen.

Lucie Castel

EIN GANZ BESONDERES WEIHNACHTSFEST

Roman

Aus dem Französischen
von Vera Blum

PIPER

Mehr über unsere Autorinnen, Autoren und Bücher:
www.piper.de

Wenn Ihnen dieser Roman gefallen hat, schreiben Sie uns unter Nennung des Titels »Ein ganz besonderes Weihnachtsfest« an *empfehlungen@piper.de*, und wir empfehlen Ihnen gerne vergleichbare Bücher.

Von Lucie Castel liegen im Piper Verlag vor:
Die Magie von Schokolade

Scarlett und Will
Band 1: Weihnachten wird wunderbar
Band 2: Ein ganz besonderes Weihnachtsfest

Wir behalten uns eine Nutzung des Werks für Text und Data Mining im Sinne von § 44b UrhG vor.

Ungekürzte Taschenbuchausgabe
ISBN 978-3-492-31254-7
Piper Verlag GmbH, München 2023
Oktober 2023
© Lucie Castel 2020
Titel der französischen Originalausgabe:
»Comment j´ai failli ne pas me marier à Noel«
© Thiele Verlag in der Thiele & Brandstätter Verlag GmbH, Wien 2021
Umschlaggestaltung: Guter Punkt, München
Umschlagabbildung: Bilder unter Lizenzierung von Shutterstock.com genutzt
Satz: Satz: Christine Paxmann • text • konzept • grafik, München
Gesetzt aus der Goudy
Gedruckt von ScandBook in Litauen
Printed in the EU

*Weihnachten ist kein Tag und keine Jahreszeit,
es ist eine Geisteshaltung.*
CALVIN COOLIDGE

PROLOG

Es ist der 24. Dezember. Wir befinden uns auf dem Land in Surrey. Direkt vor uns liegt eine Kuh auf der Straße. Entweder ist sie tot oder schauspielerisch begabt. Was hat das Schicksal sich jetzt schon wieder einfallen lassen?

»Du kennst dich doch sicher mit Herzmassagen aus, oder?«, fragt William beunruhigt, und seine Hände umklammern ebenso nervös das Steuer des Lieferwagens wie ich die Glaskugel, in der wir HMS Titanic, unseren Goldfisch, transportieren.

»Natürlich, das gehörte im Architekturstudium zum Pflichtprogramm.«

William beugt sich vor und starrt angestrengt durch die Windschutzscheibe. Das riesige Rindvieh liegt immer noch quer über der verschneiten Straße und regt sich nicht. Warum hat die dumme Kuh sich ausgerechnet diese Landstraße ausgesucht, um uns vor das Auto zu laufen und mit ihrem langweiligen Leben Schluss zu machen?

»Tja, sieht aus, als bräuchten wir eher einen Leichenbeschauer«, erklärt William seufzend und öffnet die Wagentür.

An Heiligabend eine tote Kuh mitten auf der Landstraße zu haben, die mit ihrer Körperfülle unerbittlich den Weg versperrt, während wir gerade dabei sind, die letzten Umzugskartons in unser erstes gemeinsames Zuhause zu transportieren, abgesehen von dem riesigen Tannenbaum auf dem Dach – was für ein Zeichen will mir das Universum damit geben? Meine Mutter sagt immer: »Zeichen zu ignorieren ist, als ob man Gott die Zunge rausstreckt. Du kannst es natürlich machen, aber wundere dich nicht, wenn er dir dann eine verpasst.« Meine Mutter hat eine Dichterseele.

Also. Soll diese Kuh mir jetzt sagen, dass es ein Fehler ist, mit William zusammenzuziehen, nur ein Jahr nachdem wir uns zum ersten Mal begegnet sind? Oder bringt mich meine Angst vor jeder Art von Bindung dazu, die Welt durch eine dunkle Brille zu sehen?

Dabei finde ich unsere Entende cordiale, die damals jenseits des Ärmelkanals begann, perfekt. Ich wusste es sofort, als ich seine schlanke, große Dandy-Gestalt sah, und mein Blick an diesem Gesicht mit den hohlen Wangen und den tiefschwarzen Augen haften blieb, die so durchdringend wie tiefgründig sind. William gehört zu den Menschen, die eleganter sind als andere und sich mit mehr Grazie bewegen als normale Sterbliche. Meine spontane Begeisterung hätte mich warnen müssen, ich meine, wie oft kommt es im wahren Leben vor, dass man so schnell von etwas fasziniert ist, ohne dass es ein Haar in der Suppe gibt oder, in diesem Fall, eine Kuh auf einer zugeschneiten Landstraße?

»Ich bin nicht sicher, ob sie *ganz* tot ist«, sagt William im Ton des Gerichtsmediziners aus einer Serie und umkreist mit nachdenklichen Schritten das Viech, das uns den Weg versperrt.

Ich lasse die Scheibe herunter.

»Aha, und wie kommst du darauf? Hat sie dir das gerade gesagt, oder was?!

»Ich weise dich darauf hin, dass wir Engländer in Sachen Sarkasmus den Vorrang haben. Du und dein Land, ihr könnt da nicht mithalten. »

»Ach ja? Ich habe dir gesagt, du sollst nicht diese Straße nehmen. Das Navi hat dir gesagt, du sollst nicht diese Straße nehmen. Und was machst du?«

»Ich bin nun mal kein Freund demokratischer Abstimmungen«, antwortet er und fährt sich über seinen sorgfältig gepflegten Drei-Tage-Bart.

Ich stoße einen Seufzer der Verärgerung aus. William besitzt diese besondere Gabe, mich auf die Palme zu bringen, wenn ich eh schon gereizt bin. Und doch liebe ich diesen Mann! Wieso bin ich mir da eigentlich so sicher? Weil ich seine Fehler ebenso liebe wie seine guten Eigenschaften. Ich liebe ihn, auch wenn ich ihn manchmal hasse. Alle Verliebten wissen genau, wovon ich rede, denn so ist es, seit die Welt besteht.

Wir haben also an einem 24. Dezember ein Problem mit einer Kuh, die ganz offensichtlich das Zeitliche gesegnet hat. Nun, William und ich sind an Herausforderungen gewöhnt. Ich weiß nicht, ob es schlechtes Karma ist – seins natürlich, denn die Engländer haben sich mehr vorzuwerfen als wir Franzosen –, jedenfalls, seitdem wir uns begegnet sind, folgte ein seltsames Ereignis auf das nächste. Vor einem Jahr mussten auf dem Flughafen von Heathrow wegen eines starken Schneesturms alle Maschinen am Boden bleiben. Ich war auf die Toilette gerannt, weil ich mich mit Chai latte bekleckert hatte, und den Fleck entfernen wollte. Aber es war die falsche

Toilette, nämlich die der anderen Mannschaft, die in der Lage ist, im Stehen zu pinkeln, und sich deswegen überlegen fühlt. William war schon dort. Unsere Blicke begegneten sich im Spiegel, er sagte, ich hätte mich wohl in den Örtlichkeiten geirrt, ich wollte es einfach nicht glauben und verteidigte mich, und dann wurde alles noch seltsamer, denn am Ende des Tages feierten meine Schwester und ich bei ihm zu Hause in Kensington Weihnachten, weil wir nicht nach Saint-Malo fliegen konnten, um die Festtage bei unserer Mutter zu verbringen. Ich brauchte eine Woche, um mir über die Gefühle klarzuwerden, die mich in dem Augenblick überkamen, als sich unsere Blicke im Spiegel der Herrentoilette trafen. Aus Scham, aus Furcht, zu sehr zu leiden, wenn die Sache dann doch nur von kurzer Dauer wäre, oder mit irgendeiner anderen dummen Entschuldigung, die man sich ausdenken kann, in der kindlichen Hoffnung, nie wieder verlassen zu werden. Meine Angst, verlassen zu werden, kommt durch Papa, der viel zu früh und viel zu plötzlich gestorben ist.

Angesichts dieser ganzen seltsamen Umstände hätte mich der Freitod einer Kuh am Heiligabend eigentlich nicht weiter überraschen sollen. Was, wenn Mama mit ihrem Glauben an böse Vorzeichen recht hatte? Natürlich bin ich in William verliebt, aber reicht das aus, um mich so schnell in einem fremden Land niederzulassen und dort ein Haus zu kaufen? Oder habe ich vielleicht Schuldgefühle, aus Frankreich wegzugehen und meine Mutter und Schwester kaum ein Jahr nach Papas Tod im Stich zu lassen? Ich soll die neue tragende Säule unserer Familie sein, und was mache ich? Ich haue ab in ein anderes Land.

Scarlett, die Vorzeichen, sie hat recht!

Will mir dieser Tierkadaver sagen, dass ich mich der Trauer um Papa nicht stelle? Dass das alles noch zu früh ist? Ich habe mich wirklich darum bemüht, dass es mit William und mir nicht zu schnell geht. Selbst als ich spürte, dass es wirklich ernst zwischen uns war, habe ich dafür gesorgt, dass es nicht zu rasch offiziell wurde. In allen Ecken von Williams Wohnung lagen Sachen von mir, aber ich wäre jederzeit in der Lage gewesen, alles im Eiltempo in meinen Koffer zu packen. Das war der Beweis, dass unsere Geschichte nicht in Stein gemeißelt war. Aber dann ging eben doch alles rasend schnell. Vor ein paar Wochen haben wir mein Traumhaus in Shere in der Grafschaft Surrey gekauft, eine Stunde von London entfernt. Ein beeindruckendes Landhaus aus Stein in einem riesigen, von alten Bäumen mit knorrigen Stämmen bestandenen Garten. Typisch englisch, vor allem in dieser Jahreszeit, in der jedes Dorf jenseits des Ärmelkanals durch den Schnee in ein Weihnachtsdorf verwandelt wird. Wann ist eigentlich alles so außer Kontrolle geraten?

Und jetzt holt mich das Universum ein, ein Rindskadaver versperrt die Straße, und wir können nicht zu meiner Mutter und Schwester gelangen, die gestern aus Frankreich gekommen sind und in unserem neuen Haus auf uns warten. Die Zeichen sind eindeutig, oder?

»Ich rufe besser die Polizei«, sagt William jetzt und streicht sich ein paar Schneeflocken aus seinem kastanienbraunen, leicht gegelten Haar.

»Und einen Priester.«

Ich sitze in unserem Transporter, in dem es nach Tanne riecht, und merke, wie die Wut in mir aufsteigt. Es ist Heiligabend, und auch wenn wir gerade umgezogen sind und eine Kuh beschlossen hat, zu sterben, dürfen wir Weihnachten nicht verpassen und müssen es feiern. So ist das in meiner Familie üblich, die Feiern am Ende des Jahres sind ein heiliges Ritual. Papa wollte immer …

Mein Telefon vibriert.

Mama.

In einer idealen Welt könnte ich den Anruf ignorieren. Aber in der realen Welt würde das schlimme Folgen haben und Kräfte in Bewegung setzen, die stärker sind als ich, stärker als wir alle. Dafür möchte ich nicht die Verantwortung übernehmen. Meine Schwester Mélie und meine Mutter fragen sich sicher schon, wo wir so lange bleiben, ich kenne Mama. Wenn ich nicht gleich drangehe, wird sie alle Hebel in Bewegung setzen, um mich aufzuspüren. Vielleicht würde sie Frankreich zu einer neuerlichen Invasion des Vereinigten Königreichs anstiften, um mich zu finden. Aus der Geschichte wissen wir, dass das nicht die beste aller Ideen ist. Ich gehe also dran.

»Hallo, Mama, was gibt's? Alles in Ordnung? Was? Nein, meine Stimme klingt *nicht* komisch. Wenn ich dich frage, ob alles in Ordnung ist, Mama, dann heißt das nicht, dass etwas nicht in Ordnung ist. Das frage ich dich doch immer. Oder? Nein, das war nicht ironisch gemeint.«

Mama mag keine Ironie, sie sieht darin die schlimmste Pervertierung der Sprache. Ich habe immer gedacht, das käme daher, dass sie Ironie nicht versteht.

»Wir sind nicht weit von Shere entfernt. Wir brauchen noch etwa zwanzig« – ich mache eine Pause, als ich sehe, wie

William der Kuh auf die leblose Flanke klopft, als wolle er sie zum Sprechen bewegen – »nein, vierzig Minuten. Ja, es ist unheimlich viel Verkehr auf der Straße. Es führt kein anderer Weg nach Shere, also ist viel los.«

Ich weiß. Ich lüge meine Mutter an. Vergessen wir aber nicht, dass sich viele Erwachsene, die von ihrer Mutter unter Druck gesetzt werden, sagen «Der Zweck heiligt die Mittel«, weil dies oft der einzige Ausweg ist. Würde ich von der Kuh erzählen, hätte das einen theologischen Disput zur Folge gehabt, für den ich nicht gerüstet bin. Meine Mutter stammt aus einer sehr frommen italienischen Familie. Ihre Religion ist allerdings purer Aberglaube, den ich mit meinen dreiunddreißig immer noch nicht ganz verstanden habe. Ich weiß nur, dass ein Unfall, an dem ein in einem Land der Erde als heilig geltendes Tier beteiligt ist, im Glaubenspantheon meiner Mutter ganz sicher ein böses Omen ist.

»Was? Nein, nein, wir nehmen keine Tramper mit, die uns umbringen könnten. Wer hat dir denn das erzählt? Du musst endlich aufhören, dir Sendungen mit Horrornachrichten anzusehen. Wir sind hier in England, und da begegnet man eher Betrunkenen als Massenmördern. Was, Jack the Ripper? *Mama!* Nein, ich verdrehe nicht die Augen ... Woher willst du wissen, dass ich die Augen verdrehe?«

Während ich dies sage, kann ich nicht umhin, mich genauer im Auto umzusehen und in den Rückspiegel zu schauen. Das ist wirklich bescheuert.

Plötzlich sehe ich in der Ferne das Blaulicht eines Polizeiwagens und seufze erleichtert auf. Vielleicht endet diese ganze unschöne Angelegenheit doch früher, als ich befürchtet habe.

»Mama, ich muss aufhören, die Polizei ist da …« Ich schweige und halte den Atem an.

Mist!

Ich halte das Telefon ganz weit von meinem Ohr weg und rufe:

»Mama? Hallo? Ich kann dich gar nicht mehr hören! Es knistert so in der Leitung, ich rufe später wieder an, ja? Bis dann, Küsschen.«

Ich lege auf und werfe das Handy auf den Fahrersitz, als hätte ich mir daran die Finger verbrannt.

Nur die Ruhe bewahren!

Ich stelle HMS Titanic auf den Nebensitz und steige aus dem Wagen. Draußen kann ich mir einbilden, dass ich die 3427 Anrufe meiner Mutter, die folgen werden, nicht gehört habe. Ein paar Minuten später hält der Polizeiwagen neben dem Tierkadaver. Ein Polizist nähert sich uns und starrt auf die reglose Masse am Boden, ich sehe seinem Gesicht an, dass auch er glaubt, dass es sich um ein kosmisch gesteuertes Unglück handelt.

»Haben Sie das Tier denn nicht gesehen?«, fragt er in einem Ton, der mir gar nicht gefällt.

Doch, natürlich, aber da wir keine Zeit mehr hatten, einen Truthahn für den Heiligabend zu kaufen, haben wir uns gedacht, wir könnten ebenso gut eine Kuh in den Backofen schieben. Das ist Ironie, Mama!

»Verzeihung, aber wie Sie leicht feststellen können, ist hier das Ende einer Kurve und die Sicht ist gleich null. Außerdem ist die Straße total zugeschneit. Ich frage mich übrigens, warum sie nicht geräumt wurde. Man sieht ja, wie gefährlich das werden kann.«

»Ach, eine *Französin*«, meint der Polizist und sieht William mitleidig an.
Ist das wirklich Mitleid?
»Was wollen Sie damit sagen?«
»Dass du Französin bist, *chérie*«, meint William beschwichtigend, »einfach nur eine sachliche Feststellung.«
»Oh nein, diesen Blick kenne ich, der ist alles andere als *sachlich*. Ich bin Französin, also rege ich mich auf und meckere hier rum, das meint er doch.«
»Ja, Sie meckern tatsächlich gerade«, erklärt der Polizist, dessen feuerrote Haarpracht naturgegeben ist, während ich für meine 120 Euro im Monat ausgeben muss.
»Und das ist durchaus berechtigt. Ich meckere nicht, weil ich von Haus aus unhöflich bin, und auch nicht, weil das Sich-Beschweren in der französischen DNA festgeschrieben ist«, fauche ich.
Beide Männer sehen mich stumm an.
»Das ist eine *Haarnadelkurve*, seht mal genau hin!«
Der Polizist vertieft sich in ein Notizbüchlein, das er aus seiner Jacke gezogen hat. Ich hasse es, wenn die Briten ihre Inselbewohner-Überlegenheit zur Schau stellen. Auch bei ihnen brennen manchmal die Sicherungen durch, und sie sind nicht zivilisierter als wir, nur weil sie die Guillotine nicht erfunden haben.
»Sind Sie gefahren?«, fragt er mich und sieht mich dabei schräg an.
Das ist wirklich der Gipfel!
»Nein. Denn wenn ich gefahren wäre, wäre ich nicht in die Kuh reingefahren, weil ich den Anweisungen des Navis gefolgt wäre.«

»Sie fährt wirklich sehr gut«, sagt William, »außer wenn sie genervt ist.«

Ich reiße unwillig meine Hände nach oben. Nie nimmt er etwas ernst. Wir wissen nicht, wie lange wir hier auf der Straße feststecken, meine Mutter hat bestimmt schon den Élysée-Palast alarmiert, und ich werde den ganzen Abend brauchen, um sie wieder zu beruhigen. Ich entferne mich ein paar Schritte, um diesem übertriebenen britischen Phlegma zu entgehen, und vertiefe mich in die Betrachtung des schneebedeckten Feldes, das sich an der Seite der Landstraße erstreckt. Plötzlich sehe ich einen kleinen, kurzbeinigen und sehr breit gebauten Mann auf uns zukommen. Ist er neugierig und hat alles beobachtet? Ist er vielleicht der Besitzer der Kuh?

Ein paar Augenblicke später hat uns der etwa sechzigjährige Unbekannte erreicht. Der Polizist fragt ihn nach seinem Namen, und aus seinem Mund dringt ein unverständliches Genuschel. William und der Rothaarige scheinen es aber zu verstehen, denn sie antworten ihm ganz unbefangen. Da der Gaffer sich aufdrängt und sie es zulassen, gehe ich davon aus, dass er der Bauer ist, dem das streunende Tier gehört. Wenn das so ist, wird es Zeit, dass er sich mal um seine Viecher kümmert. Wenn man Tiere mit Depressionen hat, ergreift man Präventivmaßnahmen, sperrt sie ein oder unternimmt etwas, das der Tierarzt empfohlen hat. Tierzüchter ist schließlich ein Beruf. Die drei Männer tauschen sich in größter Höflichkeit aus, und mich überkommt langsam die Verzweiflung. Wenn es so weitergeht, stehen wir morgen noch hier. Ich trete auf dem Schnee herum, und es knirscht unter meinen Stiefeln. Die Luft ist kalt und feucht, bestimmt bekomme ich eine Lungenentzündung, in meinem Kopf formieren sich die wildesten Gedanken, die mir normalerweise und ohne diese absurde Situation völlig verrückt erscheinen würden.

Allerdings…

Kann man von Zufall reden, wenn jedes Weihnachtsfest seit Papas Tod zu einer Katastrophe wird? Papa liebte Weihnachten über alles, und so ging es der ganzen Familie. Seit er nicht mehr da ist, läuft alles aus dem Ruder.

Vorsicht, Scarlett, du übertreibst mal wieder!

Und wenn dies nur der Anfang einer ganzen Reihe von Dramen wäre? Allmählich fange ich an zu spinnen. Ich schiebe den Gedanken beiseite und hüpfe ein wenig auf der Stelle herum, aus Ungeduld und weil mir kalt ist. Eine verschneite Landstraße, eine Kuh und drei Briten, wie lange dauert es noch, bis sie das Problem endlich in den Griff bekommen? Meiner Meinung nach ewig lange.

Warum starren mich jetzt alle so an?

»Was?«

Der Bauer wendet sich mit seinem Kauderwelsch an mich, da er am Ende die Stimme hebt, nehme ich an, dass er mir eine Frage stellt.

»Tut mir leid, aber ich habe kein Wort verstanden.«

»Er fragt, was Sie gegen Kühe haben«, erklärt der Polizist.

»Ich habe nichts gegen Kühe!«

Der Rothaarige übersetzt meine Antwort, denn der Akzent des Landmanns macht jede Kommunikation unmöglich. Der Bauer scannt mich von Kopf bis Fuß und sagt dann wieder etwas.

»Er spürt, dass Sie sie nicht mögen, weil Sie so auf Abstand gehen«, erklärt der Polizeibeamte.

»Das ist völliger Unsinn.«

»Er sagt, von Ihnen gehen negative Schwingungen aus.«

»Was hat das damit zu tun, dass die Kuh mitten auf der Straße liegt und nicht in ihrem Stall war? William?«

Der Mann, den ich liebe, reagiert nicht, und ich weiß auch, warum. Er kann nicht mehr vor Lachen. Nur innerlich natürlich, denn er ist genetisch so programmiert, dass er seine Gefühle verbirgt. Ich habe gelernt, das Funkeln in seinen schwarzen Augen zu lesen. Innerlich lacht er sich tot.

Na toll!

Ich sage auf Französisch zu ihm:

»William, könntest du bitte aufhören, dich zu amüsieren?!«

»Wie kannst du nur denken, dass ich mich amüsiere, wo dieses arme Tier tot ist.«

»Darf ich dir vielleicht ein Taschentuch geben?«

Ich bin kurz davor zu explodieren. Ich gebe ja gern zu, dass William es versteht, mein Leben zu würzen, das stimmt mich froh und ist sehr anregend. Ich liebe seine geistreiche Art und seinen ausgeprägten Sinn für Humor. Meistens. Aber nicht heute. Heute geht er mir auf die Nerven. Die Grenze zwischen Humor und Verärgerung ist manchmal sehr schmal. Ersterer entschärft Krisensituationen, Letztere könnte ihn von mir entfernen. Wie kann er Witze machen, während ich hier in der Kälte halb erfriere, der Polizist mich ansieht, als hätte ich Kennedy ermordet, und dieser tumbe Bauer da steht und nicht sagt, wie man seine verdammte Kuh von der Straße wegkriegt?

»Du nimmst wirklich nichts ernst, was?«, zische ich ihm zu. »Ich finde das alles nicht so lustig.« Dann hole ich tief Luft. »Haben Sie sich jetzt mal überlegt, wie Sie das Tier hier wegschaffen wollen, damit wir endlich weiterfahren können? Heute ist Heiligabend, und ich nehme an, da haben Sie auch noch was vor, oder?«

William stößt den Bauern mit dem Ellbogen an, denn dieser hat nicht kapiert, dass die Frage an ihn gerichtet war. Der Alte nuschelt etwas, und William reagiert mit einem breiten Lächeln. Ich leide nicht unter Verfolgungswahn, aber die beiden scheinen sich gegen mich verschworen zu haben. Okay, ein kleines bisschen Verfolgungswahn habe ich.

»Er sagt, man muss sie auf die Seite rollen«, übersetzt der Polizist.

»Sie auf die Seite rollen? Na klar, sie liegt ja auf Rollen, also ist das sicher ganz leicht.«

William und der Bauer knien sich neben die Kuh, sie grinsen und tuscheln wieder miteinander. Ich bin mir sicher, dass sie mich für eine Spielverderberin halten. Wenn das Kriegsschiff *Charles de Gaulle* sich wegen meiner Mutter der britischen Küste nähert, werden sie sich nicht mehr so aufspielen. Außerdem ist es furchtbar kalt, warum macht die Kälte nur mir zu schaffen?

»Das scheint ja alle hier sehr zu amüsieren, das nenne ich mal eine reife Einstellung. Wenn ihr eine Lösung gefunden habt, sagt Bescheid, bis dahin werde ich vermutlich erfroren sein.«

Ich wende mich ab und gehe zum Wagen.

»Warte, Scarlett!«, ruft William. »Geh nicht weg!«

»Keine Sorge, wohin sollte ich gehen, ich habe keinerlei Orientierungssinn, und im Lieferwagen sind HMS Titanic und der Tannenbaum.«

»Nein, ich meine: Geh niemals weg!«
Was ist denn jetzt mit ihm los?
»Was?«
»Ich glaube, jetzt ist genau der richtige Moment.«
»Der richtige Moment? Wofür?«
»Na, ich habe ein Knie am Boden, überall ist Schnee, und wir sind in der Nähe von London. Du liebst Schnee, und du liebst London. Und ich bilde mir ein, mich liebst du auch.«

Er schaut mich bedeutungsvoll an, und mir bleibt die Luft weg. Ich stehe da, steif wie ein Pflock, ebenso reglos wie die Kuh.

Er meint doch wohl nicht ...

»Heirate mich«, sagt er da. »Ich weiß, ich müsste es dir anders sagen, aber es trifft mich selbst ganz unvorbereitet. Ich weiß nur, dass dieser Tag nicht zu Ende gehen kann, bevor ich eine Antwort habe. Heirate mich, Scarlett. Das ist alles, was ich mir wünsche.«

Ich stehe da wie festgefroren. Dann öffne ich den Mund. Meine Stimme zittert.

»Meinst du das ernst? Du fragst mich, ob ich dich heiraten will, hier, in dieser Situation?«

»Scarlett, du bist mein Feuerfunken, ohne dich frisst mich die Kälte auf. Selbst wenn du schimpfst, wärmst du mein Herz. Wenn du misstrauisch bist, wenn du lachst, wenn du seufzt, gibst du meinem Leben Feuer. Wenn du mich ansiehst, brenne ich vor Leidenschaft. Ich war noch nie so überzeugt, verrückt nach dir zu sein, wie hier auf dieser Landstraße, im Schnee kniend, neben dieser armen Kuh und neben Irwin.«

»Irwin, wer ist denn das?«

»Der Besitzer der Kuh. Aber ich nenne ihn lieber Winnie. Er ist auch für den Antrag. Vielleicht spricht das zu meinen Gunsten ...«

Er lächelt mich an, dann wird seine Stimme plötzlich wieder ernst.

»Heirate mich, Scarlett. Lass mich nicht weiter in der Kälte knien.«

Mein ganzes Leben zieht vor mir vorüber. Das ist Wahnsinn, der pure Wahnsinn.

Und dann sage ich:

»Ja!«

Winnie, der eigentlich Irwin heißt, murmelt etwas. Ich gehe um die Kuh herum, um mich in Williams Arme fallen zu lassen. Er hat gerade noch Zeit, aufzustehen, und wäre beinahe gestolpert. Ist mir egal. Wir küssen uns wie vor einem Jahr am Flughafen Heathrow, als ich schon abfliegen wollte und er mich bat, mich auf das Abenteuer einzulassen und zu sehen, wohin es uns führt. Ich spüre Schneeflocken auf meiner Wange. Als ich die Augen öffne, sehe ich, wie sie schimmernd in der Luft tanzen. Dieses Bild will ich im Kopf behalten.

Wir haben es geschafft, das Weihnachtswunder umgibt uns mit seinem Zauber.

In diesem Moment durchdringt ein Muhen die Luft. Durch den Körper der Kuh geht ein Zittern, und nach ein paar energischen Verrenkungen steht das Tier wieder auf. Winnie stößt einen Freudenschrei aus und hängt sich um ihren Hals. Selbst ich habe Lust, diese Kuh zu umarmen.

Heute ist der 24. Dezember.

Heiligabend.

1

Etwa ein Jahr später
Freitag, der 16. Dezember

Der Wetterbericht kündigt Schnee für die nächsten Tage an. Genau kann er es nicht vorhersagen. Spannung ist das Geheimnis des Wetterberichts. Ich bete laut, dass der bleierne graue Himmel, der seit 43 Tagen über uns hängt, sich erst nach meiner Hochzeit entlädt. Der Saal, in dem der Empfang stattfinden soll, ist nicht weit von zu Hause entfernt, aber nicht auszudenken, was passiert, wenn auf der Straße vierzig Zentimeter Neuschnee liegen.

»Schau mal, eine Schneeflocke«, sagt meine Schwester Mélie ruhig.

»Was? Wo?«

»Ist schon wieder weg. Schneeflocken haben ja nur eine kurze Lebensdauer. Deshalb sind sie so kostbar.«

Ich werde nervös. Im Gegensatz zu Mélie. Meine Schwester Melanie ist seltsam und ziemlich speziell, sie verfügt über eigene Codes, die nur in ihrer Welt funktionieren. Manchmal kann keiner verstehen, was sie sagt, wenn sie in unserer Welt auftaucht. Sie war nicht immer so. Aber eines Tages, als sie ungefähr sieben war, wollte sie wissen, »wie die Bäume ganz oben schmecken«. Sie kletterte also den Baum hinauf, bis ganz nach oben, und dann rutschte sie ab. Nach sechs Monaten Koma kehrte sie zu uns zurück, die Ärzte sagten damals, sie sei vielleicht nicht mehr ganz die Alte und würde nie mehr so werden. Meine Mutter hingegen ist der Überzeugung, Mélie sei nicht allein zurückgekommen und hätte es geschafft, zwischen ihren Fingern ein paar »Stücke Engel« festzuhalten, und jetzt würde sie auf eine Art leuchten, die nicht jeder verstehen könnte. Ich glaube, sie hat sich im Multiversum aufgehalten.

Komm, Scarlett, ganz ruhig, alles halb so wild. Es ist doch nur Schnee.

Wir fahren weiter Richtung London, laut Navi sind wir in wenigen Minuten am Ziel.

»Komisch, diese englische Unart, auf der falschen Seite zu fahren, weiß man, woher das kommt?«, fragt meine Mutter (die ich nie in das Auto hätte steigen lassen sollen). »Alle anderen Länder fahren auf der anderen Seite, auf der *richtigen* Seite. Was für eine idiotische Idee, links zu fahren!«

»Wir machen das, um aufzufallen«, sagt Thomas, mein künftiger Schwager, vom Rücksitz aus in dem exzellenten Französisch, das alle in seiner Familie sprechen.

»Dafür habt ihr doch schon die Queen«, sagt meine Mutter.

In meinen Schläfen pocht es plötzlich wie in einem Resonanzkasten. Vor gut einer Woche sind meine Mutter und meine Schwester gekommen, um mir bei den letzten Hochzeitsvorbereitungen zu helfen. Ich habe den Eindruck, dass auch Thomas, seit ihn sein schwuler Freund fallen gelassen hat, bei uns wohnt, wenn auch nicht offiziell. Es sind zu viele Leute in meinem kleinen Leben. Ich habe sie bisher alle gut beschäftigt, aber heute wollte ich meinen Hochzeitsplaner in der City treffen, um mich für ein paar Stunden nur mit meinem schönsten Tag zu beschäftigen und mit nichts sonst. Fehlgeschlagen.

»Ich weiß immer noch nicht, warum ihr mich unbedingt begleiten wolltet. Es geht um Kleinigkeiten, ihr habt Besseres zu tun, als im Stau zu stehen und die Menschenmassen in der Stadt zu ertragen.«

»Nein«, antworten meine Mutter und Williams Bruder wie aus einem Munde.

Mauricio Keynes, mein Hochzeitsplaner, wartet in seinem Büro im Norden Londons auf mich. Wir wollen unter anderem über die Tischdekoration sprechen. Ich hätte es auch telefonisch machen können, aber ich dachte, ich könnte ein bisschen Zeit allein in dem weihnachtlich geschmückten London verbringen. Ein kleiner Bummel durch die leuchtenden Straßen im urbanen Zauberland der Weihnachtszeit. Schaufenster mit bunten Lichtern und schwebenden Marionetten und Teesalons voller Girlanden und Pfefferkuchen. In der Zeit hätte meine Mutter meine Küche neu dekoriert, Thomas sich in Mitleid gebadet, weil er nun wieder Single ist, und alles wäre perfekt gewesen. War das zu viel verlangt?

»Es dauert eigentlich nur fünf Minuten …«

»Du willst also auf die Unterstützung deiner Mutter und deiner Schwester bei deiner Hochzeit verzichten? Das meinst du doch, oder?«

Don't feed the Kraken.

»Und auch nicht die Hilfe deines künftigen Schwagers annehmen, den sowieso keiner mag«, fügt Thomas mit Leidensmiene hinzu. Er übertreibt mal wieder, wie es seine Art ist.

»Natürlich nicht. Aber es ist nur ein Treffen wegen der Tischdekoration, es geht nicht um das Brautkleid. Außerdem wollte ich die Gelegenheit nutzen, mir Schaufenster anzusehen, und das magst du doch gar nicht, Mama.«

»In Saint-Malo finde ich das grässlich, weil ich alle Läden in- und auswendig kenne. Aber hier ist eine ganz andere Welt, und alles ist so wundervoll dekoriert, wie kannst du nur denken, dass ich das nicht mag?«

»Deine Mutter hat recht, deine Erklärung ist ein bisschen dürftig«, bemerkt Thomas, der nie Öl ins Feuer gießt.

»Oh! Eine zweite Schneeflocke.«

»Mélie, bitte hör auf die Schneeflocken zu zählen, das nervt!«

»Hier, nimmt das. Zur Beruhigung«, befiehlt meine Mutter und zieht aus ihrer Handtasche einen Plastikbeutel mit dubiosen gelben Bonbons hervor.

»Was ist denn das für ein Zeug?«

»Traust du deiner eigenen Mutter etwa nicht?«

Bei Arzneimitteln lieber nicht.

»Doch, schon, aber ich möchte wissen, was ich da schlucken soll.«

»Diese Frage hätte ich mir lieber öfter stellen sollen«, seufzt mein künftiger Schwager.

Thomas, Williams Bruder und unser Trauzeuge, ist das genaue Gegenteil von seinem Bruder. Während William reserviert und voller britischem Sarkasmus ist, zeichnet sich Thomas durch theatralisches Verhalten und wilde Exzesse aus. Sein Freund Moshe, mit dem er inoffiziell fünf Jahre zusammen war und offiziell seit anderthalb Jahren, hat ihn vor kurzem wegen seines Physiotherapeuten verlassen. Seither gibt es kein Zimmer in unserem Haus, in dem er nicht sein Leid vor sich herträgt.

Wie immer fühlt William sich verpflichtet, alles zu tun, damit es seinem kleinen Bruder besser geht. Ich bin mir nicht sicher, dass er dafür besonders geeignet ist, aber seit ihrer frühen Kindheit funktioniert ihr Tandem so: William zieht, Thomas lässt sich ziehen. William organisiert etwas, Thomas bringt alles durcheinander. Ich würde mich hüten zu sagen, dass ihre Beziehung nicht ausgeglichen ist. Doch so ist es seit jenem berühmten Unfall, den William sich nicht verzeihen kann. Drei tobende Jungen, eine Glasvitrine, die zu Bruch geht, Thomas verliert die Sehkraft auf einem Auge, und William nimmt die Schuld auf sich, um den Bruder vor dem Zorn ihrer tyrannischen Mutter zu schützen. Eine Geschichte wie aus einem Dickens-Roman, und heute, zwanzig Jahre später, hat sich nichts verändert.

»Das ist kandierte Yuzu«, sagt meine Mutter, »das ist gut gegen Stress.«

»So ein Quatsch, ich habe noch nie gehört, dass Yuzu beruhigt.«

»Du glaubst also, ich gehöre zu den Leuten, die ihren eigenen Töchtern irgendeinen Mist geben, damit sie gesund werden?«

Ach was!

Mélie und ich sind nur deshalb noch am Leben, weil unser Immunsystem offenbar mutiert ist, um das Hexengebräu zu verkraften, das wir in unserer Kindheit trinken mussten. Deshalb wollen wir nach unserem Tod unsere Körper auch der

Wissenschaft zur Verfügung stellen. Sie werden erstaunt sein, was sie bei den Proben finden werden, aber dadurch kann die Menschheit vielleicht die nächste Apokalypse überleben …
Ich öffne den Mund und esse ein Stückchen von der kandierten Frucht oder was immer dieses Zeug ist. Was es ist, soll ich nicht so genau wissen.

»Es schmeckt nicht gerade gut.«

»Sonst würde es auch nicht wirken. Pass lieber auf die Straße auf, es schneit.«

»Hatte ich doch gesagt«, meint Mélie versonnen, die einen Arm um Thomas gelegt hat.

Als die beiden sich vor zwei Jahren begegnet sind, wurden sie auf Anhieb beste Freunde. Ich bin Thomas dankbar, dass er meine Schwester gernhat und nichts darauf gibt, dass sie so anders ist, aber ich bin auch ein bisschen eifersüchtig. Mélie und ich stehen uns sehr nah, vor allem seit ihrem Sturz vom Baum und dem langen Koma. Damals habe ich mir ausgemalt, wie es wäre, sie in einem hübschen Zimmer ganz oben in einem Turm unterzubringen, von einem Drachen bewacht und mit einem geheimen Zugang, den nur ich kannte. Damals hatte ich offenbar ein Gespür für richtiges Handeln und Spezialeffekte. Aber eines Tages würde jemand sie genauso sehen wie ich und sie mir wegnehmen.

Na ja, ich könnte mich dieses anderen ja immer entledigen. Ein bisschen Maiglöckchensaft in die Coca-Cola, und die Sache wäre geritzt.

Nachdem ich zehn Minuten in der Nähe des Kaufhauses Westfield herumgekurvt bin, finde ich endlich einen Parkplatz. Als wir aus dem Auto steigen, wirbeln die Schneeflocken nur so um uns herum, aber glücklicherweise bleiben sie nicht liegen.

»Gut, also wir sehen uns alles an, tun unsere Meinung kund und gehen dann ein bisschen bummeln, bevor wir zum Flughafen fahren und die anderen abholen.«

Die anderen, das sind meine Tanten und mein Cousin, die am späten Nachmittag aus Korsika kommen. Sie einzuladen, war die schlechteste Idee, die ich in den letzten sechs Monaten hatte.

Wir haben sie seit über zehn Jahren nicht gesehen, aber soviel ich weiß, sind Tante Giulia und Tante Pietra vom selben Schlag wie meine Mutter, nur noch etwas schlimmer. In der Archer-Familie machen wir keine halben Sachen und glauben, die Erde würde sich auftun, wenn wir nicht aus allem ein Drama machen. Als meine Mutter meinen Vater kennenlernte und er sie überredete, die schönste Insel von allen und vor allem ihre Schwestern zu verlassen, um mit ihm in die Bretagne zu ziehen, war das für die Familie meiner Mutter wie eine Kriegserklärung. Am Anfang taten sie so, als hielten sie die Verbindung zu ihr, aber vor zehn Jahren gab es mal wieder einen Streit, den keiner so richtig verstand. Danach brachen sie alle Brücken ab.

Jedenfalls bis zu Papas Tod. Kaum war der unerwünschte Kidnapper unter der Erde, riefen meine Tanten meine Mutter wieder an, als hätte es die zehn Jahre der Funkstille nie gegeben. Meine Familie ist in ihrer Inkohärenz sehr kohärent. Mélie und ich haben von dieser Annäherung nichts gespürt – nicht alle Brücken lohnen einen Wiederaufbau, aber da unsere Mutter sich so allein fühlte, haben wir nichts gesagt. Warum ich mich habe breitschlagen lassen, die korsische Verwandtschaft zu meiner Hochzeit einzuladen, kann ich mir allerdings bis heute nicht erklären.

»Aber reden wir denn nicht mit deinem ... äh ... diesem ...?«, fragt meine Mutter und verstummt.

»Mit Mauricio? Worüber sollten wir mit ihm reden?«

»Ich weiß nicht, ich stelle mir vor, dass die Tischdekoration vielleicht nicht so schön ist, wie du es dir vorgestellt hast.«

»Mama, die Hochzeit ist in knapp einer Woche, wir haben jetzt nicht mehr die Zeit, irgendetwas zu ändern. Der Tisch wird so aussehen wie auf den Fotos, einfach sehr gut. Und falls es nicht so ist, musst du eben während der Feier an etwas anderes denken.«

»Wenn du meinst«, seufzt sie theatralisch.

»Du sorgst mit deiner Angst am Ende noch für einen Riesenschlamassel.«

»Und du beschwörst den Schlamassel herauf, wenn du davon redest.«

»Danke, Mélie, du bist mir eine große Hilfe.«

»Immer wieder gerne. Wenn du an etwas zweifelst, brauchst du dich nur der Philosophie zuzuwenden.«

»Manchmal ist deine Philosophie ziemlich bescheuert«, sagt Thomas und zieht sich seinen roten Schal vors Gesicht. Ich schließe die Augen und hole tief Luft. Meine Mutter kann nicht rennen. Mélie weigert sich, es zu tun, und Thomas hat Angst, dass er zu sehr ins Schwitzen kommt. Wenn ich jetzt anfange zu laufen, kann ich sie alle abhängen. Mir ist die Tischdekoration egal, die Tanten ebenfalls, es gibt Prioritäten im Leben, meine seelische Unversehrtheit zum Beispiel. Ein verführerischer Gedanke!

Mélie gibt mir einen leichten Stoß mit dem Ellbogen in die Seite und holt mich in die Wirklichkeit zurück. Wir gehen an reich geschmückten Auslagen vorbei, es sind die letzten Verkaufstage vor dem Fest – ja, ich heirate tatsächlich an Heiligabend. Ich liebe Weihnachten, aber es war nicht meine Idee. Sie kam von William. Er fand, das sei die beste Art, meines Vaters zu gedenken, der dem Weihnachtsritual immer huldigte, wenn wir daraus ein besonderes Ereignis machen, an das ich mich jedes Jahr erinnern kann. Ich heirate ihn auch aus diesem Grund. Aber ebenso wegen des wunderschönen Kleides, das ich entdeckt habe. Weihnachten heiraten? Warum nicht? Papa hätte das sehr gefallen, ganz bestimmt.

Mauricios Büro befindet sich in einem Loft in der zweiten Etage eines eleganten modernen Gebäudes. Thomas hat ihn mir empfohlen, er hat stets wertvolle Kontakte parat für den Fall, dass jemand ein unvergessliches Fest feiern will. Mein Hochzeitsplaner ist zwar ein recht ausgefallener Typ und benimmt sich oft wie eine Diva, hat aber einen sehr guten Geschmack, das muss ich anerkennen. Bei jedem unserer Treffen zeigte er mir Kataloge und Fotos, sprudelte von Ideen nahezu über, die das Dekor und die schicksten und originellsten Accessoires betreffen. Ich traue mich kaum, es zu sagen, denn ich will nicht prätentiös erscheinen und auch keinen Schlamassel heraufbeschwören, aber meine Hochzeit wird bestimmt die schönste von allen.

Ich drücke auf den Klingelknopf und höre, wie eine der zahlreichen Assistentinnen von Mauricio mich fragt, wer ich bin.

»Scarlett Archer, ich habe einen Termin bei Mauricio.«

»Ms. Archer, ja … richtig, also …«

Ich kann das Ende des Satzes nicht mehr hören.

»Ist sie betrunken?«, fragt meine Mutter.

Die Tür zum Gebäude öffnet sich. Wir gehen hinauf und klopfen an die Tür der Agentur.

Eine junge Frau, die Assistentin Nr. 4 mit braunem Haar, empfängt uns. Sie ist ganz grün im Gesicht, die Ringe unter ihren Augen sind dunkler als die Haare meiner Schwester, mich überkommt Panik.

Der Florist hat die Lieferung vergessen!

»Lyd… Jenn…«

Ich weiß nicht mehr, wie sie heißt! Ich rede schnell weiter, in der Hoffnung, dass sie es nicht merkt.

»Was ist los? Sie sehen …«

»… mehr tot als lebendig aus«, ergänzt meine Schwester.

»Möchten Sie vielleicht ein Yuzukonfekt?«, fragt meine Mutter mit ihrem starken französischen Akzent. »Das hilft gegen Müdigkeit.«

»Ich … aber wissen Sie es denn nicht?«, stottert die Assistentin.

Der Florist ist pleite. Ich spüre einen ziehenden Schmerz in meiner Brust.

»Was soll ich wissen?«

»Dass wir alle Termine in dieser Woche abgesagt haben.«

Okay. Der Florist ist tot. Mein Herz schlägt wie wild.

»Tut mir leid, ich habe keine Nachricht von Mauricio erhalten.«

»Natürlich, Sie waren ja seine Kundin, er machte alles selbst und …«

Plötzlich bricht sie in Tränen aus, und wir stehen am Eingang, verstört und verblüfft. Mélie betritt das Loft, legt der Assistentin die Hände auf die Schulter und führt sie zu einem Stuhl.

»Bitte setzen Sie sich, entspannen Sie sich, das ist wichtig.«

Soll sie sich meinetwegen entspannen, aber nicht zu sehr, wir müssen über den Blumenschmuck reden! Sobald die junge Frau mit dem Hintern den Stuhl berührt, schluchzt sie noch heftiger.

»Holen Sie tief Luft, dann halten Sie die Luft an, eins, zwei drei, ausatmen, wenn alle Luft draußen ist, eins, zwei, drei, einatmen!«

Die verdammte Quadrat-Atmung.

Jedes Mal wenn ich in Panik gerate oder wütend werde, fordert mich Mélie auf, Quadratatmung zu betreiben, aber dadurch ist bei mir nie etwas besser geworden. Sie sagt, das liegt an mangelndem Willen, aber ich bin der Meinung, wenn wir wirklich geometrisch atmen sollten, würden wir dies spontan schon seit unserer Geburt tun.

»Danke. Sie sind sehr freundlich«, sagt die Assistentin, deren Tränen allmählich versiegen.

»Sie dürfen sich durch *nichts* in einen solchen Zustand bringen lassen. Sie schaden mit einem so hohen Angstlevel massiv Ihrer Psyche. Es hinterlässt Spuren bei Ihnen, wie kleine narzisstische Kränkungen.«

Habe ich bereits erwähnt, dass meine Schwester Psychologin ist? Normalerweise beschäftigt sie sich eher mit Ejaculatio praecox, Libidoverlust oder ungewöhnlichen Sexualpraktiken. Meine Schwester ist Sexualtherapeutin. Auf diesem Gebiet ist sie erstaunlich kompetent. Erstaunlich deshalb, weil ich sie nie als jemanden erlebt habe, der sich für Details interessiert. Eine Nachbarin, die Mann und Kinder verlassen und sich einer Sekte angeschlossen hat, die freie Liebe mit Bäumen betreibt, sagt, dass sie extrem begabt für ihren Job ist. Meine Mutter und ich sind uns einig, dass wir über Mélies Beruf nicht reden. In der offiziellen Version arbeitet meine Schwester nicht, sie lebt von Luft und Liebe.

»Also, was ist hier los?«, frage ich streng.

»Scarlett, bitte, setz die arme Frau nicht so unter Druck!«

»Oh, Entschuldigung, bitte lassen Sie sich ruhig Zeit mit Ihrer Antwort.«

Ich bin voller Mitleid. Ja. Nur eine Woche vor meiner Hochzeit sollte sich das Klageweib zusammennehmen, damit ich nicht das ganze Loft durchsuchen muss, um die Pläne für den Blumenschmuck und meinen Hochzeitsplaner zu finden.

»Jetzt setzt du sie gedanklich unter Druck, das höre ich«, bemerkt Mélie.

Ich vergesse immer, dass sie ein kosmisches Wlan hat, mit dem sie meine Gedanken hören kann. Irgendwas in ihrer Entwicklung ist mehr als anormal.

»Es ist wegen Mauricio«, sagt die Frau im Flüsterton.

»Ja und?«, bohre ich nach. »Was ist denn mit ihm?«

»Er ... er ... er ist tot!«, flüstert die Frau.

»Was? Das ist doch unmöglich! Wie kann das sein? Ich habe noch gestern Morgen mit ihm gesprochen. Es ging ihm sehr gut, er wollte zum Junggesellenabschied eines Kunden, und ich kann Ihnen versichern, dass er quicklebendig war.«

Die Assistentin fängt wieder an zu weinen, und alle Blicke richten sich auf mich, als sei ich dafür verantwortlich.

»Was habe ich denn gesagt?«

»Der Junggesellenabschied … da ist es passiert«, sagt Jenny schniefend.

»Was ist denn eigentlich passiert?«, fragt Thomas ungläubig. »Hatte er auf dem Weg dorthin einen Unfall?«

»Nein, er ist … erstickt, und man konnte ihn nicht mehr retten.«

Man sieht uns die Verblüffung an unseren Gesichtern an.

»Woran ist er denn erstickt?«, fragt Thomas nach, als sei das jetzt noch wichtig.

»Am …« Sie weint wieder.

Wenn das jetzt so weitergeht, müssen wir ihr sämtliche Informationen aus der Nase ziehen. Sie macht es wirklich spannend, und diese ganze Situation ist irgendwie vollkommen absurd.

Dann holt sie so tief Luft, wie ich es noch nie bei einem Menschen gesehen habe, und sagt in einem Zug:

»Am Strass vom String einer Striptänzerin.«

»Entschuldigung, ich hab das nicht verstanden«, mischt sich meine Mutter jetzt ein.

»Diese Strapse lösen sich, sobald man daran zieht. Karl, das ist unser Buchhalter, mit dem Sie letztes Mal zu tun hatten, sagt immer …«

Wenn sie einmal bereit ist zu reden, dann redet sie.

»Karl ist jetzt nicht wichtig, kommen Sie zum Punkt!«

»Scarlett, du setzt sie schon wieder unter Druck!«, mahnt Mélie mit ihrer eintönigen Stimme.

Vielleicht. Aber was Karl zu sagen hat, interessiert doch nun wirklich nicht, oder?

»Offenbar hatten sie alle viel getrunken. Zeugen behaupten, er habe den String mit den Zähnen abreißen wollen, und dabei ist offenbar der Strass in die Luftröhre gerutscht. Keiner wusste, wie man Erste Hilfe leistet, er brach sofort zusammen. Mein Gott, es ist so furchtbar! Wir können es alle noch gar nicht fassen!«

»Sie behaupten also, er habe am Strass einer Stripperin knabbern wollen und sich daran verschluckt?«, fragt Thomas.

»Ich weiß, es klingt lächerlich, wenn man es so beschreibt ...«

Ich versuche, die Bilder, die mir durch den Kopf schießen, beiseitezuschieben (Mauricio mit einem String im Mund und nach oben verdrehten Augen), und frage mich, wann ich wieder auf meine Hochzeit zu sprechen kommen kann, ohne dass man mich für herzlos hält.

»Meine Liebe, Sie dürfen sich da nicht so reinsteigern, die Wege des Herren sind unergründlich«, mischt sich meine Mutter ein.

Ich muss sagen, dass ich die Wege des Herrn eher unglaublich finde, aber das ist Ansichtssache.

»Und was machen wir jetzt mit der Hochzeit meiner Tochter?«, fährt meine Mutter fort, so zartfühlend wie die Salve einer Infanterie, was mir sehr gelegen kommt.

»Das ... also, das weiß ich nicht. Ich habe ja schon gesagt: Mauricio machte immer alles selbst, Delegieren fiel ihm schwer. Seit heute Morgen versuchen wir, seine unerledigten Termine aufzuarbeiten ... Wir sind in ziemlicher Panik, das gebe ich gerne zu.«

»Vielleicht erscheint Ihnen das jetzt etwas pietätlos, aber in einer Woche kommen meine Hochzeitsgäste, und Mauricio hatte alles von Anfang bis Ende geplant.«

»Das kann ich ja verstehen, und ich werde mein Bestes tun, einen Ersatz zu finden, damit Sie wissen, wie weit die Vorbereitungen für Ihre Hochzeit gediehen sind.«

Eine echte Katastrophe. Es war schon schwer genug, Informationen zu bekommen, als Mauricio noch lebte, aber jetzt, wo er tot ist, kann man wohl nur noch beten und auf ein Wunder hoffen. Jetzt würde ich zehn Jahre meines Lebens geben, wenn es nur ein Problem mit dem Floristen wäre …

»Das ist ein schlechtes Omen«, unkt meine Mutter, als ob es daran noch einen Zweifel geben könnte. »Ein sehr schlechtes Vorzeichen, sage ich euch.«

Meine Mutter ist furchtbar abergläubisch, das Jüngste Gericht steht bevor, wenn man das Brot falsch herum auf den Tisch legt oder im Haus einen Regenschirm aufspannt. Ein Hochzeitsplaner aber, der eine Woche vor der Hochzeit stirbt, weil er sich am Strass einer Stripperin verschluckt hat, kann nur das Ende der Welt bedeuten.

»Können Sie mir wenigstens die Adressen der Lieferanten und Händler geben, die Mauricio unter Vertrag hatte? Traîteur, Blumenhändler, Brautausstatter. Ich weiß ja nicht mal, mit wem er zusammengearbeitet hat, das ist doch völlig irre!«

»Ich werde versuchen, es möglichst schnell für Sie herauszufinden, versprochen.«

»Wissen Sie denn nicht mal, wo die entsprechenden Ordner stehen?«

»So arbeitete Mauricio nicht.«

»Wie arbeitete er dann?«

»Offenbar zu nahe an den Striptease-Tänzerinnen«, bemerkt Thomas.

»Komm, lass es sein.«

Es ist vorbei. Diesmal ist es vorbei. Das weiß ich genau.

Ich gehe in dem Loft auf und ab, da höre ich die Stimme meiner Mutter.

»Ich kann Ihren Kummer natürlich sehr gut verstehen, Mademoiselle, obwohl es ja eigentlich nur Ihr Chef ist, Sie werden darüber hinwegkommen. Meine Tochter heiratet in einer Woche. Ihr Chef hatte zugesagt, sich um alles zu kümmern. Meine Tochter hat dafür bezahlt, und Sie reißen sich jetzt mal zusammen und besorgen bis spätestens morgen alle Unterlagen, die meine Tochter braucht, kapiert? Sonst kriegen Sie Ärger mit mir. Und das werden Sie wohl kaum wollen!«

Wer will das schon?

Meine Mutter rauscht mit Mélie hinaus, Thomas und ich folgen. Kurz darauf finden wir uns alle leicht benommen auf der Straße wieder.

»Also, jetzt mal keine Panik«, meint Thomas. »Wir kriegen das schon hin. Wir machen einen Schlachtplan. Wir haben noch eine Woche Zeit, das reicht, um alles selbst zu organisieren. Scarlett, mach dir keine Sorgen, wir schaffen das.«

»Und wenn sie die Informationen nicht zusammenkriegt? Ich weiß nicht mehr, von welchen Firmen er geredet hat! Ich habe nur die Verträge unterzeichnet. Ich habe ihm vertraut …«

»Zur Not können wir andere Firmen beauftragen, und Mauricios Agentur bezahlt die dann.«

»So kurz vor der Hochzeit? So nah an Weihnachten?«

»Es wird schon alles werden«, beruhigt mich Mélie und legt mir ihre behandschuhten Hände sanft an die Wangen.

»Wir sind zusammen, da kann nichts schiefgehen. Das steht im Universum so geschrieben.«

Jetzt bleibt der Schnee doch auf der Straße liegen.

Verfluchte Schneeflocken, böses Vorzeichen.

2

Nach ein paar Sekunden ernsthaften Nachdenkens, das so lange dauert wie das, was ich ihm gerade erläutert habe, räuspert sich William.

»Weiß man eigentlich, welcher Teil des Strings ihn umgebracht hat?«, fragt er dann.

Manchmal könnte ich ihn mit der gleichen Lust erwürgen, mit der ich ihn küsse.

»Ich freue mich, dass du der ganzen Sache etwas Komisches abgewinnen kannst. Aber für jemand, der nicht so gelassen ist wie du mit deinem ewigen *Nichts ist so schlimm, wie es aussieht* sieht das tatsächlich nach einer Katastrophe aus.«

Er nimmt mich so fest in den Arm, als wollte er mich vom Boden hochheben. Ich lege meine Wange an seine Schulter und lasse mich von seiner Wärme umfangen. In der Küche hört man die kreischenden Stimmen meiner Tanten, die vor einer Stunde aus Korsika angekommen sind, und denkt, man wäre in einem Hühnerhof.

»Weißt du, es gibt so viele Leute, die bei unserer Hochzeitsfeier mitmischen wollen, dass du gar nicht mehr merken wirst, dass es Mauricio nicht mehr gibt.«

Ich müsste ihn einen Tag in der Löwengrube im Erdgeschoss allein lassen, um zu sehen, ob er nach acht Stunden Gejammere meiner Mutter und seines Bruders noch Lust auf Witze hätte.

»Du hast den besseren Part! Du siehst das alles jenseits der Schaufensterscheibe deiner Kunstgalerie und behauptest, du hättest so viel zu tun. Das ist genial. Ich aber bin hier und muss es mit deiner und meiner Familie aushalten und alles organisieren. Ich bin von stalinistischer Leichtigkeit!«

»Es tut mir sehr leid, wenn ich hätte freimachen können, hätte ich es bestimmt getan. Aber diese Ausstellung im Januar ist ungeheuer wichtig.«

Ja, ja, die alte Ausrede. *Ich habe gerade so viel zu tun, Schatz.* Das haben sich schon Generationen von Männern ausgedacht, erprobt und für gut befunden haben, seit die ersten Hominiden die Höhlen ihrer Familie verließen, um ihr zu entkommen … Okay, am Anfang war ich ziemlich beeindruckt, dass William und Thomas eine Kunstgalerie in der Nähe der Oxford Street besitzen. Ich verstehe nichts von Malerei, aber William von seiner Arbeit erzählen zu hören, war aufregend und exotisch. Das ist immer noch so, aber die Zeit, die er mit seinen Künstlern und bei seinen Kunstwerken verbringt, macht mich eifersüchtig. Er widmet sich all dem mit Leidenschaft, und das ausgerechnet jetzt, wo er sich um wichtigeres kümmern sollte.

»Ich weiß, wir haben uns schon oft genug darüber unterhalten. Ich verstehe ja, dass du viel zu tun hast, trotzdem würde es mir guttun, wenn du wenigstens ein bisschen in Panik geraten würdest.«

»Okay, gerate ich also in Panik.«

»Lügner!«

Trotz meines Ärgers muss ich lachen, aber ich bin nach diesem Gespräch auch etwas beunruhigt. Eine kleine Stimme in meinem Kopf meldet sich immer häufiger zu Wort. Seit ein paar Monaten ist William manchmal so in sich gekehrt. Häufiger als sonst. Er hat mir zwar nichts gesagt, aber ich vermute, er hat Probleme mit der Galerie. Ich habe ein paarmal versucht, Thomas auszufragen, aber vergeblich. Thomas kümmert sich um das Internet und die Website, aber in den geschäftlichen Dingen kennt er sich nicht aus, und wenn man William glauben darf, hat ihn das auch nie interessiert. Ich habe auch versucht, mit William über das Thema zu sprechen, aber wenn ein Engländer über etwas nicht reden will, kommt man nicht an ihn heran. Keins meiner Worte dringt zu ihm durch, alles gleitet an ihm ab. Diese Eigenschaft haben die Briten offenbar entwickelt, um die vielen Niederschläge besser zu ertragen, die ihre Insel alljährlich heimsuchen. Es wäre ein strategischer Fehler, William mit Vorwürfen zu überhäufen, deshalb bleibt mir nichts anderes übrig, als Geduld zu haben. In der Zwischenzeit entwickele ich Hunderte von Hypothesen, die auf nichts anderem beruhen als auf meinen Ängsten. Ich stelle mir Fragen, beantworte sie selbst und rege mich immer mehr auf. *French touch*.

Es klingelt an der Haustür – ein kleines Glockenspiel, das ich unbedingt haben wollte wie ein launiges kleines Mädchen –, und ich sehe William erstaunt an.

»Erwarten wir jemanden?«

»Im Prinzip den Weihnachtsmann, aber da käme er zu früh.«

»Der Weihnachtsmann kommt, wann er will. Du darfst nicht über ihn spotten.«

»Ich gehe schon!«, ruft meine Mutter aus dem Erdgeschoss, vermutlich aus der Küche.

Als wir vom Flughafen zurückkamen, haben die Tanten ihre Koffer in die Gästezimmer gebracht und sich dann mit meiner Mutter in die Küche verzogen. Seither ist keine mehr herausgekommen. Was machen sie da drin? Ich habe doch Unmengen Petits Fours und Leckereien beim Traiteur bestellt.

Da kein Laut zu mir hinaufdringt, sehe ich nach, wer wohl um diese Zeit hier auftaucht. Ich gehe die Treppe zur Eingangshalle hinunter und bleibe auf halbem Weg stehen, als ich sehe, wer der Besucher ist. Oder besser gesagt, die Besucherin. William bleibt eine Stufe hinter mir ebenfalls stehen.

»Guten Tag, Lena«, sagt meine Mutter kühl.

»Guten Tag, Rosa«, erwidert diese ebenso frostig.

Eine Begegnung zwischen meiner Mutter und meiner künftigen Schwiegermutter hat uns nach diesem verrückten Tag gerade noch gefehlt.

»Na, was sagst du jetzt?«, fragt William in meinem Rücken.

»Die Raumtemperatur hat sich grade erheblich gesenkt, was machen wir nun?«

»Uns dem Spiel der Kräfte überlassen.«

Es wäre gelogen zu behaupten, dass ich mich mit seiner Mutter gut verstehe. Ich bin allerdings nicht sicher, dass sich irgendjemand mit ihr verstehen kann – jedenfalls kein menschliches Wesen. Mit einem Roboter könnte es vielleicht funktionieren.

Meine Mutter und die von William sind wie Russland und die USA: Aus Prinzip und um das Gleichgewicht in der Welt zu wahren, sind sie sich in nichts einig. Ihre Naturen stehen in solchem Gegensatz zueinander, dass nichts zwischen ihnen problemlos ist. Wir befinden uns aber hier auf Lenas Territorium und müssen deshalb gute Miene zum bösen Spiel machen.

Da meine Mutter dazu nicht bereit ist, bin ich es, die Lena hereinbittet. Sie betritt die Diele, als ginge sie durch einen Festsaal auf ihren Thron zu. Habe ich schon erwähnt, dass Williams Mutter eine ältere Ausgabe von Grace Kelly ist, außerdem dünkelhaft gegenüber normalen Leuten und von englischer Gefühlskälte?

»Ich ... also ... was für eine Überraschung ...«, stoße ich hervor.

»Meine Tochter fragt sich, was Sie hier wollen«, übersetzt meine Mutter, die mich gut kennt.

»Nun, ich wollte wissen, wie das Treffen mit Mauricio verlaufen ist.«

»Haben Sie Ihr Telefon verloren?«, setzt meine Mutter nach.

»Mama, könntest du bitte einen Tee kochen?«

Ein kleiner Moment Entspannung.

»Natürlich, Liebes, ich kümmere mich drum«, sagt Mama und verschwindet Richtung Küche, wo meine Tanten, die alles verfolgt haben, sie schon erwarten.

Ich nehme mich zusammen und antworte Lena:

»Das mit Mauricio gestaltet sich ein bisschen schwierig ...«

»Aha. Das wundert mich nicht. Ich hatte Thomas ja schon gesagt, dass ich über diesen Mann nichts Gutes gehört habe. Er macht wohl immer nur das, wozu er Lust hat«, erklärt sie und reicht mir hoheitsvoll ihren Kaschmirmantel.

Ich habe mich darüber nie aufgeregt, denn sie würde wohl auch die englische Königin wie ihren Dienstboten behandeln.

William entschließt sich endlich, näher zu kommen. Er begrüßt seine Mutter mit gespielter Zuneigung. Man kann nicht behaupten, dass sie sich gut verstehen. Es gab einen Moment, in dem ich voller Hoffnung war. Gleich nachdem William und ich uns kennengelernt hatten, brach meinetwegen ein heftiger Streit aus. Ich war Französin, stammte aus einfachen Verhältnissen, und die Aussicht, dass die Sache zwischen ihrem Ältesten und mir länger dauern könnte als eine kurze Affäre, sorgte für eine Explosion. Nach Jahren der Heuchelei sagten sich Mutter und Sohn endlich ins Gesicht, was sie auf dem Herzen hatten. Eine Zeitlang schien ihr Verhältnis dann besser zu werden, aber das war nur bürgerliches Getue. Heute Abend ist es nicht anders, denn nachdem er die Höflichkeitsfloskeln hinter sich gebracht hat, verschwindet William im Wohnzimmer.

Genau, lass mich ruhig allein, ich liebe es, mich mit deiner Mutter unterhalten zu müssen.

»Und, wo liegt das Problem?«, hakt Lena nach.

»Er hatte einen ... Unfall und ist gestern Abend verstorben.«

»Sehr gut. Dann können wir endlich wieder die Kontrolle über die von diesem Mann getroffenen Entscheidungen übernehmen, der sich völlig zu Unrecht für ein großes Genie hielt.«

Neben Lena würde selbst Lucrezia Borgia wie eine liebende und fürsorgende Seele wirken. In diesem Moment kommt Mélie aus der Küche, sie geht gleich auf meine Schwiegermutter zu und umarmt sie.

»Guten Abend, ich freue mich, Sie zu sehen. Sie sehen viel jünger und gesünder aus als beim letzten Mal.«

Bei der Berührung meiner Schwester versteift sich die Königinmutter, befreit sich aber nicht aus der Umarmung. Gegen Mélie kann niemand kämpfen, nicht mal Lucrezia. Meine Schwester hat Macht über andere Menschen.

»Danke für das Kompliment.«

»Scarlett, Thomas hat gerade angerufen. Er hat ein paar Namen von Lieferanten herausgefunden, wir können dort morgen anrufen. Ich habe eine Liste von Anbietern, die uns noch fehlen, ich glaube aber, dass wir eine Ersatzlösung finden werden.«

»Kann ich mal sehen?«, fragt Lena.

Entschuldigung, ich vergesse immer, dass es eigentlich deine Hochzeit ist.

»Seien Sie unbesorgt, Lena, wir haben doch schon darüber gesprochen«, antwortet Mélie sanft, »Sie müssen auf Ihr inneres Gleichgewicht achten, sich schonen, sonst altern Ihre Zellen zu schnell.«

»Aber ...«

Ich beteilige mich rasch an der von meiner Schwester provozierten Ablenkung.

»Kommen Sie, ich stelle Ihnen meine Tanten vor, die gerade angekommen sind.«

Als Lena und ich in die Küche kommen, verstehe, ich, was William mit dem Spiel der Kräfte meinte. Man könnte im Universum keine entgegengesetzteren Kräfte finden. Obwohl meine Tanten sehr erfolgreiche Geschäftsfrauen sind, haben sie sich immer noch etwas von der aggressiven Spottlust armer Migrantenfamilien bewahrt, die das bisschen, das sie besaßen, aufgeben mussten. Lena aber ist ein Produkt alten Adels, der sich etwas auf seine soziale Überlegenheit einbildet. Ihre Manieren markieren den großen Abstand zwischen ihrer Klasse und denen da unten. Ich kann nicht sagen, dass mich die Szene überrascht, aber immer mehr drängt sich mir die Frage auf, die mich seit der Ankunft meiner Tanten beschäftigt: Warum nur habe ich der Bitte meiner Mutter nachgegeben?

Plötzlich entdecke ich in der Küche meinen Cousin – einen gutaussehenden jungen Mann in Mélies Alter, und seine Verlobte, die einander gegenübersitzen. Sie machen Gesichter wie Fische, die man auf ein Boot geworfen hat. Ich hatte sie fast vergessen! Wie konnte ich sie am Flughafen in Williams Minibus einsteigen lassen und mich nicht mehr an sie erinnern?

»Lena, das sind Giulia und Pietra, meine Tanten, Orlando, mein Cousin, und seine Verlobte, die aus Korsika angereist sind.«

»Ich heiße Caroline«, sagt die junge Frau.

»Freut mich, Ihre Bekanntschaft zu machen«, sagt meine künftige Schwiegermutter steif.

»Ganz meinerseits«, entgegnet Tante Pietra, bevor sie etwas auf Italienisch murmelt, das keiner versteht.

Ich mochte meine Tanten nie besonders. Schon als Kind fand ich, dass Tante Pietra mit meiner Mutter und ihrer Schwester Giulia besonders hart umging. Sie hielt es für selbstverständlich, nach dem Tod der Eltern und ihrer Ankunft in Frankreich die Rolle des Familienoberhaupts zu übernehmen. Aber man kann das tun, ohne tyrannisch zu sein. Die Familie ließ sich in Korsika nieder, das kam ihrer italienischen Herkunft am nächsten und schien erträglicher zu sein als ein Leben auf dem Festland. Der Clan hat meiner Mutter nie verziehen, dass sie sich einen Bretonen als Mann ausgesucht hat und mit ihm nach Saint-Malo gezogen ist. Mama gibt sich bis heute alle Mühe, gilt aber immer noch als Verräterin.

Alle hüllen sich nun in ein Schweigen, das mir endlos vorkommt.

»Wisst ihr was? Kommunikation ist das ganze Geheimnis«, sagt Mélie lächelnd. »Giulia hat Kekse gebacken. Lena trinkt schwarzen Tee mit etwas Milch, Orlando, die Tassen stehen hinter dir, sie müssten für alle reichen.«

So ist meine Schwester. Manchmal ist sie auch mit Dingen beschäftigt, die ganz woanders geschehen.

»Ich muss eine Patientin anrufen, es ist dringend«, sagt sie jetzt und geht zur Küchentür. »Und nicht vergessen: Wenn ihr miteinander redet, denkt positiv.«

Mein Cousin holt Tassen, von denen ich gar nicht wusste, dass es sie gibt. Tante Giulia starrt ihre Schwester an und wartet auf einen Wink, was sie tun soll, aber meine Mutter beachtet sie nicht und stellt die Kekse auf den Tisch.

»Ihr wollt jetzt also alle Anbieter anrufen, die Thomas ausfindig gemacht hat?«, fragt Lena, während sie alle Bewegungen meiner Mutter abschätzig beobachtet.

»So ist es«, sage ich schnell. »Ich nehme an, es handelt sich um den Traiteur, den Brautausstatter, den Floristen und den Friseur, das ist das Wichtigste. Der Rest ist nicht so entscheidend, normalerweise müssten wir das schaffen.«

»Normalerweise«, sagt meine Mutter.

»Ich verstehe ja immer noch nicht, warum ihr nicht in Porto-Vecchio heiraten wolltet«, erklärt Tante Pietra mit beleidigter Miene. »Wir haben exzellente Verbindungen zu den wichtigsten Geschäften der Insel. Die Palazzos und die Castellis sind uns so manches schuldig und hätten eine unvergessliche Hochzeitstorte zu einem unvergleichlich günstigen Preis gemacht. Vom Wetter will ich gar nicht reden. Du hättest dein Brautkleid tragen können, ohne es unter einem Mantel verstecken zu müssen, denn bei uns«, sagt sie mit einem Seitenblick auf Lena, »kann man die Nase hinausstecken, ohne zu erfrieren.«

»Weil sie vielleicht im Sommer verbrannt ist«, entgegnet Lena unbeeindruckt und trinkt schlückchenweise ihren heißen Tee.

»Bei unserer Verlobung gab es ein ganz vorzügliches Essen«, sagt Orlandos Freundin, deren Existenz ich ganz vergessen hatte. »Und die Blumen waren überwältigend, nicht wahr, *chéri*?«

»Ja, aber ihr habt euch auch die passende Jahreszeit ausgesucht, nämlich den Sommer. Meine Nichte hingegen hält es für eine gute Idee, an Heiligabend zu heiraten«, fährt Tante Pietra missgelaunt fort. »Wie kann man nur auf so eine Schnapsidee kommen! Niemand heiratet an Heiligabend.«

»Wir schon«, entgegne ich.

Tante Pietra verzieht den Mund, und ich tue, als bemerkte ich es nicht. Am liebsten würde ich den Fernseher in der Küche anstellen, um das Gewitter zu vertreiben, das sich gerade über unseren Köpfen zusammenbraut, doch in diesem Moment hört man, wie die Eingangstür sich öffnet und wieder schließt.

»Hallo, ihr alle«, ruft Thomas aus der Diele. Der verlorene Sohn ist heimgekehrt.

Super, ein neuer Mitspieler.

»Wir sind in der Küche!«, rufe ich.

Thomas steckt den Kopf durch die Tür und zieht eine Augenbraue hoch, als er uns alle mit düsterer Miene dort sitzen sieht.

»Oh, ist noch jemand gestorben?«

»Ich bitte dich«, sagt seine Mutter wie zu einem kleinen Jungen, der sich schlecht benommen hat.

»Ihr solltet mal eure Gesichter sehen. Ihr habt alle so eine richtige Leichenbittermiene.«

Sein Blick fällt auf Orlando, und in diesem Moment verändert sich sein Gesichtsausdruck. Aus Überraschung oder Interesse kann ich nicht sagen. Ich weiß auch nicht, was mir lieber wäre.

»Hat Mélie dir die Liste mit den Lieferanten gegeben?«, fragt er mich besorgt. »Wenn du wüsstest, was für ein Aufwand das war, sie zu bekommen!«

Ich öffne eine Schublade und greife nach einem Päckchen Aspirin.

»Ja, ich hab die Liste, danke. Morgen früh rufe ich die ganzen Leute an. Zum Glück hatte Mauricio nichts mit dem Familienessen zu tun, das wir für morgen Abend geplant haben.«

Mauricio hatte mir vorgeschlagen, ein paar Tage vor der Hochzeit einen Abend zu veranstalten, damit sich die beiden Familien und die Freunde schon mal treffen können, da die meisten sowieso vor der Feier nach London anreisen. Ich fand die Idee sehr gut, wollte mich aber lieber selbst um das Essen kümmern, da ich den Eindruck hatte, dass mein Hochzeitsplaner sowieso schon etwas überfordert war. Man hat mir dann erklärt, dass ein Hochzeitsplaner überfordert werden muss, sonst wäre er nicht richtig ausglastet. Offenbar habe ich den Zorn des Universums auf mich gezogen, weil ich alles im Alleingang machen wollte. Vielleicht würde der arme Mann noch leben, hätte er mein Abendessen organisiert, statt zu diesem Junggesellenabschied zu gehen und Strass zu schlucken.

Der Zorn des Universums? Mama, raus aus meinem Kopf!
»Willst du mich nicht vorstellen?«, fragt Thomas da.
Er hat recht, und ich werde rot.
»Entschuldige bitte, das sind meine Tanten Pietra und Giulia, mein Cousin Orlando und … äh …«
»Caroline«, ergänzt Caroline.
»Ich freue mich, Sie alle kennenzulernen«, sagt Thomas.
Orlando nickt schüchtern, und ich merke, dass alles, was er tut, auf Schüchternheit beruht. Es war sicher nicht immer einfach mit einer Mutter wie Tante Pietra.
»Wo sind denn Ihre Männer, meine Damen. Haben Sie sie etwa im Rotlichtviertel Londons abgesetzt?«
»Wir haben vorgezogen, sie zu beerdigen«, entgegnet Tante Pietra streng.
Ich schlucke mein Aspirin und seufze.
»Meine Tanten sind verwitwet.«
»Oh, das tut mir leid. Stimmt das wirklich, alle beide?«, raunt er mir zu.
In diesem Moment kommt Mélie zurück in die Küche, ihr Handy am Ohr. Sie umarmt Thomas zur Begrüßung, der ihre Umarmung zärtlich erwidert. So ist er zu keinem sonst.
»Laut einer Studie«, erklärt Mélie gerade, während sie mit ihrem Telefon wieder in Richtung Wohnzimmer geht, »ist es nicht wichtig, *wer* Sie penetriert, sondern *wem Sie erlauben*, Sie zu penetrieren …«
Diesmal stelle ich den Fernseher wirklich an.
»Noch ein paar Kekse?«, fragt meine Mutter hastig. »Meine Liebe, wann sollen wir morgen früh zu dem Festsaal fahren, um nach dem Rechten zu sehen?«

»Ich dachte, dafür wird jemand bezahlt«, sagt Lena und mustert die Kekse.

»Besser, man sieht zweimal nach als einmal. Und jetzt nehmen Sie sich doch endlich einen Keks, Sie werden davon schon nicht sterben.«

»Was gibt es eigentlich zu essen? Ich sterbe vor Hunger.«

Ich starre Thomas entsetzt an. Ist ihm klar, welche Naturkräfte er mit so einer Frage in Bewegung setzt? Natürlich nicht. Er ist ja auch nicht in einer Familie aus dem Süden aufgewachsen. Er glaubt, es sei nur eine harmlose Frage, aber in Wirklichkeit bringt er damit Kräfte in Bewegung, die man nicht mehr kontrollieren kann.

Meine Tanten und meine Mutter sind plötzlich dermaßen aufgekratzt, dass ich erschrocken ein paar Schritte zurückweiche. Sie reißen die Schränke auf, holen Pfannen, Kochtöpfe und Geräte heraus, die mir gehören, ohne dass ich es überhaupt wusste. Ihnen zu sagen, dass im Kühlschrank alles Notwendige ist, würde nichts nützen, denn die Maschine ist angelaufen. Ich lasse mich neben Lena auf einen Stuhl sinken, meine Schwiegermutter in spe scheint in dieser Lage mein bester Halt zu sein – und das will etwas heißen –, und konzentriere mich auf den Bildschirm des Fernsehers, um mich auszuklinken. Ein Lokalreporter berichtet über die Rückkehr und Verbreitung irgendwelcher Darmbakterien in der Region, von historischen Epidemien, offenbar hat er keine anderen Geschichten auf Lager. Klar, schließlich ist Weihnachtszeit, da passiert nie etwas, worüber es sich zu berichten lohnt.

3

Samstag 17. Dezember

Der Wecker klingelt viel zu früh. Wer ist auf die verrückte Idee gekommen, ihn auf acht Uhr zu stellen? Für den Bruchteil einer Sekunde hoffe ich, dass er aufhören wird, wenn ich mich nicht rühre, nicht mal eine Wimper bewege und bis zu meiner Hochzeit einfach weiterschlafe. Dann erinnere ich mich, dass es sich nur um einen einfachen Wecker handelt und auch nicht um einen Superrechner mit künstlicher Intelligenz, die jeden meiner Gedanken ahnt. Ich habe diesen Wecker gestern Abend gestellt, und er wird seinen schrillen Ton von sich geben bis zum Ende aller Zeiten oder bis die Batterie leer ist, wenn ich ihn nicht ausstelle. Ich taste im Dunkeln danach und halte ihn an, ohne die Augen zu öffnen. Der Platz neben mir ist leer.

Ich richte mich auf, um mich vergewissern, aber mein zukünftiger Mann ist tatsächlich nicht mehr da. Auf seinem Kopfkissen liegt ein zusammengefaltetes Blatt Papier. Ich entfalte es und lese die folgenden Zeilen:

Problem mit der Galerie. Hab die Kaffeemaschine auf acht Uhr programmiert, deine Scones sind schon warm, eine deiner grässlichen Tanten habe ich um die Ecke gebracht. Die zweite hebe ich mir für morgen auf, im Schrank sind Waffen und Munition, falls du den Job selbst übernehmen willst.

Was ich da lese, beruhigt mich kein bisschen, auch der Witz mit den Tanten nicht. Ich bin ja nicht blöd, irgendetwas macht William Sorgen, aber was ist es? Er hatte mir gesagt, er würde sich vor Weihnachten ein paar Tage frei nehmen, denn er hätte für die Ausstellung im Januar vorgearbeitet. Dass er nun so früh losmuss, so plötzlich und unvorhergesehen, sieht nach einem Notfall aus. Spiele ich wieder das Frage- und Antwortspiel mit mir allein? Ist er glücklich? Mit mir? Ja, ich spiele Fragen und Antworten. Ich wälze mich im Bett herum, setze mich schließlich auf, schwinge die Beine aus dem Bett und stoße einen Schrei aus. Mélie sitzt auf einem Stuhl neben meinem Nachttisch. Seit wann ist sie da? Warum frage ich mich das? Ihr Gesicht ist grell weiß, weißer als gewöhnlich, sie sieht noch gespenstischer aus als sonst.

»Wie kannst du mich so erschrecken, Mélie! Was machst du hier und seit wann … nein, sag mir nicht, seit wann, ich will es gar nicht wissen.«

»Es stimmt, Scarlett. William hat Probleme, aber das hat nichts mit dir zu tun. Er ist glücklich mit dir, daran darfst du nicht zweifeln.«

»O mein Gott, ist es nicht ein bisschen früh, um dein telepathisches Können unter Beweis zu stellen?«

»Es ist acht Uhr.«

Ich lasse mich in die Kissen zurückfallen.

»Also, wenn du schon alles weißt, dann sag mir, was mit ihm nicht stimmt. William hatte schon immer seine Geheimnisse, aber das hier sieht mir eher nach Flucht aus, oder? Oder rede ich wie eine hysterische Braut, du kannst es mir ruhig sagen, ich kann das aushalten. Bin ich eine von diesen durchgeknallten Frauen kurz vor der Hochzeit, die man nicht ertragen kann und die alles überinterpretieren?«

»Nein.«

»Danke. Wenn du ja gesagt hättest, hätte ich dir das auch sehr übelgenommen.«

»Du bist eine Braut mit Paranoia. Paranoia ist etwas ganz anderes als Hysterie. Jedenfalls meistens.«

»Na toll, Doktor Freud. Was rät mir meine psychologisch geschulte kleine Schwester denn?«

»Ein Orgasmus wäre nicht schlecht.«

»Mélie!«

»Beim Orgasmus werden zwei Neuropeptide freigesetzt: Oxytocin und Prolaktin, beide rufen ein starkes Gefühl des Wohlbefindens hervor. Da William Probleme zu haben scheint, wird auch er von dieser Wirkung profitieren.«

»Warum höre ich dir überhaupt zu?«

»Weil ich eine exzellente Sexualtherapeutin bin.«

»Na schön, ich denke darüber nach, aber hör bitte auf, von deiner Arbeit zu reden. Allerdings sind mir deine Mittel lieber als die von Mama. Ist sie überhaupt schon wach?«

»Ja, sicher.«

»Mehr als wach?«

»Sie könnte nicht wacher sein.«

Nach dieser Antwort springe ich aus dem Bett. Ich gehe ins Badezimmer, mache mich frisch, stecke mir die rötlich blonden Haare hoch. Gunter, meinem serbischen Friseur, ist die

Farbe perfekt gelungen, er ist Spezialist für Blondtöne und politisch motivierte Morde (jedenfalls stelle ich mir das gerne vor). Ich ziehe ein Kleid in einer Größe an, die ich nur zweimal im Leben hatte, beim ersten Mal nach einem längeren Krankenhausaufenthalt, beim zweiten Mal, nachdem ich mir das Hochzeitskleid meiner Träume gekauft hatte. Bei jedem Essen denke ich sehnsüchtig an alles, was ich nach meiner Hochzeit wieder essen darf. Mir ist voll bewusst, dass ich unter einem patriarchalischen Diktat stehe, bei dem Schönheitsideale mit Unterdrückung gleichzusetzen sind. Schönheitsideale sind natürlich absolut dumm und kaum zeitgemäß. Aber ich mache es gegenüber dem Feminismus wieder gut, indem ich meine zukünftige Tochter nach dem Muster von Hermine Granger erziehe.

Meine Schwester hat sich immer noch nicht von ihrem Stuhl gerührt. Lange habe ich sie um ihr natürliches Schneewittchenaussehen beneidet, inzwischen freue ich mich einfach nur, wenn ich sie anschaue. Mit sechsundzwanzig sieht sie immer noch wie die Porzellanpuppe aus, die sie schon als Kind war.

»Komm, fassen wir uns ein Herz, ein neuer Marathon-Tag beginnt. Und es ist nicht wie beim Aschenputtel, dem alle Vöglein aus der Gegend zu Hilfe eilen.«

»Die Fenster sind alle zu, sie könnten sowieso nicht reinkommen.«

Klar.

Wir gehen nach unten, wo meine Mutter und die Tanten schon mit dem Kochen beschäftigt sind. Haben sie die Küche seit gestern überhaupt verlassen? Der Geruch nach frischem Kaffee ringt mir ein Lächeln ab.

»Warum tust du Milch in deinen Kaffee?«, fragt Tante Pietra im Ton eines Generals auf Inspektionsreise.

»Er schmeckt mit Milch besser«, entgegnet meine Mutter.

»Unsinn! Das hat Mama uns jedenfalls nicht beigebracht!«

»Wie soll ich das noch wissen? Du vergisst, dass ich zu klein war und Giulia auch.«

»Im Süden macht man so etwas eben nicht.«

»In der Bretagne tut man aber Milch in den Kaffee rein.«

»Nun, man sieht ja, was dabei herauskommt.«

»Wie meinst du das?«

»Guten Morgen allerseits«, rufe ich, um die Diskussion zu unterbrechen.

»Hast du gut geschlafen, Liebes? Du siehst blass aus.«

»Ja, ganz gut. Und du, Mama?«

»Rhett hatte einen Alptraum, all diese Leute bringen ihn ganz durcheinander, und so habe auch ich kein Auge zugetan.«

Rhett, der dritte Mops der Familie dieses Namens, hat immer Alpträume. Vielleicht ist er von den Geistern der zwei vorherigen Rhetts besessen.

»Deinen Hund hast du auch nach einer Figur aus *Vom Winde verweht* benannt?«, fragt Tante Giulia erstaunt.

»Scarlett, Melanie, Rhett, das ist wirklich zu lächerlich«, ruft Tante Pietra und zuckt mit den Schultern.

»Ich finde es originell«, verteidigt sich meine Mutter.

Mir wird ganz schlecht, wenn sie sie so angreifen. Ich habe unter meinem Vornamen lange gelitten. Meine Generation kannte diese Art von Kinofilmen gar nicht mehr. Im Grunde aber ist eine Hommage an das frühe Hollywood auch nicht dümmer als eine Fantasy-Saga mit Drachen oder eine Sciencefiction-Saga mit Yedi-Rittern, die Laserschwerter tragen. Es ist alles nur eine Frage des Bezugsrahmens.

»Schon als Jugendliche warst du völlig in diese Geschichte vernarrt.« Tante Pietra gibt nicht auf.

Ich versuche das Thema zu wechseln.

»Wo sind denn Orlando und seine Verlobte?«

»Die sind ins Dorf gegangen, um Brot zu holen.«

»Du weißt aber schon, dass wir hier in England sind, oder?«

»Gibt es hier denn keine Bäckereien?«

»Nicht so wie in Frankreich.«

»Was machen diese Menschen ohne Brot, wenn sie Salat, Käse oder Suppen essen?«

»Nichts. Sie sind Barbaren. Ich glaube aber, wir sind stark genug, um ein paar Tage ohne Brot auszukommen.«

Meine Mutter schenkt mir Kaffee ein, und Tante Giulia reicht mir ein süßes Omelett mit Bananen. Da werden Kindheitserinnerungen wach.

»Übrigens habe ich vorhin William getroffen, als ich mit Rhett vom Spaziergang zurückkam, und er sagte mir, er fährt in die Galerie. Ist alles in Ordnung?«

»Ja, wenn sich ein Kunde für ein Bild interessiert, muss man schnell reagieren.«

Es ist besser, wenn ich lüge.

»Eine Galerie?«, fragt Tante Pietra erstaunt.

»William und sein Bruder besitzen eine Kunstgalerie im Herzen von London. Ich kann sie euch zeigen, wenn ihr möchtet. Es gibt dort im Moment schöne Rötelzeichnungen.«

»Aha. Bringt das denn Geld ein?«

»William kann nicht klagen, auch wenn er viel Arbeit hat. Er ist ein Experte auf seinem Gebiet. Er findet wie kein Zweiter die Künstler von morgen. Zu seiner Ausstellung im letzten Sommer ist ganz London gekommen. Sie war großartig!«

Wie immer, wenn ich von Williams Arbeit spreche, gehen die Pferde mit mir durch. Wahrscheinlich, weil ich nicht viel von Kunst verstehe und meine Kenntnisse in der Malerei sich auf Alan Lees Aquarelle für *Der Herr der Ringe* beschränken, der sicher ein Könner auf seinem Gebiet ist, aber bestimmt nicht zur künstlerischen Avantgarde gehört. Durch William habe ich eine faszinierende Welt kennengelernt, einen Mikrokosmos ganz unterschiedlicher Persönlichkeiten, von denen eine faszinierender ist als die andere. Ich kann mich nicht genug über seine leuchtenden Augen freuen, wenn er mir die Werke zeigt, die er für seine Ausstellungen ausgewählt hat, dann strahlt sein Gesicht vor Glück und Erregung. Ich mag meine Arbeit als Architektin, bin aber nie dermaßen in Begeisterung ausgebrochen, wenn ich meine Pläne für Luxushotels betrachtet habe …

Da öffnet sich die Haustür.

»Guten Morgen, allerseits!«, ruft Thomas und betritt die Eingangshalle. »Ich habe zwei verlorene Schafe gefunden, die ich euch zurückbringen möchte. Sie wurden losgeschickt, um Brot zu holen. Wer hat ihnen das angetan?«

Orlando und seine Verlobte treten nach ihm ins Haus. Sie sind mit Schnee bedeckt, und ich bin sofort alarmiert.

»Schneit es draußen sehr?«

»Es hört gerade auf, aber der Schnee liegt gut fünfzehn Zentimeter hoch«, antwortet Orlando höflich.

Oh nein!

»Ja, meine Wildlederstiefel sind, glaube ich, ruiniert«, erklärt Caroline und wischt mit ihren Handschuhen über das Leder. »Macht Schnee eigentlich Flecken?«

»Hast du sie denn nicht imprägniert?«, fragt meine Mutter.

»Imprägniert man Stiefel denn?«

»Meine Liebe, bei Regen und Schnee lässt man Wildleder an der Grenze zurück oder gleich in einem Naturpark.«

Ich stehe vom Tisch auf, versuche, den Geschirrspüler zu erreichen, aber meine Mutter nimmt meine Tasse, um sie mit der Hand zu spülen. Ich weiß nicht, ob ich zu wenig geschlafen habe oder ob mich der Familienkokon jetzt schon zu sehr einengt, jedenfalls bereitet mir ihr Geplauder so früh am Morgen Kopfschmerzen. Wie soll ich den Tag nur überstehen? Zumal ich mich vor dem großen Essen heute Abend noch als Stadtführerin betätigen muss.

Ganz einfach. Beauftrage einen anderen damit und nutze emotionale Erpressung, um dein Ziel zu erreichen.

Ich wende mich meinem Zielobjekt zu.

»Thomas, ich brauche dich mal eben im Wohnzimmer, ich muss mich zwischen zwei Lippenstiften entscheiden, die ich im Internet gesehen habe.«

»Bräute tragen keinen Lippenstift«, sagt Tante Pietra, die keiner nach ihrer Meinung gefragt hat.

»Einen Moment noch, deine Mutter macht mir gerade einen Kakao.«

»Nein. Jetzt!«

Ich packe ihn am Arm und ziehe ihn mit mir ins Wohnzimmer.

»Ganz ruhig, es ist nur Lippenstift, und du bist nicht Beyoncé auf dem Weg zur Pressekonferenz.«

»Thomas! Du zeigst meiner Familie heute Schloss Windsor.«

Er sieht mich mit großen Augen an. Ich wusste, es würde schwierig werden, ich muss also hart bleiben.

»An einem Samstag? Bist du verrückt?«

»Eigentlich wollte ich das machen, aber ich muss mal ein bisschen durchatmen.«

»Ich bin überrascht.«

»Mach eine kleine Tour mit ihnen, erzähl ihnen Geschichten und komm erst zurück, wenn du Tante Pietra losgeworden bist.«

»Warum verlangst du das von *mir*? Wäre das nicht eher Williams Aufgabe?«

»William arbeitet.«

»Ich arbeite auch.«

»Nein, du hängst zu Hause rum. Und William kann ich auch nicht erpressen. Wenn du dich nämlich weigerst, erzähle ich deiner Mutter, dass es zwischen dir und Moshe vorbei ist.«

Er tritt einen Schritt zurück. Ich zucke nicht mit der Wimper. Ich wollte ja hart bleiben.

»Das würdest du nicht tun.«

»Oh doch, das würde ich!«

Er verzieht das Gesicht.

Erpressung ist eine üble Sache.

»Na gut, ich mach's, aber glaub nicht, dass es mir Spaß macht!«

Aber sie zeigt Wirkung.

Eine Dreiviertelstunde später sehe ich, wie der ganze Archer-Clan und Thomas in dem neuen Mercedes-Van der Galerie losfahren. Es ist nicht mehr so kalt draußen. Die Wolken haben sich verzogen, und Sonne scheint auf die verschneite Landschaft. Als William mich fragen wollte, ob ich mit ihm leben will, hat er mich überrumpelt, indem er mit mir in den Guilford District fuhr. Er kannte meinen Geschmack genau und wusste, dass ich den Landhäusern aus Stein, von denen manche wahre architektonische Wunder sind, nicht widerstehen könnte, auch nicht den prachtvollen Gärten und lauschigen Spazierwegen.

Doch während sich der Minibus jetzt durch die wunderbare Landschaft schlängelt und allmählich kleiner und kleiner wird, verschwende ich keinen Gedanken an ländliche Romantik. Ich stoße einen Jubelschrei aus und tanze einen Siegestanz.

»Hello?«

Ich schrecke hoch. Winnie kommt auf dem Weg vorbei, der an unserem Haus vorbeiführt, und winkt mir zu. Am Ende war er uns nicht böse, dass wir in seine Kuh hineingefahren sind und seine Arbeit als Tierzüchter in Frage gestellt haben. Als wir hier eingezogen sind, hat er uns gleich seine Hilfe angeboten. Und was für eine Hilfe! Winnie ist ein genialer Handwerker. Was er in die Hand nimmt, wird erneuert, repariert, verbessert. Was für ein Segen für Intellektuelle mit zwei linken Händen wie William und mich. Als wir ihm erzählt haben, dass wir hier in der Gegend heiraten wollten, hat er sich um das Hochzeitsauto gekümmert, einen Aston Martin aus den sechziger Jahren. Ich verstehe immer noch kein Wort, wenn er redet, aber wir haben eine eigene Zeichensprache entwickelt, und so können wir uns das Wichtigste mitteilen, wenn William nicht da ist. Ich erwidere seinen Gruß und gehe dann wieder ins Haus zurück.

Kein Ton, keine Nachfrage, keine spitze Bemerkung. Wenig später erhalte ich eine Nachricht von William, der wissen möchte, ob alles gut läuft. Ich erzähle ihm nichts von meinem hinterhältigen Schritt, nutze aber die Gelegenheit, um ihm auch zu schreiben.

Alles in Ordnung so weit, noch ist keiner tot. Und bei dir? Du hast mir gefehlt heute Morgen.

Ich fürchte, das war zu vorsichtig. Antwort:

Du mir auch. Ich treffe noch einen Kunden und hole danach meinen Onkel und Cousin am Flughafen ab. Kraft und Ehre. Heute Abend viel Alkohol.

Ja, ich war zu vorsichtig. Allerdings sind wir beide auf derselben Wellenlänge, wenigstens in einem Punkt: Heute Abend gibt es etwas zu trinken, unsere beiden Familien werden vollzählig mit uns in einem Raum versammelt sein.

Aspirin.

4

Meine Liebe zur Architektur wird bei meiner Hochzeit in jeder Hinsicht zufriedengestellt.

Ich habe zwei wunderschöne Räumlichkeiten gemietet, eine für die Begrüßungsparty heute Abend – wir nennen sie den Versuch, Öl und Wasser zu mischen – und den anderen Saal für die Hochzeitsfeier. Der für die Party liegt in der ersten Etage eines Herrenhauses, massiv, aus Stein gebaut, von einem riesigen Garten umgeben, den man durch eine lange Allee erreicht. Es gibt hier einen rustikalen Empfangsraum, ein Restaurant mit einer Glasüberdachung im Art-déco-Stil, ein kleines Museum und natürlich einen Souvenirladen.

Der Empfangsraum ist rechteckig, hier sind Antikes und Modernes ideal kombiniert, überall Holztäfelung, am Boden dunkle Fliesen. Ich habe als Beleuchtung an der Decke und an den Wänden Lichtergirlanden anbringen lassen. Es ist schön wie im Märchen. Die Jahreszeit kommt meiner Vorliebe für diese Art Dekor entgegen. Es gibt ein warmes und kaltes Buffet, runde Tische mit weißen und golddurchwirkten Tischdecken und Unterhaltungsmusik im Jazz-Stil, um alle in freundliche Stimmung zu versetzen. In einer so schönen Umgebung sollten gutes Essen und ein guter Wein die beiden Parteien einander näherbringen.

In einer idealen Wirklichkeit wäre das auch sicher so. Doch in unserer Wirklichkeit, in der alles unvollkommen und chaotisch ist, könnte nichts meine Mutter und meine zukünftige Schwiegermutter in Kontakt bringen, ohne dass es zum Kurzschluss kommt. Ich habe das Gefühl, wenn es nur um meinen künftigen Schwiegervater oder um Lizzie, die exzentrische Großmutter von William, ginge, würde alles sofort sehr einvernehmlich ablaufen. Doch solange dieser Drache oben auf dem Turm hockt und Feuer spuckt, wird niemand die Burg betreten. William hat gesagt, das alles mache ihm nichts mehr aus und er habe von den Ansprüchen seiner Mutter endgültig die Nase voll, ich weiß aber, dass kein Kind ohne Weiteres auf Distanz zu der Person gehen kann, die es zur Welt gebracht hat.

Wenn ich an die Zusammenkunft heute Abend denke, machen mir allerdings nicht nur Lenas Kälte oder die Passivität ihres Mannes Sorgen, sondern auch meine Familie. Allen voran die Sippe aus Korsika. Thomas hat vor zwei Stunden alle wieder sicher nach Hause gebracht – einschließlich der ewig schimpfenden Tante Pietra, die leider doch nicht verloren gegangen ist. Er sah um fünf Jahre gealtert aus. Meine Familie hat den Besuch in Windsor Castle aber offenbar sehr genossen. Tante Giulia hat nur angemerkt, dass es doch eine totale Verschwendung sei, eine Königin zu haben und sie nur so selten zu zeigen, zumindest den Touristen könnte man ja das Vergnügen öfter gönnen. Sie meinte, und wenn wir eine Königin hätten, würden wir wesentlich besseren Gebrauch von ihr machen. Wir haben ihr dann ins Gedächtnis gerufen, dass wir Franzosen den gesamten französischen Adel enthauptet haben. Dann war sie still, und Tante Pietra schloss mit der

Bemerkung, dass Versailles nun wirklich mehr zu bieten habe als Windsor Castle. Der Einzige, der wirklich glücklich schien, war Orlando, mit dem sich Thomas offenbar eine ganze Weile unterhalten hatte.

Während meine Mutter nun also den Servicekräften hinterherjagt, die gerade die Tischdecken glattstreichen, und meine Tanten, die ich nicht allein zu Hause lassen konnte, über alles meckern, bitte ich die Geschäftsführerin um einen schwarzen Tee. Ich hätte vielleicht besser einen Irish Coffee bestellt, aber da war sie schon weg. Ich verstehe nicht, warum sie alle hier so herumwirbeln müssen, ein Blick würde doch genügen, um zu sehen, dass hier im Saal wirklich alles perfekt ist.

»Ach, Kindchen, heb dir dein trauriges Gesicht für eine bessere Gelegenheit auf. Lena wird nicht ewig leben, hab Geduld!«, sagt da plötzlich Williams Großmutter zu mir, die zu meiner großen Überraschung auch gekommen ist.

»Lizzie, was machen Sie denn hier?«

»Ach, ich sterbe vor Langeweile. Und da ich immer noch kein Testament gemacht habe, dachte ich, ich lebe einfach noch ein bisschen und schau mal vorbei.«

Ich mag Lizzie sehr. Ich kenne niemanden, der so verquer ist wie sie, aber ich möchte auf keinen Fall, dass sie sich ändert. Als ich sie Weihnachten vor zwei Jahren kennenlernte, habe ich mich gleich in die kleine alte Dame verguckt, ihr Aussehen und das Rouge auf ihren Wangen erinnern mich an Erdbeeren. Lizzie gehört zu den Menschen, die sich über alle Regeln hinwegsetzen und denen das System gleichgültig ist. Sie beansprucht für sich das Recht, in keine Schublade zu passen. Ob man sie verletzt oder über sie urteilt, ihre Freiheit ist ihr am wichtigsten. Zudem hat sie die Gabe, auch kritische Situationen bravourös zu meistern, denn außer ihren Launen nimmt sie nichts wirklich ernst. Sie liebt es, andere zu provozieren und zu ermüden, um zu sehen, über welche Kräfte sie verfügen. Dabei hat sie eine sehr ausgefeilte Technik. Wenn keiner damit rechnet, zündet sie eine Bombe und zählt danach die Trümmer. Kaum zu glauben, dass sie die Mutter von Lena sein soll.

»Du sahst so besorgt aus, Liebes«, fährt sie fort und küsst mich auf die Stirn. »Wovor hast du Angst? Das Haus hat ein Dach, ich habe in der Küche den Traiteur gesehen, er scheint nicht betrunken, und die Bude ist gut geheizt.«

»Gibt es denn gar kein Brot heute Abend?«, ruft Tante Pietra laut durch den Saal.

Ich werfe Lizzie einen verschwörerischen Blick zu, und sie versteht sofort, warum ich so besorgt aussehe.

»Unsere beiden Familien stehen sich offenbar in nichts nach. Deine Tanten, nehme ich an?«

Ich nicke.

»Ich hab gedacht, Mama würde sich freuen, wenn sie ihre Schwestern nach all den Jahren des Zwists wiedersieht, aber ich habe den Eindruck, aus der großen Versöhnung wird nichts.«

»Nun, meine Liebe, meiner Erfahrung nach verlieren sich Leute aus den Augen, wenn sie sich nichts mehr zu sagen haben. Nur wollen sie sich das meistens nicht eingestehen und machen dann irgendwelchen Blödsinn. Mein guter Rat: Halt dich auf Abstand, wenn du deine Ruhe haben willst.«

Ich muss lächeln.

»Wo ist denn deine Schwester? Ist sie zu Hause geblieben?«

»Nein, sie steht da hinten am Fenster, wie immer. Mélie!«

Sie kommt zu uns, nimmt Lizzie in den Arm, und diese umarmt sie so fest, dass sie fast vom Boden abhebt.

»Kannst du deiner großen Schwester mal sagen, sie soll sich nicht immer um die anderen sorgen?«, meint Williams Großmutter. »Sie wird noch krank davon.«

»Scarlett glaubt, wenn sie Löcher in ihr Unterbewusstsein bohrt, kriegt es Luft, aber ich sage ihr immer wieder, dass es sie kaputt macht. Ein Unterbewusstsein mit Löchern ...«

»... richtet furchtbare Dinge an, ich weiß, Mélie, das sagst du mir immer wieder«, seufze ich.

»Weil du nicht auf mich hörst.«

Doch, ich höre auf sie.

Meine Mutter und ihre beiden Schwestern kommen laut diskutierend auf uns zu. Die Heilige Inquisition ist auf dem Vormarsch, fast bekreuzige ich mich.

»Warum hast du bloß nicht uns das Buffet vorbereiten lassen?! Wenigstens den Wein und den Champagner hätten wir aussuchen sollen, was verstehen Engländer schon von Wein?«, sagt Tante Pietra gerade vorwurfsvoll.

»Wir wollten euch nicht stören«, antwortet meine Mutter in diesem devoten Ton, der mich ärgert. »Wie hättest du auch alles hierherschaffen wollen?«

»Es geht um die Familie, Rosa, innerhalb der Familie stört man sich nie. Du hast wirklich alles vergessen. Du hattest in Korsika alles, was du brauchst, aber nein, es hat dir nicht gereicht.«

»Du kannst sicher sein, Tante Pietra, dass es meiner Mutter auch lieber gewesen wäre, wenn ich in Frankreich geheiratet hätte«, erkläre ich nervöser, als mir lieb ist. »Aber zum Glück gibt es auch anderswo Traiteure.«

Thomas sorgt mit Orlando und Christie für Abwechslung, jeder von ihnen bringt einen riesigen Strauß weißer Lilien herein.

»Expresslieferung!«, ruft er.

»Was ist denn das?«

Ich schaue auf die Lilien. Es sind meine Lieblingsblumen, und ich kaufe sie regelmäßig, damit es im Wohnzimmer gut duftet.

»Blumen, und Caroline und Orlando haben mir geholfen, sie aus dem Bus hierher zu tragen.«

Ach richtig, sie heißt Caroline. Wieso kann ich mir den Namen bloß nicht merken?

»Blumen von wem?«

»Von mir und auch ein bisschen von William. Vor allem aber von mir. Habe ich schon gesagt, dass sie von mir sind?«

Mein Herz schlägt schneller. Ich bin furchtbar sentimental. Egal, mein künftiger Mann ist super romantisch, und ich finde das wunderbar.

»Wie nett von euch beiden, vor allem von dir! Das brauchtet ihr aber nicht, es ist doch schon alles geschmückt.«

»Das glaubst du doch selbst nicht«, entgegnet Thomas.

»Da hast du recht. Man kann nie zu viele Lilien haben. Wir stellen sie einfach mitten aufs Buffet.«

Ich brauche ewig, um die Blumen zu ordnen, dann frage ich so normal wie möglich:

»Weißt du, ob Williams Treffen mit seinen Kunden erfolgreich war?«

»Was? Nein. Wir haben die Galerie heute früh nicht geöffnet. Wollte er nicht unseren Onkel und Cousin abholen?«

»Ja, aber erst am späten Nachmittag.«

Mir läuft ein kalter Schauer über den Rücken.

Scarlett, nicht falsch verstehen, versteh es bloß nicht falsch.

Ich gebe mir die größte Mühe, die Fragen und Antworten, die wild durch meinen Kopf jagen, zu vertreiben. Ich gehe noch ein letztes Mal durch den Saal und muss sagen, es sieht so aus, wie ich es mir vorgestellt hatte. Der Geruch der Lilien in der Nähe des Buffets hat beruhigende Wirkung auf mich. Ich hole tief Luft.

Es ist jetzt 18 Uhr, draußen ist es dunkel, und die Beleuchtung erinnert mich an die Weihnachtsdekorationen, die Papa früher überall im Haus und draußen anbrachte. Ich versuche, in letzter Zeit nicht zu oft an ihn zu denken, aber je näher die Hochzeit rückt, desto öfter frage ich mich: Wer wird mich zum Altar führen? Bisher habe ich immer, wenn meine Verwandten davon anfingen, meine ganze Phantasie aufgebracht, um das Thema zu wechseln, jetzt aber muss ich eine Entscheidung treffen. Ich fürchte, wenn ich am Arm eines anderen zum Altar gehe, kann ich meine Emotionen nicht beherrschen und gehe unter.

Warum passieren mir all diese schönen Dinge, wo du nicht mehr da bist, Papa?

Man spricht immer vom unheilbaren Schmerz der Eltern, die ihre Kinder verlieren, aber können Kinder je den Tod derer überwinden, die sie so gehätschelt haben wie niemand sonst?

Nachdem wir uns alles angeschaut haben, bringe ich alle wieder nach Hause, glücklicherweise ist unser Haus nur eine

Viertelstunde vom Ort der Feier entfernt. Als ich ankomme, herrscht eine überraschende Stille. Alles ist in Ordnung, alles so, wie ich es mir gewünscht habe, nichts, womit ich nicht gerechnet hatte, kein tragischer Todesfall, keine Striptease-Tänzerin, ich müsste mich frei fühlen wie eine schwimmende Insel, und doch lastet etwas auf meiner Seele, ich weiß nicht, wo es herkommt. Ich habe Mühe zu atmen. Warum kriege ich so schwer Luft?

Meine Familie und Thomas ziehen sich in die zwei Bäder im Erdgeschoss zurück, ich nehme das neben unserem Schlafzimmer. Ich ziehe den schönen blauen Hosenanzug von Ted Baker an, den ich mir für den Abend gekauft habe, trage Lippenstift auf und kämme meine Haare ganz anders, als Gunter es mir beigebracht hat. Als Schmuck ein feines Goldkettchen und dazu passende Ohrringe. Eine Stunde später bin ich wieder unten in der Halle.

»In Hosen?«, fragt Tante Giulia empört, als sie mich kommen sieht.

»Ja, warum nicht?«

»Hosen bringen einer jungen Braut Unglück.«

»Ja, aber das war 1754.«

Tante Giulia wird rot.

»Ja, du hast recht, ich bin ein bisschen altmodisch. Euch jungen Leuten ist ja nichts mehr heilig. Ich wünsche jedenfalls viel Glück.«

Meine Mutter und Mélie kommen dazu. Ich lächele sie an, ich finde sie sehr elegant. Dann nehme ich mein Handy und mache ein paar Fotos, trotz des lauten Protests meiner Mutter.

»Auf geht's«, sagt Thomas, »wir sehen alle phantastisch aus, aber wir kommen noch zu spät, wenn wir jetzt nicht losfahren, und da wir die Ballkönigin dabeihaben, wollen wir die anderen nicht beunruhigen.«

Als wir ankommen, sind einige unserer Freunde schon da. Man hört Musik, im Saal ist es warm, Gläser stehen auf den Tischen, und die Ober halten ihre Flaschen bereit.

»Es gibt etwas zu trinken! Wir können feiern«, sagt Thomas ungeduldig.

»Wir sollten lieber warten, bis William da ist. Er kommt sicher jeden Moment mit eurem Onkel und dem Cousin.«

»Wenn du sie erst mal gesehen hast, wirst du bedauern, dass wir nicht vorher angefangen haben zu trinken.«

»Sind sie wirklich so schlimm?«

»Im Vergleich zu den beiden ist meine Mutter ein kleiner Spaßvogel.«

»Ihr habt einen seltsamen Humor, warum bloß?«

»Das musst du mich nicht fragen, ich bin sowieso adoptiert.«

Ich muss lachen, und in diesem Augenblick kommt William herein.

Mein Herz schlägt heftig, wie immer, wenn ich ihn sehe. Die Eleganz, mit der er bei jeder Gelegenheit seinen Anzug trägt, seine aristokratische Haltung, die mein revolutionäres Verlangen weckt, und sein tiefschwarzer Blick bezaubern mich noch immer. Er sieht mich auch an, kommt auf mich zu, und als er mich umarmt, gerät der Saal aus dem Blickfeld, meine Familie verschwindet, auch die seine, und nur die tanzenden Lichter sind noch da und das Schlagen unserer Herzen.

»Dieses Treffen hier war sicher nicht die beste Idee«, raunt er mir leise ins Ohr, »aber wir können noch abhauen, wenn du willst. Ich habe in der Nähe des Fensters einen großen Baum gesehen, wenn du die Schuhe mit den Absätzen ausziehst und ich meine Krawatte, könnten wir rausspringen und an ihm runterklettern.«

»Ich wollte dich eigentlich in den Graben werfen, um für Abwechslung zu sorgen, und lasse dann ein warmes Bad einlaufen.«

»Französische Folter mag ich besonders«, sagt er, die Lippen an meinem Hals.

»Und ich bin noch nicht am Ende meiner Möglichkeiten.«

William sieht mich mit seinen unergründlichen Augen an. Ich halte mich an seinem Revers fest.

»Wie war dein Gespräch heute Nachmittag?«

»Ganz gut.«

»Thomas scheint sich für die Galerie nicht mehr besonders zu interessieren. Er wusste nicht mal was von dem Termin.«

Scarlett, pass auf, was du sagst!

»Du weißt nicht, wie es mit ihm ist derzeit. Seit seiner Trennung hängt er nur noch rum und bringt mich zur Weißglut. Vor zwei Wochen habe ich ihm verboten, in die Galerie zu kommen.«

»Ach so.«

Dass es mit Thomas nicht einfach ist, kann ich mir gut vorstellen. Ich kann allerdings nicht behaupten, dass William nicht das erntet, was er zwanzig Jahre lang gesät hat. Wenn man jemanden derart von sich abhängig macht, kann man ihm später nicht vorwerfen, er sei nicht selbständig genug …

Ich lächele ihn an, und als er gerade meine Lippen mit seinen berühren will, sehe ich zwei Männer hinter ihm auftauchen, deren Anblick jegliche Libido abtötet. Der erste, ein kräftiger rothaariger Mann, vielleicht früher mal ein Sportler und heute sechzig Jahre alt, begrüßt mich höflich. Für einen Hill fast zu herzlich. Der zweite ist etwa so alt wie William, seine Gesichtszüge und sein Ausdruck sind eher hart und verdrossen. Wie schön, dass ihn unsere Feier so fröhlich stimmt.

»Scarlett, dies sind mein Cousin Alistair und mein Onkel Edward«, erklärt William, als er die beiden bemerkt.

»Es freut mich sehr, dass Sie kommen konnten.«

»Die Freude ist ganz unsererseits«, antwortet der Onkel, während der Sohn uns kühl und herablassend ansieht. »Wir sind froh, wieder einmal hier zu sein, besonders aus solch einem Anlass. William sagte mir, dass Ihre Familie von der bretonischen Küste kommt? Da war ich auch schon mal, in Dinard.«

Er war schon mal in Dinard, wie alle Briten über fünfzig.

»Ja, wir kommen aus Saint-Malo, das liegt ganz in der Nähe. Die hübsche Schwarzhaarige dort am Fenster ist meine Schwester Mélie, meine Mutter Rosa steht dort neben dem Ober, wahrscheinlich erklärt sie ihm gerade seinen Beruf. Am Buffet sehen Sie meine Tanten aus Korsika. Sonst ist niemand aus meiner Familie hier.«

»Na, das sind doch schon mehr als genug«, entgegnet Edward, und sein Sohn verzieht abfällig die Mundwinkel.

»Sind Sie nicht zu müde von der Reise? New York liegt ja nicht gerade um die Ecke?« Ich versuche Konversation zu machen, Alistairs Miene bleibt frostig.

»Seit einiger Zeit fliegen wir öfter über den Atlantik, alles nur eine Frage der Gewohnheit«, bemerkt er trocken.

Diesen Moment wählt Mélie, die sich uns unauffällig genähert hat, um den beiden neuen Gästen entschlossen zwei Glas Champagner in die Hand zu drücken.

»Hier, meine Herren, etwas zum Warmwerden.«

»Ja, draußen ist es in der Tat ziemlich eisig«, antwortet der Onkel liebenswürdig.

»In New York ist es wesentlich kälter«, setzt Alistair hinzu.

»Ich meinte eigentlich auch nicht die Außentemperatur«, sagt Mélie in dem penetranten Ton, den sie annimmt, wenn sie einem tief in die Seele schaut, ohne dass man sie dazu aufgefordert hat.

Williams Cousin wirft ihr einen Blick zu, den ich nicht deuten kann. Überraschung oder Verstimmung? Schwer zu erkennen bei seiner versteinerten Mine. Immerhin ist es eine Reaktion. Aus dem Augenwinkel bemerke ich Thomas, der versucht, uns aus dem Weg zu gehen, und sich an der Champagnerbar ein Glas holt. William hat ihn auch gesehen und winkt ihn herbei. Ich vermute in dieser autoritären Geste eine Art Rache von Seiten meines zukünftigen Mannes.

»Wie lange ist es her, Thomas? Fünf Jahre?«, fragt der Onkel, nachdem sich all begrüßt haben.

»Eher sieben«, antwortet Thomas in einem mir ganz unbekannten kühlen Ton.

»Du besuchst uns nicht gerade oft, mein Junge. Es würde deine arme Tante, die nicht mehr fliegen kann, sehr freuen, wenn du dich mal ab und zu blicken ließest. Und? Was gibt's Neues in London?«, fragt er jovial.

»Mein Coming-out.«

Eisiges Schweigen.

»Du siehst, hier hat sich nichts geändert. Wir amüsieren uns wie eh und je«, bemerkt William.

»Äh ... ja«, meint der Onkel zögernd. »Sag mal, William, wo sind eigentlich deine Mutter und James?«

»Die werden sicher gleich kommen. Du weißt doch, wie meine Mutter ist, sie braucht ihren Auftritt. Und Dad folgt in ihrem Schatten, wie immer.«

Das ist noch harmlos ausgedrückt. Inzwischen laufen die Kellner umher, was für etwas Abwechslung sorgt. Mama folgt ihnen auf Schritt und Tritt, um zu sehen, ob alles richtig läuft. Es kommen immer noch Gäste an, die meisten sind Freunde, dazu ein paar meiner Arbeitskollegen, einige Geschäftspartner von William. Entgegen Lenas Wunsch haben wir nur Leute eingeladen, die wir wirklich gern dabeihaben wollten, abgesehen von einigen Verpflichtungen. Wir sind höchstens sechzig, Williams Mutter hatte sich doppelt so viele Gäste gewünscht.

Sobald ich kann, überlasse ich William seinem Onkel und Cousin. Thomas folgt mir so dicht, dass ich seinen Atem in meinem Nacken spüre.

»Was für ein Problem hast du mit ihnen?«, frage ich ihn.

»Dass wir denselben Stammbaum haben?«

»Ich meine die eisige Stimmung zwischen euch.«

»Er ist der Bruder meiner Mutter, wundert es dich, dass er mir auf die Nerven geht?«

»Da ist doch noch mehr, oder? Ich habe den Eindruck, dass du ihm etwas übelnimmst.«

Thomas schweigt, verschränkt entschlossen die Arme und seufzt.

»Also, Onkel Edward und mein Vater sind Chefs einer großen Firma, einer sehr großen. Weißt du, wovon ich rede?«

»Das letzte Mal, dass dein Vater mit mir geredet hat, war an Ostern. Ich hatte gar keine Ahnung, dass der Mann überhaupt arbeitet!«

»Was sollte er denn sonst den ganzen Tag machen?«

»Keine Ahnung, sich von deiner Mutter herumkommandieren lassen?«

Ein Punkt für mich, ich habe ihm ein Grinsen entlockt.

»Ja, aber nicht nur das. Um es kurz zu machen, der Lebensstil und das Ansehen der Hills beruhen auf einem Unternehmen, das Flugzeugmotorteile herstellt, für die zivile Luftfahrt und Militärmaschinen. Alle dachten, nach seinem Ingenieurstudium würde William zu ihnen stoßen und mit Alistair arbeiten. Doch dann eröffnete William seine Galerie, und das war ein Drama.« Er verdreht die Augen. »Mein Onkel hat alles Mögliche versucht, um William dazu zu zwingen, in das Unternehmen einzusteigen. Richtig miese Tricks. Zum Glück hat es nicht funktioniert, aber er und sein grässlicher Sohn haben es fast geschafft, unseren gemeinsamen Traum von einer Kunstgalerie zu torpedieren. Deshalb kann ich die beiden immer noch nicht ab.«

»Man könnte denken, eure Familie sei die vierte Staffel von *Denver Clan*.«

»Eher *Dallas*. Deinetwegen wird die Sache auch nicht ins Lot kommen.«

»Meinetwegen?«

»Na ja, seit du da bist, haben alle angefangen, den Mund aufzumachen und zu sagen, was sie denken. William hat unserer Mutter die Meinung gesagt, ich verkünde, dass ich schwul bin, Lizzie verrät, dass sie bisexuell ist, du weißt ja gar nicht, was du in dieser Familie von Heuchlern angerichtet hast.«

»Tut mir leid ...«

Meiner Meinung nach ist das eher Mélie gewesen mit ihren schwachsinnigen Ratschlägen zur Entwicklung der Persönlichkeit.

»Das war ein Witz, Scarlett, es ist das Beste, was uns passieren konnte. Dem Himmel sei Dank, dass wir dich kennengelernt haben.«

Thomas gibt mir einen lauten, etwas feuchten Kuss auf die Stirn, und ich unterdrücke einen Seufzer. Wäre er sich bloß mehr seiner Verantwortung und der Tatsache bewusst, dass sein Bruder jemand braucht, der ihn in der Galerie unterstützt, besonders jetzt. Aber Thomas besitzt die Eigenschaft, Liebe und Hass auf sich zu ziehen, nie besonders lange, jedoch immer wieder von neuem. Ich lasse den Blick schweifen und sehe ein Pärchen, das etwas verloren in einer Ecke des Saals herumsteht.

»Ach, Thomas? Könntest du dich vielleicht ein bisschen um Orlando und diese ... äh ... Charl... also ... seine Verlobte kümmern?« Warum kann ich mir ihren Namen nicht merken? »Die beiden tun mir ein bisschen leid.«

»Kein Problem. Weißt du, dein Cousin ist wirklich ein netter Kerl, du solltest versuchen, ihn besser kennenzulernen, seine Freundin ist allerdings nicht gerade die hellste Kerze auf der Torte, die ist ziemlich blöd.«

»Thomas!«

»Entschuldige. Ich weiß nicht mehr, was ich sage, ich habe zu viel getrunken.«

Er folgt dennoch meiner Bitte und geht zu dem Paar. Noch nie habe ich zwei Menschen gesehen, die so wenig zusammenpassen. Orlando und C. sind sichtlich erleichtert, dass sich endlich jemand für sie interessiert.

Und wo ist eigentlich Mama?

Ich nehme an, in der Küche, immer wieder die Küche.

Ich stelle mein Glas ab, um zum Traiteur zu gehen, doch dann bleibe ich verblüfft stehen. Denn in diesem Augenblick betritt Lena die Bühne mit der Grandezza eines Hollywood-Stars. Mit ihrer perfekt ondulierten Bobfrisur und einem tannengrünen maßgeschneiderten Kleid sieht sie aus wie die Heldin eines Hitchcock-Films. Neben ihr fühlt man sich wie ...

Wie ein Stück Scheiße.

Sie ist nicht allein gekommen, eine junge Frau, die ich noch nie gesehen habe, ist an ihrer Seite. Ein Klon von ihr, nur jünger. Wie haben sie es geschafft, dass ihre perfekt gelockten Frisuren genau identisch sind? Gunter braucht für meine Haare immer mehr als zwei Stunden, und in der feuchten britischen Luft ist die ganze Pracht nach fünf Minuten meist dahin. Die schöne Unbekannte trägt ein elegantes Kostüm, ein paar wirkungsvolle Schmuckstücke zeigen, welcher sozialen Klasse sie angehört. Ich kann das blaue Blut, das durch ihre Adern fließt, fast sehen. Sie und Lena scheinen sich gut zu kennen, meine zukünftige Schwiegermutter ist ihr gegenüber jedenfalls von einer Freundlichkeit, die ich so noch nie erlebt habe.

Wer ist diese Frau? Die Prinzessin von Wales vielleicht?

Sie geht an mir vorbei, ohne mich zu beachten, streift mich fast, und steuert direkt auf meinen Verlobten zu. Was ich auf Williams Gesicht lese, gefällt mir gar nicht: Überraschung und spontane Freude. William ist nie überrascht, nicht mal, wenn Außerirdische ins Land einfallen. Er würde vermutlich nicht mal überrascht sein, wenn ihn ein Blitzschlag träfe. Die beiden begrüßen sich mit einer Umarmung, die mir übertrieben scheint. Sie reden los, lachen, ich umklammere mein Glas und werde es wahrscheinlich gleich zerdrücken.

Nimm dich zusammen, Scarlett, du bist doch kein Kind mehr!

Ich nehme mich also zusammen und beschließe, mich wie eine Erwachsene zu verhalten.

Du musst dein Territorium markieren!

Ich schiebe mich entschlossen neben meinen Ehemann für alle Zeiten und lächele den beiden spät gekommenen Gästen zu.

»Guten Abend, Lena.«

»Guten Abend, Scarlett, ich möchte dir Abigail vorstellen.«

»*Scarlett*? Wie charmant!«, sagt die Unbekannte mit den guten Manieren.

Abigail? Tatsächlich?

»Abigail ist eine alte Studienkollegin«, erklärt William freudig, »wir haben uns aus den Augen verloren, als sie nach New York gegangen ist.« Er wendet sich ihr wieder zu. »Ist das großartig, dich wiederzusehen. Seit wann bist du in London?«

»Oh, seit einer Weile schon. Ich hoffe, es ist in Ordnung, dass ich einfach so hereingeschneit bin.«

Aber natürlich, wer kümmert sich denn heute noch darum, ob er eine offizielle Einladung erhalten hat?

»Als ich neulich meine Eltern besuchte, war deine Mutter auch da und hat erzählt, dass du heiraten wirst. Sie hat mich eingeladen, heute Abend zu eurer Party mitzukommen. Die Gelegenheit wollte ich natürlich nicht verpassen.«

Sie lächelt und ich versuche, die Contenance zu wahren. Natürlich steckt Lena dahinter. Ich habe offenbar die Nachricht mit den Gästen übersehen, die sie an meiner Stelle ausgesucht hat.

»Du bist natürlich willkommen«, erklärt William und lächelt auch. »Was für eine schöne Überraschung. Mein Gott, es ist so lange her. Wie geht es deinen Eltern und deinem Bruder?«

»Es geht allen gut, sie vermissen dich.«

»Grüß sie bitte von mir. Und fühl dich wie zu Hause, es gibt genug zu essen und zu trinken. Thomas ist übrigens da drüben am Buffet, wenn du ihm guten Tag sagen willst.«

Mir wird ganz übel bei dieser Lawine von Höflichkeiten. Ich bin weder hysterisch, noch habe ich Paranoia – jedenfalls nicht mehr als andere Leute –, aber Abigail schenkt ihm ein Lächeln, das ich nur zu gut kenne. Man setzt es zu strategischen Zwecken ein, mit einer Intention, die der Empfänger nicht immer versteht, der Sender jedoch durchaus. Ich weiß nicht, wie ausgefeilt ihre Strategie ist, aber diese Frau glaubt, zu William eine ganz besondere Beziehung zu haben. Mal sehen, ob mein zukünftiger Mann ihren Funkruf erwidert. Nie werde ich vergessen, Lena dafür zu danken, dass sie eine Person mitgebracht hat, die auf mich wirkt wie eine Schlange in meinem schönen Garten.

Keiner hat bemerkt, dass auch der Mann meiner zukünftigen Schwiegermutter dabei ist. Nur ein Ober hat es gesehen und geht mit einem Tablett voller Gläser auf ihn zu, erst dadurch fällt er auch uns auf. William und ich begrüßen ihn, er sagt drei Worte, wie immer sanft und voll Freundlichkeit. Aber bald herrscht Schweigen, und ich weiß wieder nicht so richtig, was ich mit ihm anfangen soll. Ich wende mich höflich ab und überlasse es meinem Verlobten, *nicht* mit ihm zu reden. William hat mir nie viel über sein Verhältnis zu seinem Vater erzählt. Ich will ja nicht sagen, dass ich gern eine Vaterfigur durch eine andere ersetzen würde, aber ihr mangelnder Kontakt vermittelt mir das Gefühl, dass den beiden und vielleicht auch mir etwas Wichtiges entgangen ist. Ich schlendere durch den Saal und behalte aus der Entfernung Lena und ihre neue beste Freundin im Auge. Sie flüstern miteinander wie bei Intriganten der besseren Gesellschaft üblich. Das setzt mir zu. Meine Schwester stellt sich neben mich, während ich die beiden beobachte, vermutlich nicht auf besonders diskrete Weise.

»Die mögen wir nicht, oder?«, fragt Mélie und reicht mir ein neues Glas Champagner.

»Nein, wir mögen sie nicht.«

Ich habe gelernt, Leute nur aus gutem Grund zu hassen, und das nicht länger als notwendig. Doch was den Überraschungsgast angeht, werde ich den Grund sicher finden.

5

Sonntag, 18. Dezember

Williams Stimme weckt mich aus dem Schlaf. Ich mache ein Auge auf, und silbriges, grelles Licht dringt durch den Schlitz zwischen den Vorhängen. Heute Nacht muss es wieder geschneit haben, sonst wären die Strahlen der Wintersonne nicht so hell. Wenn sie auf die Schneefläche treffen, explodieren sie beinahe. Ich weiß nicht, wie spät es ist, aber mein Körper schreit ein deutliches »Viel zu früh«. Ich hätte nach dem fünften Glas Champagner aufhören sollen – man sollte dann immer aufhören. Deswegen ist auch in den Champagnerflaschen nicht zu viel drin. Gestern Abend dachte ich, dass ich die Fähigkeit habe, einen Kater mit Anmut, Frische und Optimismus zu bewältigen. Eine klare Fehleinschätzung, denn ich fühle mich schwach und elend.

Schließlich wird mir klar, dass William nicht mit mir spricht, sondern im Bad mit irgendwem telefoniert. Mit wem redet er wohl an einem Sonntagmorgen, wo wir uns von den Menschen, die uns wichtig sind, erst vor wenigen Stunden verabschiedet haben?

Ich lausche, aber er spricht ganz leise. Irgendwann dreht er sich um, und unsere Blicke begegnen sich durch die halb offene Tür.

Ich höre, wie er das Gespräch mit einem raschen »Ich ruf dich wieder an« beendet. Er lächelt mir zu und küsst mich leicht auf die Lippen, bevor er sich wieder ins Bett legt, sein Gesicht dicht vor dem meinen.

Was war das denn gerade? Fangen so Liebesdramen an, oder bilde ich mir nur etwas ein?

Ich entschließe mich, mit Humor zu reagieren.

»Deine Geliebte ist ja schon früh auf.«

»Mit sechzehn ist man eben voller Energie«, kontert er mit einem einvernehmlichen Grinsen.

»Und hat einen Körper, der noch keine Schwerkraft kennt.«

Er streichelt mir übers Haar, unsere Stirnen berühren sich.

»Sag mal, ist alles in Ordnung?«

»Warum fragst du?«

»Ich weiß nicht, du redest leise am Telefon im Badezimmer an einem frühen Sonntagmorgen. Das ist ganz schön klischeehaft, oder?«

»Ja, das stimmt«, antwortet er knapp.

Diesen Ton schlägt er immer an, wenn er über eine Sache nicht länger reden will.

»Spaß beiseite, William, ich habe das Gefühl, dass dich etwas beschäftigt.«

»Ich bin nicht sicher, ob das ein Witz sein soll.«

»Okay. Es ist zu früh für Eifersucht und Ironie.«

»Da bin ich ganz deiner Meinung.«

Ich schweige eine Weile, bevor ich wieder weitermache.

»Ich mache mir Sorgen um dich.«

»Das tut mir leid. Du hast schon genug mit der Hochzeit zu tun, vor allem seit Mauricio tot ist. Und ich habe so viel zu tun wie nie und finde niemand, der mich unterstützt. Die neue Ausstellung, die wir so dringend brauchen, könnte nicht ungünstiger liegen.«

»Wenn du sie brauchst, dann ist das jetzt doch genau der richtige Moment. Es gibt nichts, was wir beide zusammen nicht schaffen können. Ich würde dir auch gern in der Galerie helfen.«

»Manchmal wünschte ich, du wärst mein Bruder«, sagt er mit einem leicht bitteren Lächeln. »Ich zweifle nie an deiner Unterstützung. Du bist da, überwachst die letzten Vorbereitungen für die Hochzeit, während ich ständig woanders unterwegs bin. Ich bin derjenige, der es nicht so macht, wie er sollte ...«

Ich nehme seine Hand und küsse sie. Nach längerem Schweigen beschließe ich, die Frage zu stellen, die mich beschäftigt.

»Bist du denn glücklich? Hier bei mir, in unserem Bett, während meine Mutter sicher schon draußen auf dem Flur herumgeistert. Bist du glücklich mit mir, William?«

Er sieht mich überrascht an, was äußerst selten geschieht. Eine Weile denkt er über seine Antwort nach, als zählten diese Worte mehr als andere, dann holt er tief Luft.

»Scarlett. Jedes Mal wenn ich dich sehe, halte ich für zwei, drei Sekunden den Atem an. Jedes Mal. Habe ich das dir schon mal gesagt?«

»Nein, noch nie.«

»Es passiert ganz automatisch, ich kann es nicht steuern. Als ich dich vorhin vom Badezimmer aus sah, ist es wieder passiert. Ich hielt den Atem an. So sieht für mich das Glück mit dir aus: das Gefühl, zwischen zwei Atemzügen zu schweben. Das Gefühl, das ich schon vor zwei Jahren in der Herrentoilette des Flughafens hatte, und vor einem Jahr angesichts einer halbtoten Kuh. Und in diesem Bett, während deine Mutter sicher schon auf dem Flur herumgeistert.«

Mein Herz gerät in Wallung. Ich schmiege mich eng an ihn. »Ich liebe dich«, flüstere ich.

»Glaub einfach an die Sekunden, in denen mir der Atem stockt.«

Unsere Umarmung wird heftiger, unsere Körper verschlingen sich einander. Ich fühle seine Muskeln auf meiner Haut, seine Ungeduld verwirrt meine Sinne. Unsere Küsse werden leidenschaftlicher, schneller, sie verschlingen uns. Im Handumdrehen entledigen wir uns der wenigen Kleider und bringen eilig unsere Hüften zusammen.

Wir lieben uns, wie zwei Jugendliche, die Angst haben, dass jemand sie überrascht. Sehr schnell erreichen wir das berauschende Glücksgefühl, ersticken alle Geräusche, um der Diskretion zu genügen. Ich spüre, wie wir uns beide entspannen. Ganz plötzlich, als würde ein Faden abgeschnitten. Eine Weile bleiben wir liegen, unser Atem geht schnell, wir haben ein Schwindelgefühl.

»Ein Orgasmus, genau das habe ich gebraucht«, seufze ich zufrieden. »Mélie hatte mal wieder recht. Aber wir sagen es ihr nicht, okay?«

»Ich spreche nie mit deiner Schwester über Sex. Um ehrlich zu sein, habe ich ein bisschen Angst vor ihr.«

»Alle haben ein bisschen Angst vor ihr.«

»Was steht heute auf dem Plan?«

»Bis ich morgen die von Mauricio hinterlassenen Nummern anrufen kann, kümmere ich mich um die Mandeldragees[1] für die Hochzeit, und meine Tanten wollen unbedingt Covent Garden sehen … Kannst du mir noch mal sagen, warum ich mich darauf eingelassen habe, dass sie schon ein paar Tage vor der Hochzeit herkommen?«

»Weil du sonst deiner Mutter etwas hättest abschlagen müssen.«

Es klopft an die Tür.

»*Chérie*, bist du wach? Ich weiß, dass du wach bist. Ich habe dir Mandelcrêpes gemacht, die isst du doch so gern. Komm schnell runter, sie schmecken am besten, wenn sie noch warm sind!«

Mama ist wie eine Katze, sie spürt genau, wenn man nicht mehr schläft.

»Ja, wir kommen!«

William dreht sich wohlig im Bett um und scheint weiterschlafen zu wollen.

»He! Was machst du da?«

»Sie hat gesagt, *chérie*, komm schnell runter, im Singular! Ich will mich nicht aufdrängen und das heilige Tête-à-tête zwischen Mutter und Tochter stören.«

»Ich glaube es nicht!«

»Du wirst mir dankbar sein. Heb mir eine Mandelcrêpe auf.«

»Stirb.«

Ich stehe auf und springe unter die Dusche. Dann mache ich mir einen Pferdeschwanz und ziehe meine Skinny Jeans

---

[1] Mit Zuckerglasur überzogene Mandeln, die in Frankreich traditionell auf Hochzeiten an die Gäste verteilt werden.

und einen hellen Rollkragenpullover an, bevor ich nach unten gehe. In der Küche erwarten mich schon meine Mutter, die beiden Tanten und Thomas.

Thomas?

»Bist du etwa hier eingezogen, ohne dass ich es gemerkt habe?«, frage ich, bevor ich mich setze.

»Ich bin leider wieder Single und todunglücklich, und seit zwei Tagen habe ich das Sofa besetzt«, antwortet Williams Bruder und schiebt sich ein Riesenstück Mandelcrêpe in den Mund.

»Wir müssen neue machen«, sagt Tante Pietra im Befehlston zu meiner Mutter. »Die paar Dinger werden nicht reichen.«

»Nein, nein, schon gut, ich habe keinen großen Hunger, eine genügt mir.«

»Und William?«

Der hat keine verdient.

»Na gut, vielleicht noch einen oder zwei.«

»*Chérie*, nur weil er Engländer ist, musst du nicht denken, dass du dich nicht darum kümmern brauchst, dass er gut isst. Er ist und bleibt ein Mann«, ermahnt mich meine Mutter allen Ernstes.

»Kochst du denn nicht?«, fragt Tante Giulia entsetzt.

»Na ja, manchmal.«

»Nein«, unterbricht mich die Frau, die mich zwar zur Welt gebracht hat, aber kein Mitleid kennt. »Scarlett hat keine Zeit zu kochen, sie ist viel zu beschäftigt. Sie hat eine Arbeit mit großer Verantwortung. Sie baut Häuser.«

»Ich plane eher Luxushotels.«

»Die dann gebaut werden.«

»Das eine schließt das andere ja nicht aus, wenn man sich ein bisschen organisiert, kann man alles schaffen«, wirft Tante Pietra mir an den Kopf. »Du weißt doch, was man von den Männern sagt. Man hält sie mit zwei Organen, dem Magen und der ...«

»Schon gut, ich habe verstanden.«

»Bei Schwulen funktioniert das jedenfalls nicht, wir müssen immer auf unsere Linie achten«, wirft Thomas ein.

»Ach, wirklich?«, fragt meine Mutter erstaunt.

»Oh ja, denn wenn wir dick sind, finden wir keinen Partner. Der Verführungsmarkt ist unerbittlich, ganz zu schweigen von der Größe des ...«

»Danke, wir haben verstanden.«

Nachdem ich eilig mein Frühstück gegessen und dabei gegen traumatisierende Bilder angekämpft habe, die mein Gehirn bedrängen, versuche ich, das Spülbecken zu erreichen. Vergeblich. Sechs Hände hindern mich daran. Ich gebe nach und lasse sie meine Küche saubermachen. Manche Schlachten sind von vornherein verloren. Auf der anderen Seite der Eingangshalle befindet sich eine riesige Veranda, von der man weit über die Felder schauen kann. Das hat mich damals überzeugt, ein Angebot zu machen, nachdem wir das Haus besichtigt hatten. Selbst im Winter hat man hier das Gefühl, draußen zu sein. Im Sommer ist die Veranda die reinste Sauna, aber in der Übergangszeit und in den kalten Monaten ist sie ein magischer Ort.

Nichts kommt dem Glück gleich, das ich empfinde, wenn ich mich hier mit Blick auf die Natur und ihre Farbenvielfalt mit einem Buch niederlasse.

Die verschneiten Bäume und der durch den Schneefall wie Diamanten glitzernde Schnee bieten einen märchenhaften Anblick. Ich habe auf dem großen Wohnzimmertisch alles ausgebreitet, was ich für die Mandeldragees brauche. Ich hätte sie fertig bestellen können, wollte sie aber von Hand machen, damit es persönlicher wird.

Thomas ist mir gefolgt und hat sich an ein Tischende gesetzt. In der einen Hand eine Tasse Kaffee, in der andern sein Handy. Er sieht traurig aus. Er tut so, als nähme er nichts ernst, aber ich weiß, dass er Moshe sehr geliebt hat. Dieser Mann war wohl seine erste richtige Liebe. Ich setze mich neben ihn und reiche ihm ein paar leere Tüten, damit er sie füllen kann.

»Tu ruhig viel rein, es sind nie genug.«

In der Küche höre ich meine Mutter und die Tanten schwätzen. Schwer zu sagen, ob sie sich beschimpfen oder sich Nettigkeiten sagen, sie reden laut und immer sehr schnell.

Wir arbeiten schweigend wie am Fließband, Öffnen, Einfüllen, Schließen, eine monotone Beschäftigung. Dann entschließe ich mich, etwas zu sagen.

»Eine Frage: Kommt William dir auch anders vor als sonst?«

»Du sprichst mit einem Mitglied des Hill-Clans, willst du dich wirklich so weit vorwagen?«, fragt Thomas und steckt sich ein Dragee in den Mund. Er kaut eine Weile nachdenklich darauf herum, dann sagt er:

»Eigentlich nicht. Mit den beiden Ausstellungen haben wir ohne Pause gearbeitet, und das war kein Vergnügen. Und man muss immer mehr kämpfen, um Künstler zu finden, die sich durchsetzen. Aber das sind wir gewöhnt, so ist unser Beruf nun mal. Warum fragst du?«

»Nur so. Ich hab so eine komische Vorahnung.«

»Hast du vielleicht die typische Paranoia einer Braut kurz vor der Eheschließung?«

»Ganz und gar nicht! Na ja, vielleicht ein bisschen. Und wo ich nun schon mal dabei bin, ein bisschen durchzudrehen – wer ist eigentlich diese Abigail, die gestern mit deiner Mutter aufgetaucht ist?«

»Eine Studienfreundin von Sarah. Die beiden standen sich sehr nahe, und als das zwischen William und Sarah anfing, lernte er zwangsläufig auch Abigail kennen. Sie waren viel zusammen, ich dachte schon, die hätten einen flotten Dreier. Na, jedenfalls nach der Hochzeit war Sarah sehr mit der eigenen Familie beschäftigt und ging seltener aus, und Abigail, die immer sehr ehrgeizig war, nahm einen tollen Job in New York an, und sie verloren sich aus den Augen. Ich glaube, sie ist nicht mal zu Sarahs Beerdigung gekommen.«

Eine Welle des Mitgefühls überkommt mich. Wenn jemand den Namen von Williams erster Frau ausspricht, was nur selten geschieht, geht es mir immer so. Sarah ist früh an Eierstockkrebs gestorben, es war die aggressivste Form auf dem Markt der Schrecklichkeiten. Sie war die erste Frau, die für ihn zählte, und war noch nicht fünfunddreißig, als sie ihren letzten Atemzug tat, nach nur fünf Jahren Ehe. William spricht nur selten darüber, aber wenn von Sarah die Rede ist, empfinde ich echtes Mitgefühl. Ich habe sie nie als Konkurrentin empfunden, niemand kann gegen eine Tote gewinnen. Wenn man stirbt, kriegt man einen Heiligenschein. Aber ich sehe Sarah eher als Verbündete. Sie und ich lieben denselben Mann, sie gestern, ich heute und morgen, so hat man eine Verbindung miteinander.

Ich fürchte mich nicht vor der weihevollen Erinnerung, ich habe nur manchmal Angst, dass William nicht so glücklich ist wie vor Sarahs Tod. Als wäre das Herz durch eine solche Katastrophe so verletzt, dass es nicht mehr normal funktionieren kann. Trauer verändert uns, weil wir durch eine Finsternis gehen, die an unserer Haut klebt, auch wenn wir da wieder herauskommen. Man kriegt sie nie mehr richtig weg.

»Du hast von Abigail nichts zu befürchten.«

»Ich habe keine Angst vor ihr.«

»Wirklich nicht? Sie ist ausnehmend hübsch, meine Mutter mag sie, sie sieht aus wie die Ehefrau des künftigen englischen Königs ... An deiner Stelle hätte ich ihr vorsichtshalber schon eine verpasst.«

»Ich vertraue William völlig.«

»Vertrauen ist ein schönes Konzept, aber behalte sie trotzdem im Auge.«

»Das sagst du nur, weil du fast stirbst vor Kummer.«

»Ja. Moshe fehlt mir ganz furchtbar.«

Ich nehme seine Hand und drücke sie. Da geht die Türglocke, die die Stimmen meiner Familienmitglieder kaum übertönt.

»Ich gehe schon«, ruft Mélie von der Treppe her.

Ich unterdrücke einen Seufzer.

»Dieses Haus ist die reinste Bahnhofshalle.«

»Wir müssen anfangen, die Fahrkarten zu kontrollieren«, brummt Thomas.

Ein paar Sekunden später betritt Mélie das Wohnzimmer, gefolgt von Alistair. Am Tag sieht dieser Mann noch verklemmter und eisiger aus als bei abendlicher Festbeleuchtung.

»Alistair muss mit William bei Winnie das Auto abholen und auch den Tannenbaum mitbringen«, erklärt Mélie wie Jarvis in *Iron Man*.

»Das hätte ich auch selbst sagen können«, bemerkt Alistair.

»Nein«, entgegnet meine Schwester. »*Sie* wären in der Halle stehen geblieben, aus Angst, ein Gespräch führen zu müssen.«

»Und Sie sind ganz schön von sich eingenommen. Sie kennen mich doch überhaupt nicht.«

»Ich kenne Sie. Man muss nur dorthin schauen (sie zeigt auf *ihr* Herz), und man kann in Ihnen lesen wie in einem Buch.«

Einen Augenblick scheint er in Verlegenheit zu geraten. Dann sagt er in neutralem Ton:

»Wenn Sie meinen.«

Dies hindert meine Schwester nicht dran, der Sache weiter auf den Grund zu gehen.

»Soll ich Ihnen sagen, was Sie gerade denken?«

»Jetzt bin ich aber neugierig.«

»Sie sind traurig, William wiederzusehen, die meisten Leute hier gehen Ihnen auf die Nerven, und Sie finden mich hübsch, und das ärgert Sie am meisten.«

So ist das, Alistair, gegen sie kommt keiner an.

»Ach, tatsächlich? Und wie wollen Sie das beweisen?«

»Das kann ich nicht, aber wir wissen beide, dass ich recht habe«, erwidert Mélie mit einem geheimnisvollen Lächeln.

Hinter ihnen taucht jetzt William auf. Er ist frisch rasiert und sieht mit seiner Hose, seinem braunen Pullover und seiner Tweedjacke wie ein Landlord aus.

»Hallo, Al, freut mich, dich zu sehen. Ich bin fertig, wir können fahren, wann du willst. Macht Mélie dir das Leben schwer?«

»Nicht mehr als notwendig«, antwortet sie.

»Hüte dich vor ihrem Blick, sie ist eine Zauberin«, sagt William scherzend. Bevor er zur Garderobe geht, gibt er mir einen Kuss.

»Wir sind nicht lange weg«, ruft er und zieht sich seine dicke Jacke an.

»Das sagst du immer, aber ich wette, Winnie wird wieder seinen Selbstgebrannten aus dem Keller holen, irgendein Teufelszeug, das in mindestens zehn Ländern verboten ist!«

»Wir bleiben stark, versprochen.«

Alistair verschwindet ohne ein Wort, er wirft Mélie nur einen schwer zu deutenden Blick zu. Mir fehlt der Schlüssel, um diesen Mann zu verstehen.

»Was hat der Junge für ein Problem?«

»Er hat zu oft *Stolz und Vorurteil* gelesen und hält sich offenbar für Darcy«, sagt Thomas, der mindestens drei Dragees in der rechten Backe hat. »Achte nicht weiter auf ihn, er will unbedingt auffallen. Als Kinder waren William und er die besten Freunde. Du kannst mir dankbar sein, denn nur durch mich ist dein künftiger Mann so cool und sympathisch geworden.«

Ich verzichte darauf, ihm zu widersprechen, aber wenn ich an William denke, ist cool nicht die wichtigste Eigenschaft. Mir kommen viele andere Adjektive in den Sinn, aber ich finde keines so richtig passend. Ich hasse es, in diesem Zustand der Unruhe zu sein, den ich mir mit nichts erklären kann. Ich habe das Gefühl, ich suchte nach einem Grund, um Angst haben zu können. Was mache ich da gerade? Mir das Schlimmste einbilden, um mein Glück nicht anzunehmen?

Scarlett, hör auf damit!

Ich mache mich selbst verrückt. Morgen muss ich statt mit Mauricio mit den Lieferanten sprechen. Da habe ich die perfekte Entschuldigung, mich von der Familie zu entfernen.

Nach den Anstrengungen, die meine Verwandten mir abverlangen, wird es ein Vergnügen sein, dem Traiteur oder dem Blumenhändler hinterherzulaufen.

Ich kann es kaum erwarten.

6

Montag, 19. Dezember

Die Floristin sieht mich an wie ein von Autoscheinwerfern geblendetes Kaninchen. Sofort steigt mein Blutdruck um fünf Punkte. Heute früh habe ich mir schon die Namen von Thomas' Liste herausgesucht und beschlossen, einen nach dem anderen abzuklappern, um sicherzugehen, dass alles gut läuft, und die, die noch fehlen, ausfindig zu machen. Am wichtigsten ist das Blumengeschäft, denn diese Leute müssen nicht nur meinen Brautstrauß liefern, sondern das gesamte Tischdekor. Mauricio hat sich für ein paar Firmen aus Shere entschieden, so dass ich bei den Wegen kostbare Zeit spare. Nur leider reden die Leute, die ich aufsuche, kaum mehr als ein Kaninchen im Scheinwerferlicht.

»Haben Sie dieses Wochenende keine Nachrichten gehört?«, fragt mich die Blumenhändlerin jetzt und wiegt sich besorgt hinter ihrer Verkaufstheke.

»Nein. Ich war sehr beschäftigt. Aber was haben die Nachrichten mit meiner Bestellung zu tun?«

»Okay, ich verstehe. Ich hätte nicht gedacht, dass ich Ihnen den Zusammenhang erklären müsste.« Sie stöhnt. »Seit einer Woche mache ich nichts anderes, es ist wirklich eine Katastrophe.«

»Ich gebe zu, dass Sie mir Angst machen.«

»Wir haben eine Epidemie mit E-Coli-Bakterien. Eigentlich merke ich mir solche Ausdrücke nicht, aber wo ich es immer wieder sagen muss und auch dauernd höre, im Fernsehen reden sie ja von nichts anderem.«

»E-*was*?«

»Das sind Bakterien aus Tierexkrementen, und die können das Wasser verseuchen«, sagt die Verkäuferin, als sage sie eine auswendiggelernte Lektion auf. »Sie sind im Darm von Kühen oder Schafen und von Damwild. Wir haben eigentlich nicht viel Damwild hier, aber ...«

»Entschuldigung, was hat das mit meinem Brautstrauß und dem Blumenschmuck zu tun?«

»Ja, also wissen Sie, man hat im Wasser der Kläranlagen Bakterien gefunden, und daher kommt die Epidemie in Shere. Es ist wie eine Magenverstimmung, kommt aber von den Bakterien. Alle Leute hier sind krank. Freitag hat die Grundschule zugemacht, weil sie nicht mehr genug Lehrer hatten. Seit letztem Dienstag bin ich im Laden hier allein. Und krank ist noch harmlos ausgedrückt. Sie kennen doch sicher die Szene aus dem *Exorzist*, die, wo das Mädchen sich tonnenweise übergibt und ...«

»Alles klar, ich habe verstanden. Aber was wollen Sie mir damit sagen?«

»Dass wir seit letztem Dienstag keine Aufträge mehr ausgeführt haben, tut mir sehr leid.«

»Machen Sie Witze?«

»Würde ich gerne, aber seit letzter Woche mache ich nichts anderes, als Geld zurückzuerstatten. Es ist eine finanzielle

Katastrophe, ich bin ja nur Verkäuferin. Stellen Sie sich bloß vor, es hat in der Geschichte nur dreimal solche Ausbrüche gegeben. Ich sage Ihnen eins, es wird Zeit, dass wir alle Veganer werden!«

Kleine Lichtpunkte tauchen in meinem Gesichtsfeld auf. Ich glaube, ich erleide einen Herzanfall.

»Am Samstag ist meine Hochzeit! Wollen Sie mir sagen, ich bekomme weder meinen Brautstrauß noch die Tischdekoration?«

»Nur wenn der Chef und sein Lehrling am Donnerstag wiederkommen. Heute Morgen ging es ihnen aber ganz schlecht. Wenn ich Sie wäre, würde ich nach einer anderen Lösung suchen. Haben Sie wegen der Feier denn schon mit den anderen Firmen gesprochen, die Sie beauftragt haben? Bei einer Epidemie erwischt es nämlich ziemlich viele Leute …«

Ich drehe mich zu Mélie um, die in der Hand die Liste der anderen Lieferanten hat. Sie nickt langsam mit dem Kopf. Ich schlage mir mit der Hand gegen die Stirn, und es klingt wie eine Ohrfeige.

»Und was soll ich jetzt machen?«

»Ich könnte ihnen andere Blumenläden nennen, die wir gut kennen und die Ihnen vielleicht aus der Patsche helfen können. Hochzeiten in der Weihnachtszeit sind ja auch eher selten. Bei den anderen allerdings …«

»Danke für die Namen anderer Blumenläden, ich habe aber eine Anzahlung geleistet, und die hätte ich dann gern zurück.«

»Kein Problem, wie gesagt, ich mache seit einer Woche nichts anderes. Unser armer Chef verliert immer mehr Geld und wird bald pleitegehen.«

»Entschuldigung, aber mein Mitleid hält sich in Grenzen«, fauche ich sie an.

»Sie sind sicher sehr nervös, so vor der Hochzeit. Man weiß ja, dass Frauen vor der Hochzeit oft sehr stressempfindlich sind.«

»*Stressempfindlich?* Wollen Sie mich auf den Arm nehmen? Wann hatten Sie eigentlich vor, mich anzurufen, um mir zu sagen, dass ich meine Blumen nicht bekomme?«

»Heute ist Montag, ich wollte es im Laufe des Tages machen oder morgen, das schwöre ich. Hier herrscht einfach gerade das totale Chaos.«

»Ja, das scheint mir auch so. Wir werden nie wissen, ob Sie mich tatsächlich angerufen hätten oder nicht. Und ich hätte dann am Samstag ohne Brautstrauß dagestanden. Ist Ihnen eigentlich klar, was das bedeutet? Eine Braut ohne Brautstrauß?« Ich schreie fast.

Mélie zieht mich am Arm und stellt sich zwischen die Verkäuferin und meine kriminellen Gelüste.

»Die Liste«, sagt sie mechanisch.

Die Blumenhändlerin reicht sie ihr, und ein paar Sekunden später finde ich mich auf der Straße wieder, die Schuhe im Schnee, und frage mich, was für furchtbare Dinge ich in meinem früheren Leben getan haben muss. Mélie beginnt zu telefonieren. Ich fand es immer schwierig, wenn nicht unmöglich, meine Schwester zu durchschauen. Sie hat immer eine Art Schleier vor dem Gesicht, der es anderen so schwer macht zu verstehen, wie sie die Welt sieht. Ich kann sie noch so viel beobachten, um einen bestimmten Ausdruck auszumachen, ich weiß nie, was ich mit dem, was ich sehe, anfangen soll. Wenn sie etwas tut, beschränke ich mich darauf zu warten.

Mein Telefon klingelt. Es ist meine Mutter. Sie hat offenbar ausgerechnet (mit welcher mathematischen Formel weiß ich nicht), wie lange wir brauchen, um aus dem Blumenladen herauszukommen. Da wir zu spät sind, habe ich bei ihr Alarm ausgelöst. Ich gehe ran, um eine Katastrophe abzuwenden.

»Mama? Was? Ein Problem? Woher weißt du, dass es ein Problem gibt? Ich habe doch nur Mama gesagt. Ja, es gibt ein Problem. Mit der Blumenhändlerin. Es gibt offenbar eine Epidemie in der Gegend, und alle Leute haben einen Magen-Darm-Infekt. Woher weißt du, wie die Bakterien heißen? Aus den Nachrichten? Warum hast du mir das denn nicht gesagt, Mama? Nein, er kann den Strauß nicht machen, er kotzt die ganze Zeit. Keiner kann arbeiten, wenn er so krank ist, das ist keine Faulheit. Warte, Mélie will was sagen. – Was?«

»Die Friseuse ist diese Woche krankgeschrieben und der Konditor auch.«

»Verflucht, soll das ein Witz sein? Nein, Mama, ich habe nicht verflucht zu dir gesagt. Ich rufe dich später wieder an, wir haben hier ein Riesendesaster. Was? Nein, Helena und ihre Zauberkünste können da gar nichts bewirken. Nein, wir finden keinen neuen Konditor, wenn sie Salbeiblätter im Badezimmer anzündet! Ich rufe dich zurück.«

Helena, die beste Freundin meiner Mutter, eine große Frau mit einem Pferdegesicht, hat sich, seit sie vor dreißig Jahren Witwe wurde, Wicca und anderen Formen der Magie zugewandt. Würde ich auf sie hören, könnte ich mich in kein Bett legen, ohne nachzusehen, ob vielleicht Nadeln darin stecken, ich müsste den

Geistern danken, wenn ich an einen neuen Ort komme, im Supermarkt Handschuhe tragen, um nicht mit Gift in Berührung zu kommen, und wenn ich einem Mann mit schwarzem Hut begegne, ein Gebet sprechen. Helena konnte nicht zur Hochzeit kommen, der Satan wollte sie lieber in Saint-Malo behalten.

»Willst du damit sagen, ich habe nichts mehr? Keine Frisur, keinen Strauß, keinen Tischschmuck und keine Hochzeitstorte?«

»Wir haben noch den Aperitif und das Essen.«

»Aber das ist eine Katastrophe!«

»Rufen wir Thomas an, er kümmert sich immer um die Empfänge in der Galerie, er kennt sicher ein paar Adressen. Nach dem, was die Blumenhändlerin sagt, sind die Aussichten, um diese Jahreszeit einen anderen Hochzeitskuchen zu bekommen, gar nicht so schlecht. Wegen der Frisur aber könnte es Probleme geben.

»Ich bekomme keine Luft mehr.«

»Ich kümmere mich drum«, sagt Mélie und wählt eine Nummer auf ihrem Telefon.

»Was für Symptome hat man bei einem Herzanfall? Ich glaube, ich habe einen.«

»Atme einfach …«

»Wenn du mir jetzt sagst, ich soll quadratisch atmen, schreie ich.«

Eine Stunde später sitzen Thomas, Mélie, meine Mutter und ich im Auto und fahren nach Richmond zu einem Konditor, den Thomas angerufen hat, sobald wir nach Hause gekommen sind.

Ausnahmsweise setzt Williams kleiner Bruder diesmal alle Hebel in Bewegung. Ich habe William eine Nachricht geschickt, aber um diese Zeit ist er immer bei seinem Buchhalter.

Wir halten in einer Parkbucht, die, soweit ich weiß, für Behinderte reserviert ist, und gehen schnellen Schrittes auf den Laden zu. Drinnen lasse ich den Blick über die Auslagen streifen. Mein Herz bleibt vor Schreck fast stehen.

»Willst du mich auf den Arm nehmen?«

»Was ist denn?«, fragt Thomas.

»Hast du gesehen, was da in der Vitrine ist?«

»Das sind Bestellungen, sie machen alles, was du willst«, verteidigt sich Thomas.

»Das sollen Bestellungen sein? Diese schauderhaften Kreationen? Und ansonsten sehe ich hier nur Brioches und Cupcakes. Wann ist dir eingefallen, es wäre eine gute Idee, uns hierher zu bringen? Ich dachte, ich könnte mich auf dich verlassen, Thomas!«

»Ich habe getan, was ich konnte, du willst eine riesige Hochzeitstorte, nicht jeder ist bereit, so etwas fünf Tage vor dem Fest zu machen, weil sie alle mit dem Weihnachtsgebäck beschäftigt sind. Der Chef ist mir etwas schuldig, und er macht wirklich sehr schöne Sachen.«

»Was wir hier sehen, ist kein Weihnachtsgebäck.«

»An manchen Abenden doch.«

»Wie lustig dieser Kuchen in Giraffenform«, sagt meine Mutter, die die Vitrine genauer ansieht, »sie machen wirklich tolle Sachen für Kinder heutzutage.«

»Das ist ein Penis«, sagt Mélie.

»Wie bitte?«

»Hier, das ist der Schaft und das dort der Schwanz. Es ist nur gelb, weil in der Glasur Bananen sind.«

Wäre die Lage nicht so dramatisch, würde ich mich über Mélanies Leistung freuen: Sie hat unsere Mutter zum Schweigen gebracht.

»Und das da sind also keine Kuchen in Erdbeerform?«

»Nein, das sind keine Kuchen in Erdbeerform.«

»Scarlett!«, ruft meine Mutter, die allmählich in Panik gerät.

»Ich weiß, Mama, beschwer dich bei Thomas, er hatte diese tolle Idee.«

»Die Form ist doch völlig egal, es sind Kuchen, sie werden schon machen, was wir bestellen, seid doch nicht so verklemmt. Und von weitem sieht es doch wirklich wie eine Giraffe aus.«

Ein Mann von fünfzig Jahren, der aussieht wie ein Mafia-Pate und getuschte Wimpern hat, kommt in den Laden. Als er Thomas sieht, stößt er einen Freudenschrei aus und nimmt Thomas so fest in den Arm, dass er vom Boden abhebt.

»Mein Freund!«, ruft er. »Ich freue mich sehr. Wie lange haben wir dich nicht mehr gesehen! Du hast uns gefehlt!«

»Ja ich war ziemlich beschäftigt.«

»Wir haben das mit Moshe erfahren. Seit eurer Trennung ist er völlig aus der Spur geraten, du kannst dir schon vorstellen, was er macht.«

»Was kannst du dir vorstellen?«, frage ich. »Sehen Sie mich nicht so an, wir sind jetzt hier, und Sie reden zu viel.«

»Er hat das Menu mit den Muscheln gegessen, meine Liebe, und das ist sehr schlecht, seine Familie wird ihn plattmachen.«

»Dürfen Juden keine Muscheln essen?«, fragt meine Mutter erstaunt. »Ich verstehe überhaupt nichts mehr.«

»Er schläft mit Frauen, Mama«, erklärt Mélie und zählt die Himbeeren auf einer Komposition, deren Form ich mir lieber nicht näher ansehe.

»Für dich ist das schwer, weil du die Trennung verarbeiten musst, aber glaub mir, der Junge wird wegen seiner Familie nie dazu stehen, dass er schwul ist. Er ist jetzt in dem Alter, in dem man sich der Tradition unterordnen und Kinder machen muss. Er hätte dir irgendwann sowieso das Herz gebrochen.«

»Ich weiß, aber er fehlt mir trotzdem«, seufzt Thomas.

»Uns auch«, sage ich, »aber wie sieht es nun mit meiner Hochzeitstorte aus?«

»Ja, natürlich, meine arme Kleine, Thomas hat mir erzählt, was Ihnen passiert ist. Schrecklich, diese Epidemie. Gestern habe ich mich fast aus Solidarität mit all diesen armen Menschen auch übergeben. Offenbar ist eine solche Ausbreitung sehr selten.«

Nie wieder werde ich den Fernseher ausstellen. Ich habe die Botschaft des Universums verstanden.

»Wir sind in einer verzweifelten Lage.«

»An eurer Stelle hätte ich schon drei Nervenzusammenbrüche bekommen«, sagt der Konditor und nickt. »Wie ihr euch vorstellen könnt, bin ich zu dieser Jahreszeit mehr als ausgebucht, aber ich habe gerade einen neuen Lehrling eingestellt, frisch von der Schule, aber ein echtes Genie. Er erledigt euren Auftrag, denn er freut sich bestimmt, mit Überstunden etwas mehr Geld zu verdienen.«

»Moment mal, haben Sie *Lehrling* gesagt? Hat er denn schon mal eine Hochzeitstorte gemacht?«

»Soweit ich weiß nicht. Es wird für ihn eine tolle Erfahrung sein.«

Mir bleibt wieder die Luft weg.

»Sie sind ja ganz blass, Miss. Kommen Sie, setzen Sie sich. Überall gibt es im Moment Mikroben, passen Sie auf, dass es Sie nicht erwischt!«

Ich setze mich auf einen Stuhl nahe dem Schaufenster, das auf eine kleine Gasse hinausgeht. Geschützt vor neugierigen Blicken. Aus gutem Grund.

»Jim!«, brüllt der Chef. »Bring uns eine kleine Stärkung. Was hatten Sie sich denn vorgestellt?«

Ich gebe Mélie ein Zeichen. Sie zückt ihr Handy und zeigt ihm das Foto des Tortenmodells, das ich dem ursprünglichen Konditor geschickt hatte.

»Also, meine Liebe, das ist ja riesengroß und super altmodisch.«

Meine Augen schleudern Blitze.

»Das ist nicht altmodisch, sondern klassisch und zeitlos.«

»Klassisch und zeitlos sind dasselbe wie altmodisch.«

»Ganz und gar nicht.«

»So ein Monstrum würde ich der Queen für ihre Tea-Party liefern.«

»Ich hatte meiner Tochter vorgeschlagen, eine Pyramide aus Windbeuteln mit Sahne zu nehmen«, mischt sich meine Mutter ein.

»Sie hat recht, Windbeutel sind immer hübsch«, merkt der Konditor an.

»Aber ich hasse Brandteig! Ich hoffe, es stört euch nicht, wenn ich mir den Spaß erlaube, auf meiner Hochzeit zu essen, was mir Spaß macht!«

»Meine Süße, wenn Sie am Tag Ihrer Hochzeit *essen* können, tragen Sie ein Kleid in der falschen Größe.«

»Könnten wir versuchen, auf die Torte zurückzukommen?«

»Okay, also fünf Etagen, unten Schokolade und Vanille, Passionsfrucht und Erdbeere?«

»Ja, genau. Alles in Weiß und Gold. Und ein paar dunkle Verzierungen.«

»Die altmodisch sind«, sagt Thomas.

»Das wird böse enden.«

Sie starren mich alle an, und ich seufze resigniert und sage:

»Also schön, wenn ihr das so furchtbar langweilig findet, können wir ja noch etwas dazutun.«

Die Augen des Konditors leuchten auf, ich spüre einen Schauer im Nacken. Denselben, den wohl Pandora empfand, als sie ihre verfluchte Büchse geöffnet hatte.

»Das wird super, Sie werden es nicht bereuen!«

»Also gut, übertreiben wir nicht, aber machen Sie nichts … na ja, Sie wissen schon.«

»Nein.«

»Nichts Sexuelles«, erklärt Mélie.

»Ich mache das, was Sie wollen.«

»Na, siehst du«, sagt Thomas triumphierend.

Ich funkele ihn an, doch er bemerkt es nicht.

»Allerdings sorgen meine originellen Kreationen stets für sehr vergnügliche Abende«, sagt der Konditor, »ich sage das nur, weil …«

»Sind Sie auch wirklich Engländer?«

»Schotte.«

»Das erklärt alles. Hören Sie, mir ist es egal, ob sich meine Gäste amüsieren, ich will keinen Penis auf meiner Hochzeitstorte.«

»Ich mache auch Vulvas, die aussehen wie Blumen. Wir diskriminieren niemanden, das ist uns wichtig.«

»Nicht so wichtig wie die Tatsache, dass ich kaum noch Luft kriege.«

»In Ordnung. Sie müssen sich entspannen, meine Schöne, sonst bekommen Sie noch einen Herzinfarkt.«

»Kann uns dein Lehrling vielleicht Fotos vom Fortschritt der Arbeit schicken?«, fragt Thomas. »Das würde sie beruhigen. Gib ihm einfach meine Nummer.«

»Ich gebe sie ihm, ich weiß aber nicht, ob er die Zeit dazu hat. Du solltest ihn kennenlernen, eine Granate, dieser Junge.«

»Also keine Windbeutel, bist du dir sicher, Scarlett?«

»Nein, Mama, keine Windbeutel.«

»Pietra wird ihre abfälligen Bemerkungen machen.«

»Aber Tante Pietra macht doch über alles abfällige Bemerkungen.«

»Sprich nicht so von ihr, sie ist immerhin deine Tante!«

»Ist sie das wirklich? Wir haben sie jahrelang nicht gesehen, und ich finde, sie ist ziemlich unverschämt zu dir.«

»Ich habe doch sonst keine Verwandten, Scarlett. Ich werde alt, und du und deine Schwester, ihr seid weit weg. Du sollst dir ja nur ein bisschen Mühe geben«, sagt meine Mutter in einem Ton, der das Ende der Diskussion bedeutet.

Ich fange nicht wieder an, aber ich weiß, dass sie weiß, dass ich recht habe. Ich unterschreibe den Auftrag, mache eine neue Anzahlung, und währenddessen weiß ich nicht, ob ich erleichtert, froh oder in Angst und Panik bin. Ich denke an William, ich brauche seine Unterstützung. Ich rufe ihn an, aber da ist nur der Anrufbeantworter. Ich zögere und begnüge mich dann mit einer Nachricht: *Ruf mich an, sobald du kannst.*

In den nächsten Tagen werde ich wohl kaum schlafen und wenn, wird mir mein Unterbewusstsein jede Menge Alpträume mit schrecklichen Szenarien und Hochzeitstorten voller Anzüglichkeiten schicken. Da kommt mir plötzlich ein Gedanke. Er ist tröstlicher als alles andere. Ich stelle mir vor, was Lena für ein Gesicht macht, wenn sie so etwas sieht. Und für den Bruchteil einer Sekunde lächele ich.

»Könnten Sie den Penis mit der Banane in einer kleineren Ausführung machen? Ich würde ihn gern probieren«, sagt Mélie mit ihrer Cyborg-Stimme.

»Aber natürlich. Ich mache ihn in allen Größen, Schneewittchen, denn er wird ja für alle Kaliber gebraucht.«

Ich will nur noch nach Hause, mich ins Bett legen und sterben.

7

Bei den Friseuren haben meine kostbaren Helfer und ich weniger Glück. Ein paar Tage vor Weihnachten nach einer Hochzeitsfrisur zu fragen und zu glauben, das funktioniert, ist, wie mit einem Briten über die EU zu sprechen und zu glauben, dass es gut geht. Einfach absurd.

Ich hätte Gunter die Fahrt gerne bezahlt, aber er hat eine Familie, und sie legt Wert darauf, dass er an Weihnachten zu Hause ist. Als moderne junge Frau, die sich in den sozialen Netzwerken auskennt und sich Anleitungen auf Youtube ansieht, weiß ich theoretisch, wie ich mich frisieren könnte, aber in der Praxis wird es sicher keine richtige Hochzeitsfrisur. Ich weiß, das sind nur Äußerlichkeiten. Wenn meine Gäste genug zu essen haben und tanzen können, ist der größte Schaden abgewendet. Niemand kann etwas an meiner Frisur aussetzen, solange meine Haare irgendwie hochgesteckt sind und ich einen Schleier trage. Ich halte mich mit Petitessen auf, das ist mir wohl bewusst.

Ich gebe mir alle Mühe, den Stress für meine Mutter nicht noch größer zu machen, sie saugt in verstärkter Form alles auf, was ihre Töchter empfinden. Deshalb versuche ich, Witze zu machen, aber keiner lacht. Ich bin nicht stark auf diesem Gebiet. Schließlich schlage ich vor, in einem kleinen Pub *fish and chips* essen zu gehen.

»Von den Läden, die uns deine Blumenhändlerin gegeben hat, können wir bis Samstag nichts Passendes erwarten«, erklärt Thomas, als wir uns hingesetzt haben.

»Dann habe ich eben keinen Strauß, nicht so schlimm, das ist doch nur ein Detail.«

»Ich weiß, dass Moshe immer zu einem bestimmten Blumenladen geht, wenn er Blumen für seine Mutter sucht, ich frage ihn mal.«

»Es ist keine gute Idee, mit seinem Ex wieder Kontakt aufzunehmen«, meint meine Mutter, »das ist zu riskant. Am Ende geht einfach alles wieder los, und Sie fangen mit ihm neu an.«

»Wäre nicht das erste Mal«, seufzt Thomas.

»Aha. Und was ist dann passiert?«

»Es war nicht von Dauer.«

»Genau, und wissen Sie auch, warum?«

»Nein.«

»Weil mit einem Ex auszugehen dasselbe ist, wie etwas zu essen, was man schon ausgespuckt hat. So nennt man das bei uns. Denken Sie mal drüber nach.«

»Mama, das sagt keiner, weder bei uns noch anderswo!«

»Doch, du hörst nur nicht hin, das ist alles. Ich nehme ein Bier. Ist das Bier hier besonders stark?«

Ich schüttle den Kopf, um die Bilder abzuschütteln, die auf mich einstürzen, dann wende ich mich Thomas zu.

»Es kommt nicht in Frage, dass du zu Moshe Kontakt aufnimmst. Ich meine es ernst. Ich rufe William an und bitte ihn, das zu regeln. Es ist wichtig, dass auch er ein wenig an dem Drama beteiligt wird.«

Mélie legt ihre Hand auf meinen Rücken und streichelt mich zärtlich.

»Es wird schon werden, das Wichtigste hast du, alles Übrige schaffen wir schon«, sagt sie beruhigend.

»Ich weiß, ich hatte mir nur vorgestellt, dass diese Woche etwas romantischer würde, unbeschwerter. Wie man es in den Filmen sieht. Es ist wirklich zu dumm. Ich habe den Eindruck, dass ich alles schlimmer mache, wenn ich mich selbst um die Dinge kümmere. Je mehr Lösungen ich zu finden suche, desto schlimmer wird es.«

»Du hast recht«, sagt Mélie, »es ist wirklich zu dumm.«

»Jetzt nimm dich mal zusammen, Scarlett, ich habe meine Töchter nicht zum Selbstmitleid erzogen. Deine Hochzeit wird perfekt sein, denn der Erste, der das Gegenteil sagt, kriegt einen Fußtritt von mir.«

»Mir fallen schon zwei oder drei Namen ein.«

»Wo wir schon von einem Hintern reden, in den man treten sollte, möchte ich euch daran erinnern, dass wir uns heute um vier Uhr bei meiner Mutter zum *High Tea* einfinden sollen«, spottet Thomas.

Ich hatte die Einladung der Königinmutter völlig vergessen. Ich musste sie annehmen, weil mir keine glaubwürdige Entschuldigung einfiel. Ich hatte die ganze Angelegenheit beiseitegeschoben, denn ich weiß schon vorher, wie das alles ausgehen wird: Es wird ein Desaster werden. Lena wird sich über die Spontaneität meiner Familie lustig machen, die für sie die schlimmste Form französischen Proletariats darstellt, und sie wird jede Bemerkung meiner Tanten auf die Goldwaage legen. Mir bricht jetzt schon der kalte Schweiß aus, wenn ich nur daran denke. Ich habe mich meiner einfachen Herkunft nie geschämt, aber die herablassende Art mancher Briten, die sich zur besseren Gesellschaft zählen und die ihre feinen Manieren und die Einhaltung gewisser Regeln wie ein Banner vor sich hertragen, kann ich nur schwer aushalten. Es gibt aber keinen Weg zurück, außer es findet eine Invasion von Extraterrestrischen statt wie im *Krieg der Welten*.

Gegen drei Uhr sind wir wieder zu Hause. Kaum trete ich in die Eingangshalle, schlägt mir ein fremder Geruch entgegen. Was meine Tanten wohl gekocht haben mögen? Mir ist, als hätte ihre Lebensweise die Oberhand über meine gewonnen und als sei dies nicht mehr mein Zuhause.

William kommt aus dem Wohnzimmer und nimmt mich in die Arme. Ich klammere mich an ihm fest.

»Ich habe deine Nachricht gesehen, ich war gerade in einer Besprechung. Was ist los?«

Ich gebe ihm in wenigen Worten so verständlich wie möglich die Ereignisse wieder.

»Ein Bananenkuchen in Penisform?«, wiederholt er ungläubig.

»Ist das alles, was du dir von dem, was ich erzählt habe, gemerkt hast?«

»Ich finde es großartig«, sagt Mélie, die mit ihrem langen Schal kämpft und darin ein gutes Omen für meine Hochzeitstorte sieht.

»Deine Schwester hat recht, mach dir wegen der Blumen keine Sorgen. Schick mir ein Foto von deinem Brautstrauß-Modell und dem Tischschmuck, wir werden uns mit schönen Liliensträußen weiterhelfen.«

»Das wird weiß, imposant, große Klasse«, sagt Thomas und geht zu Orlando und seiner Verlobten, um sie zu begrüßen.

William beugt sich zu mir und flüstert mir ins Ohr:

»Sollen wir uns kurz zurückziehen? Ich muss etwas mit dir besprechen.«

Seine Stimme ist sanft und sinnlich wie immer, aber sein Gesichtsausdruck ist ernst. Ich folge ihm und stoße fast gegen Alistair, der meiner Schwester mit mechanischen Bewegungen den Schal wegzieht. Was macht er hier? Träume ich etwa? Ist er nicht gestern ins Hotel zurückgefahren? Ich weiche der Frage lieber aus.

Wir fliehen in den Wintergarten und setzen uns auf zwei Rattansessel, Zeugnisse meiner Vorliebe für den Kolonialstil, die gut in das Indien von 1842 passen, aber hier mitten auf dem Land etwas aus dem Rahmen fallen.

»Willst du mir jetzt gestehen, dass du auch schwul bist?«, frage ich, um die Situation zu entspannen, die mir etwas zu angespannt scheint.

»Ich bin Brite, wir sind es alle ein bisschen.«

»Das ist nicht ganz falsch.«

»Hör zu, Scarlett, ich habe ein riesiges Problem in der Galerie. Es geht um einen unserer wichtigsten Künstler, es ist der, den wir am besten verkaufen.«

»Meinst du den Typen, der die großen Bronzeschmetterlinge macht?«

»Ja, genau den. Er hat eine Lebenskrise, seit mehr als einem Monat macht er rein gar nichts mehr und hat es mir heute gestanden. Er glaubt, er kann uns für die Ausstellung Anfang Januar nichts liefern. Das wäre eine echte Katastrophe, denn siebzig Prozent der Arbeiten sind von ihm, und wir haben alles schon angekündigt.«

Sein Blick ist besorgt.

»William, was ist los? Es passiert sicher nicht zum ersten Mal, dass ein Künstler Selbstzweifel hat und nichts mehr macht. Aber es scheint dich mehr zu tangieren als sonst.«

»Wir haben in diesem Jahr nicht besonders viel verkauft, das geschieht im Moment im Bereich der Kunst weltweit. Ich wollte mit seinem Namen ein besseres Ergebnis erzielen.«

»Das verstehe ich natürlich.«

»Ich sage dir das alles, weil ich zu ihm fahren und versuchen will, ihn neu zu motivieren. Das muss ich tun. Er ist eine Diva. Ich glaube, ich kann helfen, seine Blockade aufzulösen. Leider wohnt er in Elgin in Nordschottland, und so muss ich über Nacht dort bleiben.«

»Und wann wolltest du fahren?«

»Ich möchte morgen fahren, um bald wieder hier zu sein und mich um den Saal zu kümmern, damit du etwas Zeit für dich hast.«

»Diese Woche also.«

Ich versuche, meine Bestürzung zu verbergen.

»Ich nehme an, das kann nicht warten«, setze ich hinzu.

»Wenn ich erreichen will, dass er die vorgesehenen Werke fertigstellt, fürchte ich, es muss jetzt sein. Aber ich bleibe nur eine Nacht weg, das verspreche ich dir.«

Ich stimme ihm zu und merke, wie sich jeder Muskel meines Körpers verspannt. Aber ich will ihn keinesfalls daran hindern, nach Schottland zu fahren, um nicht die Zukunft der Galerie aufs Spiel zu setzen. Männer bleiben für immer kleine

Jungen, die Angst haben, dass man sie ausschimpft. Ich spüre wieder diesen Druck auf der Brust. Williams Stimme hat so einen seltsamen Klang, den ich sonst nicht an ihm kenne. Ich zweifle nicht an seiner Liebe, bin aber überzeugt, dass er etwas vor mir verbirgt. Ich versuche, mich zur Räson zu bringen, aber ich bekomme diesen Gedanken nicht aus dem Kopf. Er hat sich in mir tief eingewurzelt.

»Bist du sicher, dass ...«

»Es wird Zeit, Scarlett«, sagt Mélie, die den Kopf durch die Tür steckt. »Wir müssen los.«

Die Königinmutter.

»Ich werde die Sache so schnell wie möglich regeln und habe mein Telefon dauernd in der Hand, du kannst mich anrufen, wann du willst.«

Das kann mir sehr viel nützen dort weit oben im Norden.

Wir teilen uns auf den Minibus und Alistairs Mietwagen auf und fahren nach Primrose Hill, eine feine Wohngegend im Camden-Viertel. Unweit vom vornehmen Regent's Park. Das schneebedeckte Haus von Williams Familie, das oben auf einem Hügel steht, wirkt heute noch prachtvoller als sonst. Mit seiner dunklen Fassade und den Fenstern über drei Etagen, die höher sind als breit, ist es von strenger Eleganz. Das Innendekor jedoch ist aufwendig und verleiht dem Haus eine barocke Atmosphäre, die mich fasziniert, aber das werde ich nie zugeben.

An der Eingangstür fasst mich Mama am Arm.

»Machen wir uns nichts vor, ich kann diese Frau nicht ausstehen, aber sie ist bald deine Schwiegermutter, und du wohnst in ihrer Nähe. Was immer auch passiert, lass uns gute Miene zum bösen Spiel machen und ein paar Tage vor der Feier kein Drama heraufbeschwören.«

»Mama, deine neue vernünftige Seite beeindruckt mich.«

»Keine Sorge. Ich habe Helena schon gebeten, für den alten Drachen ein ganz besonderes Jahr mit allen möglichen Erlebnissen auszuhecken.«

Wenn diese Frau doch nur einmal mit ihrer Zauberei Erfolg haben könnte ...

Lizzie empfängt uns mit einem breiten Lächeln. Sie nimmt mich in die Arme und drückt mich fest an sich. Danach umarmt sie Mélie und William, und wir gehen voran in das riesige Speisezimmer in der ersten Etage. Auf dem großen rechteckigen Tisch stehen dreistöckige Kuchen-Etageren voller Cupcakes, Scones, Sandwiches und anderer kleiner Köstlichkeiten, die es zum *High Tea* gibt. Wenn Lena nicht alle Mitglieder des britischen Parlaments eingeladen hat, frage ich mich, für wen diese Unmengen an Kuchen gedacht sind. Im ganzen Zimmer sind gelbe Baccara-Rosen verteilt, die vielen Tassen und Gläser kann ich kaum zählen. Meine Mutter verdreht die Augen. Die Dame des Hauses erscheint und sieht so elegant aus, als betrete sie nicht denselben Boden wie wir armen Sterblichen.

»Guten Tag, ihr seid ja fast pünktlich«, sagt sie mit einem schmallippigen Lächeln, »nehmt doch bitte auf den Sesseln Platz.«

Eine ältere Frau indischer Herkunft nimmt uns die Mäntel ab. Seit ich William kenne und zu seiner Mutter komme, habe ich immer andere Haushaltshilfen bei ihr gesehen. Vermutlich stapelt sie die Leichen im Keller.

»Guten Tag allerseits!«

Ich drehe mich um, als ich diese Stimme höre. Ich habe sie nicht oft gehört, aber oft genug, um mich an sie zu erinnern.

»Abigail, welche Überraschung.«

Ich versuche mich zu entspannen, doch es gelingt mir nicht.

»Lena hat mich in letzter Minute eingeladen. Ich hoffe, das stört Sie nicht.«

»Aber natürlich nicht«, sagt Lena, bevor ich mich äußern kann, »du bist doch eine liebe Freundin der Familie.«

Sehr lieb.

William begrüßt Abigail mit einer freundschaftlichen Umarmung, dann setzen wir uns alle um den niedrigen Tisch.

»Das ist wirklich ein schönes Haus«, sagt Tante Pietra. »Im Süden haben wir lieber hellere Farben und sind etwas moderner eingerichtet. Aber es hat Stil.«

»Der Geschmack meiner Tochter war, was die Einrichtung angeht, nie besonders fortschrittlich«, bemerkt Lizzie. »Auch bei anderen Dingen übrigens nicht.«

Wir haben alle eine Mutter, das macht Spaß.

»Wenn ich auf meine Mutter hören würde, müsste alles violett gestrichen werden und statt Stühlen stünden hier Sitzsäcke«, antwortet Lena und gibt der Hausangestellten ein Zeichen, mit dem Servieren zu beginnen.

»Es wäre nicht zu unserm Nachteil. Wie sieht es denn aus auf den letzten Metern bis zum großen Tag, läuft alles nach Plan?«, erkundigt sich Lizzie.

»Nur ein paar kleine Pannen wie bei allen Hochzeiten«, erkläre ich munter.

Ich habe nicht die geringste Lust, in diesem erlauchten Kreis von meinem Ärger zu erzählen, und noch weniger, mir gute Ratschläge anzuhören.

»Haben Sie etwas von London gesehen?«, fragt Abigail meine Tanten.

»Ja, es ist schön, aber die Luft ist ziemlich verschmutzt. Und es ist alles sehr grau«, antwortet Tante Pietra. »So ist es ja in allen großen Städten. Und dann noch all die vielen Leute! Je älter ich werde, desto weniger mag ich die Menschen. Ich gehe ihnen aus dem Weg.«

»In Korsika gibt es ja zum Glück auch viel weniger Einwohner«, sage ich.

»Und zum Glück gibt es nicht das ganze Jahr über Touristen. Ich sage ja immer, dass sich das Klima auch sehr auf die Moral auswirkt. Das sieht man im Süden, wo alle immer lächeln. Sobald man nämlich nördlich von Valence ist, sind alle Leute schlecht gelaunt. Das hat mit dem Licht und der Biologie zu tun.«

»Ich verstehe, was Sie sagen wollen«, meint Abigail zustimmend. »Ich selbst stamme aus Schottland, genauer gesagt aus Elgin. Es liegt am Meer. Große freie Flächen und viel Grün, aber leider nicht genug Sonne. Heute Abend fahre ich nach Hause. Ich will mich während der Weihnachtsfeiertage ein bisschen ausruhen.«

Ich knirsche mit den Zähnen. Kann das ein Zufall sein? Dann räuspere ich mich.

»Elgin?«

»Ja, kennen Sie es?«

»Nein.«

William unterhält sich gerade mit Alistair, und so kann ich an seinem Gesicht nichts ablesen.

Zügle deine Phantasie! Nur die Fakten zählen, sonst nichts. Verdammte Fakten.

Na ja, wenn Abigail nach Hause fährt, kann Lena mir sie wenigstens nicht auch noch auf meiner Hochzeit aufdrängen. Ich versuche, meine Ängste in den Griff zu bekommen, die wie eine Riesenwoge über mich schwappen. Ich höre dem Geplauder der anderen zu, und erst nach einer Weile stellen wir fest, dass auch Williams Vater da ist. Seit wann ist er im Salon? Er begrüßt uns höflich, nimmt sich eine Tasse Tee und ein paar Augenblicke später ist er schon wieder verschwunden. Diskret und leise. Wie schade, dass die alles vereinnahmende Persönlichkeit seiner Frau jede Beziehung zwischen ihm und dem Rest der Menschheit verhindert. Wenn ich Kontakt zu ihm knüpfen könnte, würde dies das Verhältnis zu meiner Schwiegermutter sicher verbessern.

»Wir sind in ein hübsches kleines Dorf gefahren«, sagt Tante Giulia, die gerade in ihren fünften, reichlich mit Lemoncurd getränkten Scone beißt. »Wie hieß es noch? In der Mitte war ein großes Schloss.«

»Windsor«, sagt Thomas.

»Ja, genau, aber wir haben Ihre Königin nicht gesehen, das ist schade. Ich habe es Scarlett schon gesagt. Wenn wir eine Königin hätten, würden wir sie dauernd vorzeigen.«

»Meinen Sie die echte oder die aus dem Wachsfigurenkabinett?«, fragt Lena.

Sie hat ein höfliches und zugleich missbilligendes Lächeln auf den Lippen und ist sichtlich erfreut über ihren Witz. Wann hört diese soziale Maskerade endlich auf? Seit unserer ersten Begegnung spüre ich die Herablassung in all ihren Worten und Gesten. Ganz gleich, wie gebildet man ist, wie erfolgreich, wie gut erzogen, nie ist es genug. Lena muss einen DNA-Detektor für bürgerlich-aristokratische Gene besitzen, und wenn man nicht darauf reagiert, ist man eins der vielen rostigen Rädchen des Proletariats. Diese Frau würde noch bei den konservativsten Franzosen Jakobinerinstinkte wecken. Lizzie ist ganz das Gegenteil, dabei kommt das Geld der Familie vorwiegend von ihrer Seite. Sie hat mir erzählt, dass Lena die Einzige der Familie ist, die sich eine blaublütige Verwandtschaft ausgedacht hat, um sich aufzuwerten, um zu existieren. Ich kann nur schwer nachvollziehen, dass eine Frau wie sie solche Komplexe hat und sich so unverstanden fühlt, dass sie sich ein solches Alter Ego schaffen musste, das hochgeschraubter ist als das ihrer Königin. Ein furchtbarer Liebeskummer, als sie noch keine zwanzig war, muss ihr ein so hartes Klassenbewusstsein eingeimpft haben. Sie ist wie eine uneinnehmbare Festung, und genau das hat sie auch so weit von ihre Söhnen William und Thomas entfernt.

Alle Familien sind auf ihre Weise unglücklich …

Ich schaue auf die Uhr. Zwei Stunden sind vergangen, und ich bin überrascht, dass kein größerer Zwischenfall den *High Tea* getrübt hat. Die Atmosphäre ist zwar eisig, aber alle tun, als störe sie das nicht. Abigails gute Laune trägt sehr dazu bei. Durch ihre reizende Zugewandtheit wird das angespannte Lächeln weicher und alle werden lockerer. Ich gebe es nicht gern zu, aber sie schafft, wozu ich wegen meiner Müdigkeit und augenblicklichen Laune nicht in der Lage bin. Jeder spielt brav seine Rolle: Meine Tanten tragen zwar dick auf, doch es hält sich in Grenzen, William lässt seinen Charme spielen, Thomas macht Witze, Mélie ist auf einem anderen Planeten, Lena urteilt schweigend über alles, Lizzie startet kleine Angriffe. Was Alistair zu tun versucht, ist mir ein Rätsel. Meine Muskeln entspannen sich, fast empfinde ich diesen Nachmittag als angenehm. Dann plötzlich schlägt die Stimmung um.

»Wie sieht denn das Programm für morgen aus?«, fragt Abigail, ohne zu ahnen, was sie damit anrichtet.

»Scarletts Tanten besichtigen Westminster, und wir anderen nehmen an der letzten Anprobe von Scarletts Hochzeitskleid teil«, sagt Lizzie, ohne zu überlegen.

Als ihr klar wird, was sie da gesagt hat, erstarrt sie.

»Das wird bestimmt ein großer Augenblick«, meint Abigail und sieht dabei Lena an.

»Nun, ich bin nicht dabei, aber ja, sicher wird es das sein«, sagt diese.

Die Gespräche stocken, und alle sehen mich betreten an. Ich habe das Gefühl, dass ich die Böse bin, weil ich meine Schwiegermutter nicht zur Anprobe eingeladen habe. Aber sie und ich haben einfach keinen Draht zueinander, und ich will nicht, dass sie mit ihrer hoheitsvollen Kälte und den pikiert hochgezogenen Augenbrauen den Zauber meiner Anprobe stört.

»Oh«, sagt Abigal in einem für mich zu energischen Ton.

Klar, du hättest sie sicher eingeladen, weil du dich so wunderbar mit ihr verstehst. Das ist einfach.

»Sie sollten aber mitkommen, Lena«, sagt meine Mutter plötzlich.

Thomas verschluckt sich und beginnt zu husten. William sieht mich an, dabei habe ich doch keinerlei Einfluss auf das, was meine Mutter sagt.

»Wie bitte?«, fragt Lena und klimpert mit den Wimpern.
»Ja, wenn Sie nichts anderes vorhaben, fände ich es schön, wenn Sie diesen Moment mit uns teilen würden.«

Alle halten den Atem an, sogar Abigail, die nicht ganz versteht, worum es geht.

»Oh ... na dann ... also gut ...«
Lena stammelt? Hat sie das je im Leben getan?
»Also schön, ich würde mich freuen.«
»Gut, dann holen wir Sie morgen Nachmittag ab, der Termin ist um 15 Uhr«, sagt meine Mutter.

William sieht mich immer noch an, und ich sage mir weiterhin, dass ich keinen Einfluss auf das habe, was hier gerade geschieht. Eine halbe Stunde später ist unser freudiges Treffen zu Ende. Wir stehen auf und nehmen unsere Mäntel. Lizzie fordert mich auf, ihr in die Küche zu folgen. Sie reicht mir eine Schachtel mit Kuchen.

»Es tut mir leid, meine Liebe, das war unüberlegt. Aber mach dir keine Sorgen wegen morgen. Meine Tochter hat alle Fehler der Welt, aber sie weiß sich zu benehmen.«

»Daran zweifle ich nicht, ich wollte nur, dass es Spaß macht und schön wird. Ich will nichts Schlechtes über sie sagen, aber humorvoll ist Ihre Tochter wirklich nicht.«

»Manchmal schon, aber ohne Absicht. Keine Sorge, wir sind in der Mehrzahl. Wir tun einfach so, als ob sie nicht da wäre. Ich habe dir Brownies gemacht. Ich weiß, dass du sie magst.«

»Danke, das ist nett. Etwas Schokolade wird mir guttun.«

»Sie sind nur für dich und William«, sagt sie.

»Gut.«

»Ich habe ein kleines Zaubermittel dazugegeben. Das könnt ihr jetzt gut brauchen.«

»Ein Zaubermittel?«

Sie nickt, und ihre Augen blinzeln schelmisch. Plötzlich verstehe ich.

»Nein, Lizzie, sagen Sie bloß, sind das Space Cakes? Haben Sie etwa Marihuana da reingetan?«

Ich wäre gern überrascht, bin es aber nicht.

»Ja, eines Abends esst ihr sie, nur du und William und ihr entspannt euch danach ein bisschen.«

»Lizzie ...«

»Was denn? Es ist gut für die Gesundheit, ich verteile sie jeden Mittwoch an die Mitglieder meines Lesezirkels, seither sind Shakespeares Werke so viel lustiger!«

Ich nehme die Schachtel an mich und gehe in die Eingangshalle. Ich habe mich noch nie getraut, Lizzie nach ihrer Vergangenheit als Malermodell zu fragen, aber oft habe ich Lust dazu. Und jedes Mal habe ich denselben Gedanken: Lena muss adoptiert sein.

Der Abschied ist distanziert, aber vielleicht etwas weniger als die Begrüßung vor drei Stunden. Als wir im Auto sind, warte ich, bis wir die Domäne verlassen haben, und sage dann in strengem Ton:

»Mama, darf ich fragen, warum du Lena zu meiner Anprobe eingeladen hast?«

»Sie wird bald deine Schwiegermutter, du musst dir William zuliebe Mühe geben.«

»Das ist mir ganz gleichgültig, und ich selber gebe mir keinerlei Mühe mit ihr«, sagt William.

»Das wird dir irgendwann noch leidtun. Wenn ihr Kinder habt, wird sie Großmutter. Ich weiß, dass sie eine arrogante Zicke ist, aber sie ist ein Mensch. Dann hast du dir wenigstens nichts vorzuwerfen. Und morgen sind wir so viele, dass man ihre schlechte Laune gar nicht merkt.«

»Sie war sehr gerührt«, bemerkt Mélie.

»Ich glaube eher, sie konnte es vor allen anderen nicht ablehnen«, entgegnet William.

»Nein, sie war gerührt. Ihre Augen wurden sogar feucht, und ihre Unterlippe hat leicht gezittert. Sie hat uns wahrscheinlich in der Hoffnung zum Tee eingeladen, dass auch von unserer Seite mal eine Geste kommt.«

»Du siehst Licht, wo es nicht immer welches gibt, Mélie.«

»Lass deine Schwester in Ruhe, sie sieht Dinge, die andere nicht sehen, das weißt du doch«, sagt meine Mutter, »na ja, vielleicht täuscht sie sich hier.«

Mélie neigt dazu, ihre bonbonrosa Sichtweise der Welt auf die anderen zu übertragen.

Als wir wieder zu Hause sind, bereiten die Tanten ein leichtes Abendessen vor, eine Art Aperitif mit Essen kombiniert, das weder leicht ist noch ein Aperitif. Ich schiebe die Schachtel mit den Brownies in einen Schrank, nachdem ich kurz überlegt habe, ob ich eins mit ins Schlafzimmer nehmen soll.

Wenn es in manchen Ländern legal ist, kann es nicht so gefährlich sein.

8

William öffnet die Tür der Duschkabine und steckt den Kopf heraus.
»Space Cakes?«
»Ich schwör's.«
»Wo sind sie?«
»Ich hab sie versteckt.«
»Du probierst sie erst, wenn ich wieder da bin«, befiehlt er.
Ich sage kokett: »Dann komm schnell wieder, sie halten nicht lange.«
»Ich habe nicht vor, ewig wegzubleiben«, gibt er lächelnd zurück und verschwindet unter dem Wasserstrahl.
Ich lehne am Waschbecken und genieße das Schauspiel, während ich mir die Zähne putze. Selbst nach zwei Jahren bin ich immer noch von Williams Figur beeindruckt. Groß, schlank, nervös, feingliedrig. Genau was ich mag, als sei er für mich gemacht. Liebe macht romantisch und zugleich etwas dumm. William würde jeder Frau gefallen, nicht nur mir.
»Schaust du nur zu oder willst du mich auch anfassen?«, fragt er, ohne sich umzudrehen.
»Ich zögere noch. Wenn das Angebot hält, was es verspricht ...«

»Das Angebot lautet: zufrieden oder Geld zurück«, sagt er und nimmt den Duschkopf, um mich nass zu spritzen.

Ich stoße einen kleinen Schrei aus, spüle mir schnell den Mund aus, ziehe meinen Pyjama aus, und steige in die Duschkabine, die zum Glück groß genug ist.

»Glaubst du, dass Lizzie deiner Mutter mal so einen Keks zu essen gegeben hat?«

»Da bin ich nicht sicher, aber meinem Großvater ganz bestimmt«, antwortet William und lässt seine Hände zusammen mit dem Wasser über meinen Rücken und Hintern gleiten.

»Wir haben wirklich beide ziemlich verrückte Familien.«

Ich spüre seine Finger an der Innenseite meiner Schenkel. Mein Herz schlägt schneller, ich presse meine Brust an seine.

»Ich möchte jetzt nicht über dieses Thema reden.«

Er drückt mich gegen die kalte Kachelwand, durch den Temperaturunterschied zucke ich zusammen. Ich schiebe eines meiner Beine an seinem hoch. Unsere Küsse werden heftiger, er dreht mich um und schiebt mich an die Wand. Ich beuge mich vor und bete, dass meine Mutter jetzt nicht kommt und über Mandelomelett oder irgendwelches Gebäck reden will. Unsere Umarmung ist wilder als sonst, und ich bestimme den Rhythmus. Die Aussicht, dass William zwei Tage wegfährt, dazu noch in die Gegend von Abigail, hat sicher damit zu tun, dass ich so loslege. Am Tag, an dem die Frauen aufhören, sich als Konkurrentinnen zu betrachten, hat der Feminismus einen großen Schritt nach vorn getan ... Mein kindliches Verhalten scheint jemanden glücklich zu machen, Williams Stöße sind leidenschaftlich, und ich kann mich nur mühsam an der Wand festhalten. Als wir endlich genug haben, zittern meine Beine leicht. Die Dusche ist nicht der bequemste Ort für stürmische Liebesakte, aber das ist mir egal. William bricht in Lachen aus.

»Hätte ich geahnt, dass ein Teestündchen bei meiner Mutter dich so in Stimmung bringt, hättest du das jede Woche haben können.«

»Sehr witzig, du hast angefangen. Ich habe nur mitgemacht.«

»Das haben die französischen Könige auch immer gesagt.«

»Und sie hatten recht.«

»Dann hättet ihr den letzten vielleicht nicht köpfen sollen.«

»Zieh dich an, sonst verpasst du noch deinen Flug!«

William steigt aus der Dusche, rasiert sich und zieht sich eilig an, und eine halbe Stunde später sehe ich aus unserem Schlafzimmerfenster, wie er ins Taxi steigt. Ich bemühe mich, nicht der Trauer nachzugeben, und nehme meinen Haarglätter und meinen Mut in beide Hände. Ich muss mir sorgfältig die Haare schönmachen, denn Thomas will heute Fotos von der Anprobe für mein Hochzeitsalbum machen. Ich befolge Gunters Ratschläge gewissenhaft, er hat eine Föhnmethode entwickelt, für alle, die sonst Gefahr laufen, einen elektrischen Schlag zu kriegen statt einer schönen Welle. Sehr bald merke ich, wie schwierig es mit meinen Haaren ohne Friseur werden wird.

Nimm es locker, nimm es locker.

Es ist 13 Uhr, und meine Tanten haben das Haus verlassen, um mit einer meiner Freundinnen nach London zu fahren, die sich bereiterklärt hat, sie herumzuführen. Sobald sie fort sind, entspannt sich die Atmosphäre. Ich habe das Gefühl, besser atmen zu können. Ich sitze im Wintergarten und genieße die Ruhe.

Nur für kurze Zeit. Es klingelt an der Tür, und Thomas kommt herein, ohne abzuwarten. Er sollte einen Blumenhändler treffen, der für unseren einspringen sollte. Ich frage direkt, wie die Dinge stehen:

»Na, wie sieht's aus?«

»Es hat noch nicht geklappt, aber ich habe noch zwei weitere Adressen von William. Nach der Anprobe gehe ich dorthin.«

»Hast du Orlando verloren?«

»Nein, ich habe ihn in London gelassen, er trifft sich mit den anderen, um Westminster zu besuchen. Ich wollte dir noch danken, dass ich bei der Anprobe dabei sein darf. Ich weiß, es ist nicht nur, weil ich schöne Fotos mache.«

»Schon gut.«

Damit er nicht zu sentimental wird, blase ich zum Aufbruch. Schließlich wollen wir ja zu dem wichtigen Treffen pünktlich sein. Als meine Mutter und meine Schwester zu uns kommen, spüre ich, dass es nicht einfach sein wird.

»Mama, was hast du in diesem riesigen Korb?«

»Nichts weiter.«

»Er scheint aber schwer zu sein.«

»Ich habe nur eine Flasche Champagner und etwas zum Knabbern dabei.«

»Ich probiere nur mein Kleid, wir machen kein Picknick in der Orangerie von Versailles. Und Champagner gibt es schon im Laden.«

»Ein Glas für jeden ist zu wenig. Wir Archers sind nicht geizig. Und zum Champagner muss man Gebäck essen.«

»Und Käse«, sagt Mélie.

»Deine Schwester hat recht, und du kannst dich glücklich schätzen, dass weder Munster noch Saint-Félicien in meinem Korb sind.«

Glücklicher könnte ich gar nicht sein.

Mama, Mélie, Thomas und ich steigen in den Minibus nach Primrose, um dort Lizzie abzuholen und Lena vielleicht zu vergessen. An der ersten Kurve überfahre ich beinahe Winnie. Ich steige aus und frage ihn, ob er Selbstmordgedanken hat, weil er mitten auf der Straße spazieren geht. Er antwortet, der Schnee sei sehr tief, und über die Felder zu gehen sei schwierig. Ich sage lieber nichts darauf und bitte ihn, Donnerstag zu kommen, um die Dekoration des Empfangssaals zu überwachen. Winnie ist nicht der beste Bauer auf Gottes Erdboden, aber ein Genie für Ersatzlösungen. Seit zehn Jahren ist er Witwer und füllt die emotionale Leere damit aus, alles, was herumliegt, zerbrochen oder verrostet ist, in nützliche Objekte zu verwandeln. Sein Haus ist voller erstaunlicher Werke, die William gern ausstellen würde. Winnie gehört zu jenen Menschen, die die Welt anders sehen und ihr einen Sinn geben, den andere nicht wahrnehmen. Mélie und er haben viel gemeinsam. Ich habe immer Bewunderung und auch ein bisschen Neid für die göttliche Gnade, die manchen zuteilwird. Mein Vater gehörte auch zu diesen Erwählten, und ich bin überzeugt, dass Mélie dieses seltsame Erbe ebenfalls besitzt, von ihrem Sturz in der Kindheit einmal abgesehen.

Seit gestern schneit es nicht mehr, und die Sonne herrscht über das Land. Magisches Wetter, bei dem die Kälte trocken und belebend ist und das Licht auf den nächsten Frühling verweist. Die Landstraße ist geräumt, wenige sind um diese Zeit unterwegs, und bald erreichen wir den Familiensitz der Hills. Lena und Lizzie steigen ein, und wir fahren nach Notting Hill.

»Möchte jemand einen Keks?«, fragt meine Mutter nach kaum zehn Minuten Fahrt. »Wir haben alles da, süße, salzige ...«

Alle greifen in den Vorratskorb, mit einer Ausnahme.

»Nein danke«, sagt Lena höflich.

»Zier dich nicht und nimm einen süßen«, sagt Lizzie und drückt ihr einen Keks in die Hand. »Du hast seit 1989 keine Kekse mehr gegessen, es wird Zeit, sich mal wieder daran zu erinnern, wie das schmeckt.«

»Der Fall der Berliner Mauer, war es das?«, fragt Mélie. »Historische Ereignisse können über lange Zeit Essstörungen hervorrufen.«

»Ist das keine Spinnerei?«, fragt Thomas aus echtem Interesse.

»Thomas, wie redest du denn?«

»Mama, iss deinen Keks, sonst wird er noch kalt«, antwortet er.

»Es ist Sandgebäck. Das wird wohl kaum kalt werden.«

»Der Mensch ist ein historisches und ein soziales Wesen«, erklärt meine Schwester. »Ich habe zum Beispiel seit Tian'anmen keine Südfrüchte mehr gegessen.«

»Merkst du eigentlich, was für einen Blödsinn du da redest, Mélie?«, sage ich und lehne den Keks ab.

»Ich glaube aber, dass es stimmt.«

»Ich habe auch Champagner«, sagt meine Mutter.

»Gott sei Dank«, murmelt Lena. Laut genug, dass ich es hinter meinem Sitz höre.

Wir kommen mit leichter Verspätung in dem Geschäft an. Zu dieser Jahreszeit wimmelt es hier nicht von Bräuten, die zur letzten Anprobe kommen. Lizzie und meine Mutter haben sich beinahe gegenseitig umgebracht, um herauszufinden, welche von beiden mein Kleid bezahlt. Ihre Diskussion darüber hat drei Monate gedauert, und an einem Sommerabend nach dem siebten Glas Rosé haben sie sich darauf geeinigt, dass jede die Hälfte der Summe bezahlt. Hätte ich das gewusst, dann hätte ich sie lange vorher mit Alkohol abgefüllt. Jedenfalls konnte ich mir mein Traumkleid aussuchen, ohne auf den Preis achten zu müssen und ohne dass meine Mutter beleidigt ist, es nicht allein bezahlen zu dürfen.

Der Laden hat zwei Etagen. Die Anproben finden in einem besonderen Raum in der ersten Etage statt. Er ist hell und einfach ausgestattet. Ich habe noch nie einen so sauberen Teppichboden gesehen. Bequeme Chesterfield-Sessel erwarten die Damenriege mit dem Mann als Begleitung, und eine junge Verkäuferin voller Endorphine bringt gleich ein Tablett mit Champagnergläsern.

»Nehmen Sie einen Keks, meine Liebe«, sagt meine Mutter, »heute ist ein großer Tag.«

»Mama, dies ist ein Brautgeschäft, das Hochzeitskleider verkauft. Bei ihnen ist jeder Tag ein großer Tag.«

»Meine Tochter verdirbt mal wieder die Stimmung, achten Sie nicht auf sie.«

»Zu viele Orgasmen, zu wenig Zärtlichkeit«, erklärt Mélie.
Ich stoße einen Seufzer aus.

»Bitte, wo ist die Umkleidekabine?«

»Kunden bieten uns nur selten Gebäck an, das ist sehr nett«, sagt die Verkäuferin mit der Stimme einer Achtjährigen und lehnt dankend ab. »Wir machen Ihr Kleid sofort fertig. Wir haben erst vor knapp einer Stunde den Schleier und die Accessoires bekommen. Machen Sie es sich bis dahin bequem.«

»Bist du sicher, dass du nichts möchtest?«, fragt Lizzie.

»Ich kann vor der Anprobe unmöglich etwas essen. Ich sehe es als Ehre an, mich dieser patriarchalischen Unterdrückung zu beugen. Außerdem hat das Kleid eine Korsage.«

»Die Vorhänge sind wirklich sehr weiß«, sagt Thomas, der alle möglichen Aufnahmen schießt.

Der Champagnerkorken knallt, die Bläschen steigen in den Gläsern auf. Ich sehe mir die Gesichter an und finde, sie sind erstaunlich entspannt. Könnte es sein, dass ein Kleid dieselbe Macht hat wie ein Friedensvertrag oder ein Waffenstillstandsabkommen? Vielleicht ist das der Sinn von Symbolen. Ich nehme meinen Anteil Alkohol gerne entgegen und sage mir, dass ein Getränk, auch wenn es einige Kalorien enthält, schneller abgebaut wird als feste Nahrung. Meine Gäste aber scheuen sich nicht davor, ihren Blutzuckerspiegel hochzutreiben. Was haben sie nur getan, dass sie solchen Hunger haben?

Nach einer guten halben Stunde kommt eine andere Verkäuferin herbei.

»Meine Damen, oh, Entschuldigung, meine Damen und mein Herr ...«

»Ich bin schwul, meine Sexualorgane sind gewissermaßen in meinen Körper zurückgekehrt.«

»Hm ... okay«, stottert sie, ohne zu wissen, was sie davon halten soll. »Ich bitte Sie nun, die Augen zu schließen, während ich der Braut das Kleid in die Kabine bringe.«

Ich folge der Verkäuferin und setze mich in eine große, runde Nische, in der die Anproben stattfinden. Ich höre, wie die anderen hinter dem dicken Vorhang kichern.

»Wenn ich die Augen schließe, sehe ich jede Menge schwarzer Punkte. Geht es euch auch so?«, sagt Thomas.

»Du musst mehr Linsen essen«, rät ihm Mélie.

»Ich hasse Linsen«, erklärt Lena.

»Das hat nichts mit dem Geschmack zu tun, meine Tochter ist leicht gestört«, sagt Lizzie.

»Ganz und gar nicht, Mama«, wehrt sich meine zukünftige Schwiegermutter.

»Natürlich, du hältst sie für Läuse.«

»Weil du mir das als Kind immer gesagt hast. Das ist hängengeblieben, hat aber nichts mit einer Störung zu tun.«

»Das ist trotzdem eine komische Reaktion. Dein Vater hatte das verstanden.«

»Weil er erwachsen war.«

»Wenn man Kinder adoptiert, kann man nie wissen, was für unerklärliche Geheimnisse in ihnen stecken.«

»Habt ihr Lena adoptiert?«, fragt meine Mutter neugierig.

»Nein, aber es hätte ja sein können«, antwortet Lizzie ernst.

Ich unterbreche die Diskussion hinter dem Vorhang und sage: »Könnt ihr mit dem Champagner zurückhaltender sein? Ich höre, dass ihr schon ziemlich viel getrunken habt.«

»Ich finde den Vergleich gar nicht so falsch, sie haben die gleiche Form, die Linsen haben bloß keine Füßchen«, sagt Mélie.

»Achtung, die Braut kommt, schließen Sie die Augen!«, sagt die Verkäuferin mit träumerischem Blick.

»Super. Ich werde wieder schwarze Punkte sehen«, sagt Thomas.

Genial, sie sind schon alle betrunken und werden sehr sachlich urteilen.

Auch ich hätte weiter trinken sollen. Ich gehe vorsichtig hinaus und setze mich auf das kleine, runde Podest. Wenn die Haut mit einem so kostbaren Stoff in Berührung kommt, der von geschickten Händen perfekt zugeschnitten ist, fröstelt sie immer. Meine Haut knistert. In meiner Korsage und von oben bis unten mit Swarowski-Kristallen behängt, fühle ich mich wie eine Märchenprinzessin.

Hätte Papa das Kleid gefallen? Hätte er mich schön gefunden?

Denk so etwas nicht, denk so etwas nicht!

Wenn ich jetzt weiter an meinen Vater denke, breche ich gleich in Tränen aus. Ich habe mich vor diesem Moment gefürchtet, seit ich nach meinem Brautkleid gesucht habe. Ich wusste, dass sein Geist mich aufsuchen und mir wehtun würde. Er kann nichts dafür. Verstorbene erinnern die Lebenden oft an das, was sie verloren haben.

»Öffnen Sie die Augen!«, ruft die Verkäuferin da.

Lauter verblüffte Gesichter. Mein Herz bleibt stehen. Meine Mutter und meine Schwester haben das Kleid schon gesehen, aber nicht an mir und nicht mit allen Accessoires.

»Was haben sie bloß alle? Sind sie festgewachsen?«

Keiner rührt sich, keiner reagiert. Dann bricht meine Mutter in lautes Lachen aus, gefolgt von Lizzie und Thomas, die von ihrer Heiterkeit mitgerissen werden. Ich versuche, gelassen zu reagieren.

»Mama?«

»Ach, meine Liebe, Entschuldigung, ich bin einfach so gerührt! Du bist so, so schön!«

»Und darüber lachst du?«

»Nein, keine Sorge, gleich werde ich weinen, das merke ich schon«, sagt sie und kommt näher, um sich das Kleid genauer anzusehen.

Sie verzieht das Gesicht und bricht dann in Tränen aus, als hätte jemand eine Schleuse geöffnet.

»Sieht meine Tochter nicht wunderschön aus?«, fragt sie die anderen.

»Ja!«, ruft Lizzie, schluchzt ebenfalls und nimmt mich in die Arme. »Nicht mal im Traum hättest du schöner sein können.«

»Sie braucht noch ein Diadem! Bringen Sie gleich eins«, befiehlt Lena, die tut, als schnäuzte sie sich. »Und nicht so ein blödes Abschlussballdiadem, sondern eins für eine Königin.«

Ich bin erstaunt, dass sie so reagiert. Ich staune über sie alle. Wie viele Flaschen haben sie getrunken, während ich in der Kabine war?

»Lena ...«

Mélie umarmt mich auch und raunt mir leise ins Ohr:

»Ich heule nicht, ich weiß doch, dass du immer schön warst. Ein Kleid zieht die Seele an, damit ihr nicht kalt wird, aber es formt sie nicht.«

Nur Mélie ist wie immer. Ich halte sie zurück:

»Danke. Und kannst du bitte den Champagner verstecken, wenn noch welcher da ist?«

Thomas kommt auf mich zugestürzt und umarmt mich so fest, dass ich Angst um meine Rippen habe.

»Ich bin so froh, dass ich noch wusste, wie man die Augen aufmacht. Ich hatte schon Angst, nie mehr etwas anderes als Linsen zu sehen.«

Also wirklich ...

Plötzlich erstarre ich. Ich schiebe Thomas beiseite und schaue in den Korb, den meine Mutter mitgebracht hat. Ich kriege einen Riesenschreck.

»Mama, wo hast du diese Kekse her?«

»Ich habe sie selbst gemacht«, sagt sie und entfernt einen Fleck auf meinem Schleier, der gar nicht da ist.

»Ich meine die hier in der Dose. Das waren Brownies. Die hast du nicht gemacht.«

»Ach die, ich hab sie gefunden, und da sie schnell trocken werden, habe ich sie auch mitgenommen. Man darf sie nicht zu lange stehen lassen.«

»Ich hatte sie hinten im Schrank versteckt, wie konntest du nur ...«

»Warum versteckst du denn Brownies im Schrank? Ich kann dir welche machen, wenn du möchtest. Wenn du sie wirklich magst.«

»Lizzie!«, rufe ich. »Das sind deine Brownies!«

»Was für Brownies?«

Sie sieht mich mit großen Augen an. Es dauert eine Weile, dann aber geht der Kronleuchter in ihrem Kopf an.

»Die Brownies? Aber ich dachte, die hätte deine Mutter gemacht!«

»Du hast sie wirklich nicht wiedererkannt, Lizzie?«

»Ich bin siebenundsiebzig, ich weiß ja kaum noch, wie viel Kinder ich habe ...«

Was für eine Katastrophe! Meine Mutter ist tatsächlich high. Wie lange wirken denn die Space Cakes wohl? Ist das gefährlich? Hat es schon je eine Brautkleidanprobe gegeben, bei der die Gäste in so einem Zustand waren? Soll ich deswegen stolz oder verzweifelt sein? Was kann ich tun, damit alle das Geheimnis dieses Nachmittags mit ins Grab nehmen? Mit welcher Waffe wird meine Mutter mich töten? Zu viele Fragen, viel zu viele. Und wieder habe ich diesen Druck auf der Brust.

»Meine Liebe, haben Sie die geringste Ahnung, was das Symbol königlicher Macht ist«, fragt Lena die Verkäuferin und gibt dann selbst die Antwort. »Natürlich nicht, Sie sind ja Angestellte eines kleinen Unternehmens. Sind Sie vielleicht aus Schottland? Ach Gott, nein, Sie sind Irländerin, oder? Zeigen Sie mir Ihre Diademe, wenn man das Königtum nicht mehr achtet, läuft die Welt ins Verderben.«

Jetzt sind Mutlosigkeit und Resignation stärker als ich. Ich sehe mir die Szene an wie ein Zuschauer im fünften Rang, das heißt, ich nehme alles nur sehr vage wahr. Lizzie amüsiert sich königlich, Thomas hat Panik, weil er Angst hat, die Sicht zu verlieren, Lena will, dass ich die Queen vom Thron stürze, weil sie zu gebrechlich ist, meine Mutter lacht und weint zugleich, und Mélie ... Mélie ist wie immer. Sie mag keine süßen Sachen.

Zwei Stunden später fahre ich mit den anderen nach Hause, mit jeder Menge Schmuck, einem unbezahlbaren, prächtigen Diadem, das man nirgendwo tragen kann als im Buckingham-Palast, und der Gewissheit, dass ich alle zum Weinen gebracht habe. Ich weiß nicht, ob ich mich geschmeichelt oder schuldig fühlen soll. Diesen Tag werde ich mein Lebtag nicht vergessen.

Hilfe, Papa!

9

Mittwoch, 21. Dezember

Lizzie und ich haben uns geeinigt, dass wir nicht von den Space Cakes reden werden, die bei der Anprobe verteilt wurden. Niemals und mit niemandem.

Die Rückfahrt im Auto war jedenfalls die ausgelassenste, die ich je erlebt habe. Ich hatte nicht gewusst, dass der Halt an einem Stoppschild oder die Fahrt auf einem Kreisverkehr so komisch sein können. Einen Moment habe ich überlegt, ob ich einen von uns aus dem Auto werfen soll, aber Mélie hat mir den klugen Rat gegeben, dass die Gesetze bei Mord eindeutig sind und mir die anderen irgendwann im Leben doch fehlen würden. Ersteres hat mich überzeugt.

Um drei Uhr morgens habe ich es sehr bedauert, dass sie mir keinen Krümel von diesen inspirierenden Keksen übriggelassen hatten. Sicher schlafen sie alle wie die Murmeltiere, während ich kein Auge zutun kann.

Zwei Stunden später halte ich es nicht mehr aus und stehe auf. Im Haus ist es ganz still, während sechs Leute in ihren Zimmern schlafen und eine Person herumtapert. Ich mache mir einen Kräutertee und gehe auf die verglaste Veranda. Im Licht des Vollmonds schimmern die Wipfel der Bäume und die Felder. Dieser besondere Moment, in dem die Zeit stillsteht, beruhigt mich. Alles wird ganz leise, alles entspannt sich, alles kommt zur Ruhe.

Du fehlst mir ... Seltsam, wie sehr du mir fehlst.

»William ist bald wieder da, aber so kurz vor der Hochzeit ist es normal, dass du dich allein fühlst.«

Ich fahre vor Schreck so hoch, dass ich fast an die Deckenleuchte stoße. Mein Herz schlägt mir bis zum Hals.

»Verflucht, Mélie, du hast mich so erschreckt, dass ich fast eine Herzattacke gekriegt hätte. Was machst du schon hier?«

»Es ist halb sechs.«

»Du weichst meiner Frage aus.«

»Ich stehe immer um halb sechs auf.«

»Warum tust du dir das an?«

»Halb sechs ist für mich die richtige Zeit.«

»Natürlich.«

»Atmen«, rät mir meine Schwester und klaut mir ein bisschen von meinem Tee.

»Ich atme doch, Mélie, ich lebe, da atme ich die ganze Zeit.«

»Nein, du atmest nicht. Du tust nur so.«

Ich hole tief Luft.

»Genau.«

»Nein, noch mehr!«

»Was soll ich denn machen?«

»Erinnere dich daran, wie man es macht. Atme bewusst, dann machst du es schon richtig.«

Ich schließe die Augen und konzentriere mich auf meinen Herzschlag. Ich gebe mir Mühe, mir die Luft vorzustellen, die in meinem Körper zirkuliert. Meine Muskeln nehmen den Sauerstoff auf und entspannen sich. Meine Gedanken werden klarer. Es ist, als wachte ich zum zweiten Mal auf. Ich bin nicht mehr so zerschlagen.

»Danke.«

»Gern geschehen«, sagt sie und weigert sich, mir meinen Tee wiederzugeben.

Im Grunde bin ich froh darüber, Gesellschaft zu haben, die Stille im Haus hatte etwas Beängstigendes. Und wo sie schon mal da ist, sage ich:

»Ich habe bemerkt, dass du dich über Alistair amüsierst. Du hast dich an dem Abend ganz schön über ihn lustig gemacht.«

Als ich in der Pubertät und entsprechend dumm war, amüsierte mich nichts mehr, als wenn meine kleine Schwester für manche Dinge nach Gründen suchte, die es nicht gab.

Es war, als sähe man in das Innere einer Quantenuhr.

»Er gefällt mir.«

Ich verschlucke mich fast. Soweit ich mich erinnern kann, hat noch nie ein Mensch, weder Frau noch Mann, meiner Schwester jemals gefallen.

»Bei so einem Satz stellen sich mir tausend Fragen.«

»Dann ordne sie.«

»Warum er? Ich meine, wenn du auf Roboter stehst, dann nimm dir einen mit vielen Möglichkeiten. Eine Art Terminator.«

»Zu viele Optionen.«

»Meinst du das wirklich ernst?«

»Wie immer.«

»In welcher Hinsicht gefällt er dir denn?«

»Ich höre ihm gern zu.«

»Aber er redet doch kaum.«

»Das ist mir noch nicht aufgefallen.«

Ich kann nicht verstehen, wieso dieser Mann meiner Schwester nicht völlig gleichgültig ist. Den ganzen Tag redet sie über Sex und Beziehungen, aber weiß sie überhaupt, was das bedeutet? Das Gehirn meiner Schwester funktioniert wie ein Computer. Es verarbeitet Daten und analysiert Kausalzusammenhänge, aber emotionale Auswirkungen …

Ich kann das alles nur beobachten und darf nicht in Panik geraten und fürchten, dass ein Grobian ihr das Herz bricht …

»Verfolgt dich Papa eigentlich sehr?«, fragt sie plötzlich.

»Warum fragst du danach?«

»Weil du schon seit über einer Stunde wach bist und er mich verfolgt.«

»Das ist doch nichts Schlimmes, oder?«

»Außer er redet zu viel«, sagt sie leise. »Papa redete immer zu viel.«

»Mélie, du musst mir versprechen, dich an meinem Hochzeitstag nicht von meiner Trauer mitreißen zu lassen. Das würde ich mir nie verzeihen. Du musst für uns beide stark sein, nur an diesem Tag. Ich möchte nicht, dass meine Trauer um Papa die Erinnerung an meine Hochzeit trübt, das würde ihn zum zweiten Mal töten.«

»Ich werde stark sein.«

Ich lächele ihr zu und lege meine Hand auf ihre blasse Wange.

Dann höre ich Geräusche im Obergeschoss, die Zeit kommt wieder in Bewegung und mit ihr das Leben mit all seiner Energie.

»Der Archer-Clan kommt gleich runter, ich besetze schnell die untere Badewanne, bevor die Tanten sich breitmachen.«

Ich eile ins Badezimmer wie ein kleines Mädchen, das ein neues Spiel erfunden hat. Es ist ein großer Raum und der einzige mit Badewanne. Ich öffne die Tür und falle beinahe über ein am Boden liegendes zusammengerolltes Handtuch und bemerke, dass Licht brennt.

Keiner nimmt Rücksicht auf die Umwelt, muss ich mich hier denn wirklich um alles kümmern?

»Oh, verdammt, Thomas!«, schreie ich laut.

»Oh verflucht«, schreit er ebenso laut.

Ich wende den Blick von der Szene ab, die sich mir bietet. Thomas und Orlando beide nackt in einer Badewanne voll Schaum. Ich lege meine Hände vor die Augen, als ob sie zu schließen nicht genügte.

»Oh Gott, oh Gott!«

Dabei bin ich gar nicht gläubig. Ich spüre die Schulter meiner Schwester an der meinen.

»Warum schreist du so?«, sagt sie. »Hey, ihr zwei, ihr habt euch nicht die einfachste Beziehung ausgesucht!«

»Mélie, dies ist nicht der richtige Augenblick für eine Therapie!«

»Könnt ihr bitte rausgehen?«, fragt Thomas verärgert, der inzwischen aus der Wanne gestiegen ist und seine Kleider zusammensammelt.

Ich halte immer noch eine Hand vors Gesicht, mit der anderen schlage ich auf den Waschtisch.

»Mister Hill, du hast hier keine Forderungen zu stellen. Ist euch klar, was ihr hier angerichtet habt? Unter meinem Dach, da, wo auch die Tanten wohnen ... ihr seid doch alle beide wahnsinnig!«

»Glaubst du, wir sind heute Nacht aufgestanden, um zu vögeln, weil wir euch alle ärgern wollen?«, verteidigt Thomas sich heftig. »Wofür hältst du uns? Wir sind doch nicht pervers!«

»Es ... Es tut mir leid«, stammelt Orlando leise.

»Davon darf niemand etwas erfahren, niemand, habt ihr verstanden?«

»Allerdings, besser, Pietra erfährt nichts davon«, fügt meine Mutter in meinem Rücken hinzu.

Ich fahre zusammen. Die Tür in meinem Rücken knarzt leise. »Mama?!«

Wie kommt sie denn jetzt hierher? Durch welche Tür der Hölle?

»Alle raus hier!«, befiehlt sie in einem Ton, als sei sie der heilige Petrus persönlich. »Und zieht euch an!«

Eine knappe Minute später stehen wir alle zusammen auf dem Flur. Ich wage es nicht, ihrem Blick zu begegnen, dabei habe doch gar nicht ich das Unheil im Badezimmer angerichtet. Neben mir stehen Thomas und Orlando, noch etwas feucht, fertig angezogen mit betretener Miene.

Wenn meine Mutter redet, hören alle zu.

Ich warte auf eine Strafpredigt im Stil von Benedikt XVI., als er noch in Höchstform war, doch der Höllenschlund öffnet sich noch weiter. Am Ende des Flurs taucht Tante Pietra auf.

Schlimmer könnte es nicht kommen.

»Was ist denn hier los? Haltet ihr hier eine Versammlung ab?«, fragt sie und gähnt. »Ich dachte, ich wäre die Frühaufsteherin hier. Habe ich etwas verpasst?«

»Die Badewanne ist verstopft«, sagt Mélie zu unserer Verblüffung.

»Keine Sorge, ich bin die Meisterin bei der Reinigung verstopfter Kanalisationen. Ich habe da ein tolles Rezept von meiner Mutter. Als wir Kinder waren, waren die Rohre dauernd verstopft. Erinnerst du dich noch, Rosa?«

Meine Mutter schüttelt den Kopf und schaut ebenso hilflos drein wie wir.

»Du musst dich mal um dein Gedächtnis kümmern. Es kann doch nicht sein, dass du so etwas vergessen hast. Das ist bedenklich. Scarlett, hast du ...«

Sie schweigt plötzlich. Das Geräusch eines Reißverschlusses am Hosenschlitz dringt durch die Stille. Tante Pietra sieht auf ihren Sohn. Dieser Dummkopf steht da wie ein verschämter Übeltäter. Da könnte er auch gleich rufen: »Ich habe die reiche Erbin mit dem Kerzenleuchter erschlagen!« Besorgt sehe ich Tante Pietra an und befürchte das Schlimmste. Ihr Blick ist weder fragend noch überrascht, ich erkenne darin nur Abscheu und Kälte.

Ich glaube, sie hat es begriffen. Ich weiß nicht wieso. Vielleicht hat sie vorher schon Ähnliches erlebt. Ihr scheint ein Licht aufzugehen. Denkt sie an eine Hinrichtung, einen Kreuzzug, eine Apokalypse? Schwer zu sagen.

»Möchtest du einen Kaffee?«, fragt meine Mutter und geht in der Hoffnung, sie noch ablenken zu können, auf sie zu.

Zu spät. Viel zu spät.

»Jesus, Maria und Josef!«, schluchzt meine Tante und sieht ihren Sohn drohend an. »Es ist doch wohl nicht, was ich denke?«

»Mama, beruhige dich«, sagt Orlando in kläglichem Ton.

»Du hältst jetzt den Mund, ich will nichts von dir hören! Du gehst in dein Zimmer und ziehst dich anständig an und beseitigst alle Spuren von den schrecklichen Dingen, die du getan hast.«

»Können wir wenigstens ...«

»Wir können gar nichts! Sieh dich an, du machst mir Schande! Man sieht dir dein Laster deutlich an, und du denkst, ich merke es nicht? Ein paar Stunden der Unaufmerksamkeit, und schon passiert es! Geh mir aus den Augen, ich werde nie wieder mit dir über das hier reden! Wehe, wenn einer von euch davon spricht!«

In der Art, wie sie »das« ausspricht, liegt alle Geringschätzung der Welt.

»Warte ...«

»Nein, ich warte nicht! Du hast deiner Familie genug angetan. Womit haben wir das verdient? Wir haben dir alles gegeben und über dich gewacht. Ist dir überhaupt klar, was du anrichtest? Der reinste Horror, und dann auch noch hier! Caroline ist doch auch da ... Wenn dein Vater dich sehen würde! Weißt du, was er dir sagen würde? Geh von ihm weg, sofort!«

Orlando wirft uns einen verzweifelten Blick zu und geht mit hängenden Schultern und erbärmlicher Miene an seiner Mutter vorbei. Dann verschwindet er im Treppenhaus.

»Wirklich charmant«, sagt Thomas, der seine Wut nur mühsam zurückhält.

»Und ihr, habt ihr alle gewusst, was los ist?«, fragt sie und beißt wütend die Zähne aufeinander.

»Natürlich nicht«, sagt meine Mutter, während auch ich heftig den Kopf schüttele.

»Also ich ...«

Ich unterbreche meine Schwester, indem ich heftig am Ärmel ihres Pyjamas ziehe.

»Ich weiß nicht, welche Sitten hier in diesem Land herrschen«, fährt meine Tante fort, »aber bei uns werden wichtige Werte noch respektiert. Wir bleiben unseren Prinzipien treu und verurteilen ein solches Verhalten. Wir achten auf unseren Ruf, und darauf sind wir stolz.«

»Ich verstehe ja, dass Sie erschrocken sind, aber das ist kein Grund, solche schwulenfeindlichen und mittelalterlichen Urteile abzugeben«, entgegnet Thomas.

»Ich kann hier sagen, was ich will, oder? Versuch bloß nicht mit dem alten Lied von der armen Minderheit zu kommen, die um ihre Rechte kämpfen muss. Ihr seid verkommen und würdelos, ihr könnt noch so viel eure bunte Fahne schwingen, ihr seid ein elender Haufen. Ich warne dich, halte dich von meinem Sohn fern, sonst wird das ein böses Ende nehmen!«

Ich beschließe einzugreifen:

»Tante Pietra, ich verstehe, dass du aufgebracht bist, aber das geht wirklich zu weit.«

»Pietra, beruhige dich und ...«

»Ich *bin* ruhig. Um ganz ehrlich zu sein, es wundert mich nicht, dass dies unter dem Dach deiner Tochter geschieht.«

»Bitte hör auf«, sagt meine Mutter.

»Behaupte bloß nicht, sie wusste nicht Bescheid, ich bin doch nicht blöd! Sie hat diese Scheußlichkeit, diesen Verrat gedeckt! Und nur deshalb, weil du ihr nicht die richtigen Werte vermittelt hast. Rosa, die Familie ist das Heiligste, was wir haben. Das hast du offenbar vergessen. Seit dem Moment, als du Pierre getroffen hast, hast du dich von uns abgewandt.«

»Ein für alle Mal: So war es nicht!«

»Doch, so war es, du bist abgehauen, du bist ihm ans andere Ende Frankreichs gefolgt und hast deine Familie im Stich gelassen.«

Ich reiße die Arme hoch und rufe:

»Schluss jetzt! Die Gemüter sind erhitzt, und wir sagen lauter Sachen, die wir hinterher bereuen werden. Lasst uns eine Pause machen, in unsere Zimmer gehen, eine Pause …«

Mehr fällt mir nicht ein.

»Und dann?«, fragt Mélie.

»Dann machen wir Brownies.«

»Was redest du da?«, fragt Mama böse.

»Nichts.«

»Ich werde ein Auge auf euch haben«, sagt Tante Pietra und verlässt uns wie der wütende Caesar die Rednertribüne im Senat.

Meine Mutter dreht sich einmal im Kreis und wirft uns allen einen vorwurfsvollen Blick zu. Diesen Blick habe ich in meinem Leben nur zwei- oder dreimal gesehen.

»Das habt ihr wirklich großartig gemacht!«

Wir ziehen den Kopf ein und verbleiben so lange in dieser Haltung, bis sie nach oben verschwunden ist.

»Wir haben es nicht geplant«, erklärt Thomas. »Diese Hexe weiß nichts über ihren Sohn. Orlando und ich haben uns vom ersten Augenblick an gemocht. Er ist genauso schwul wie ich, sogar schon seit langem. Seine Mutter hat ihn deshalb seit seiner Kindheit gequält. Du kannst dir nicht vorstellen, in welcher Hölle er lebt.«

»Uns ist egal, was ihr beide macht, das ist eure Sache. Aber es ist ein Problem, dass Orlando eine Verlobte hat, die gleich obendrüber im Zimmer schläft. Findest du nicht, du bist zu weit gegangen, Thomas? Da hättet ihr es ja gleich auf dem Wohnzimmertisch treiben können!«

Thomas richtet sich gerade auf.

»Orlando hat mir gesagt, dass Caroline Bescheid weiß, aber in die Familie einheiraten will, um deren Wohlstand zu genießen. Sie ist eine blöde Kuh.«

»Hör damit auf, was weißt du schon davon? Du kennst nur Orlandos Version. Ganz egal, wie sie ist, niemand hat es verdient, auf diese Weise betrogen zu werden. Das ist erbärmlich.«

»Du kennst sie doch auch nicht. Du bist so berauscht von deiner Hochzeit, dass du nichts anderes mehr siehst. Deine Tanten sind dir doch völlig egal.«

»Hör auf, Thomas, du benimmst dich in meinem Haus wie ein Flegel, und jetzt willst du das Opfer spielen? So einfach geht das nicht. Ihr habt einen Fehler gemacht und müsst dafür geradestehen.«

»Aha, der äußere Schein. Du ärgerst dich ja nur darüber, dass es hier passiert ist. Weißt du was? Du bist Lena viel ähnlicher, als du denkst. Die Scheiben müssen glänzen, weil es deinem Ego gefällt. Ich bin in Orlando verliebt, und meine Mutter ist mir egal!«

Thomas dreht mir den Rücken zu, durchquert Flur und Halle und verlässt das Haus, ohne dass ich Gelegenheit habe, zu antworten. Damit ist die Szene zu Ende. Thomas' Worte haben mich ins Herz getroffen. Ich bin nicht wie Lena. Bin ich etwa intolerant? Liebt er Orlando wirklich, oder ist das nur wieder eine seiner Eskapaden, die den Familienfrieden stören?

»Mélie, wenn du etwas Aufbauendes für mich hast, dann wäre jetzt der geeignete Moment.«

»Nein, hab ich nicht. Soll ich darüber nachdenken?«

»Hat er recht mit dem, was er sagt? Bin ich so auf meine Hochzeit fixiert, dass ich mich nicht mehr für meine Verwandten interessiere?«

»Was meinst du selbst?«

»Kannst du nicht mal für zwei Sekunden aufhören, die Psychologin rauszukehren?«

»Du brauchst nichts zu bezahlen, also bin ich für dich auch keine Psychologin.«

»Ich möchte nur, dass die Feier so wird, wie ich sie mir vorstelle. Ist es falsch, sich zu wünschen, dass es ein schöner Tag wird? Thomas verliebt sich alle fünf Minuten und denkt nie an die Folgen. Das war nicht das erste Mal. Seine Lust ist ihm wichtiger als seine Umgebung. Bei mir ist das nicht so.«

»Scarlett, klau den anderen nicht ihre Ideen. Sie gehören ihnen, selbst wenn sie sie dir schenken wollen.«

»Das ist leicht zu sagen, wenn man sie an den Kopf geworfen kriegt.«

»Thomas und du, ihr habt dasselbe Problem.«

»Genau. Tante Pietra, Orlando und seine Probleme. Drei Probleme.«

»Ihr sprecht nie eure Gefühle aus. Ihr redet drum herum und lenkt von der Sache ab. Aber jedes unausgesprochene Gefühl ist eine Zeitbombe.«

Ich seufze tief.

»Genial, sie kann also jederzeit hochgehen.«

»Ihr könnt sie auch entschärfen, indem ihr eure Gefühle nicht mehr verbergt.«

Mélie kann mit zwei oder drei Sätzen eine Migräne auslösen.

»Du solltest dich besser anziehen, das wird ein heftiger Tag«, prophezeit sie.

Als Ramses über die Hethiter herfiel, war das heftig, das hier ist aber noch einen Tick heftiger.

In meinem Zimmer nehme ich mein Handy und schreibe eine Nachricht an William:

Wenn du kannst, lass dir neue Papiere machen und nimm das nächste Flugzeug nach Venezuela (es soll dort um diese Jahreszeit sehr schön sein) und komm nicht zurück. Ich liebe dich.

10

12 Uhr 30. Ich bin auf meine Veranda geflüchtet und achte auf die Stille, die immer noch im Haus herrscht, völlig anormal und unnatürlich. Ich habe keinen von den Leuten mehr gesehen, die heute früh vor dem Badezimmer standen. Diskretion ist nicht nur eine Frage der Lebensweisheit, sondern auch der Taktik. Ich weiß nicht, ob Thomas wiedergekommen ist oder nicht, ob Orlando noch lebt oder nicht. Auch wenn meine Schwester sich das wünscht, wenn Leute verletzt sind, dann sind ihnen alle Grundsätze ihrer persönlichen Entwicklung egal.

Gleich nach dem Aufwachen hat William auf meine Nachricht geantwortet und gefragt, was passiert ist. Ihm das alles in Kürze zu schreiben, scheint wenig realistisch, ich habe deshalb gesagt, dass ich es ihm heute Abend erzähle. Ganz gleich, was er in Schottland macht, ich hoffe, er hat das Problem gelöst, denn ich brauche unbedingt einen ruhigen Verbündeten an meiner Seite.

Wenn meine Tanten jetzt nach Korsika abrauschten, würde meine Mutter sich jemals davon erholen?

Tante Pietras Strategie ist eindeutig: Die Sache wird im Keim erstickt, unter den Teppich gekehrt, darüber kommt ein schwerer Eichentisch. Alle werden frustriert und unglücklich sein, aber der Familienfrieden ist gerettet. Ein Scheinfrieden. An einem Punkt hat Thomas nicht ganz unrecht: Warum haben wir solche Angst vor Konflikten? Vor zwei Jahren, als wir uns kennenlernten, hat Thomas einen riesigen Aufwand getrieben, um seiner Mutter nicht erzählen zu müssen, dass er schwul ist. Dass er mich heute belehren will, ist lächerlich, damals hat er nämlich behauptet, ich sei seine Freundin, doch in Wahrheit war er schon zwei Jahre mit Moshe zusammen.

Warum schonen wir unsere Eltern, als sei es Aufgabe der Kinder, ihre Fehler auf sich zu nehmen? Als hätten wir die Schuld dafür, dass sie uns zur Welt gebracht haben, noch nicht abgetragen, aber wer von uns hat schon darum gebeten, in diesem Zirkus hier zu landen?

Mélie holt mich aus meinen Überlegungen, sie kommt mit einem großen Tablett durchs Wohnzimmer und stellt es auf den kleinen Tisch. Zwei Clubsandwiches, zwei Scones, etwas Zitronencreme und Kräutertee, alles in völlig unpassenden Gefäßen. Mélie verwendet immer Dinge, die nicht passen, und entfremdet sie ihrer eigentlichen Bestimmung, wenn sie meint, dass sie vernachlässigt werden. Sie benutzt Blumentöpfe als Salatschüsseln, Tabletts als Teller, Schälchen als Tupperware ... Ihre Phantasie kennt keine Grenzen.

»Danke.«

Sie setzt sich auf den Stuhl neben mich. Ich trinke einen Schluck Tee und sage:

»Es ist totenstill im Haus, müssen wir uns deswegen Gedanken machen?«

»Ja, aber tot ist, glaube ich, niemand.«

»Dann ist es ja gut. Dabei wäre es kein Problem, Winnie zu bitten, uns aus zwei Ikea-Regalen einen Sarg zu machen.«

Meine sarkastischen Bemerkungen werden durch die Türglocke unterbrochen. Da ich niemanden erwarte, kitzelt Paranoia meine Synapsen. Mélie steht vor mir auf, um aufzumachen. Ich hatte eh keine Lust dazu.

O, genial, das ist der richtige Moment.

Alistair erscheint im Salon, einen riesigen Kleidersack über dem Arm. Ich gebe mir Mühe, nicht zu laut zu seufzen. So unsympathisch ich ihn auch finde, er kann nichts für die trübe Stimmung im Haus. Er grüßt nicht, sondern nickt mir nur militärisch zu, und ich glaube, das ist freundlich gemeint. Ich lächele und zeige vielleicht zu viele Zähne.

»Schönen guten Tag, Alistair.«

»William hat mich gebeten, seinen schwarzen Anzug für die Feier herzubringen.«

»Danke, das ist nett, legen Sie ihn einfach auf den Tisch.«

Mélie verschwindet und lässt mich ausgerechnet mit dem Menschen allein, der zu keinem Gespräch in der Lage ist. Alistair steht mitten im Wohnzimmer, ich bleibe auf meinem Sessel sitzen. Die Sekunden vergehen, er sieht mich an, ich sehe ihn an.

Und der Gewinner der peinlichsten Momente dieses Jahres ist …

Ich stoße einen Seufzer der Erleichterung aus, als Mélie wiederkommt mit einer winzigen Art-déco-Vase in der Hand, die ich völlig vergessen hatte. Offenbar ist Tee darin. Alistair starrt darauf, ohne sein Erstaunen zu verbergen. Zu meiner großen Überraschung nimmt er, ohne mit der Wimper zu zucken, einen Schluck von der Flüssigkeit.

»Alles in Ordnung?«, fragt er in ernstem, feierlichem Ton.
»Ja.«
»Nein«, antwortet meine Schwester im selben Moment.
»Mélie ...«
»Was ist los?«
»Bitte sag nichts!«
»Wenn ich es mir erlauben darf, Sie haben es schon ein wenig getan.«

Er hat keinerlei Gespür dafür, dass er einen Schnitzer gemacht hat.

»Wir können uns ihm anvertrauen«, sagt meine Schwester mit dem Ernst eines Jury-Mitglieds bei der Preisverleihung.

Anders als Tante Pietra habe ich wenig Hoffnung, dass die Sache geheim bleibt. Also besser seine Worte vorsichtig wählen.

»Wir haben Thomas und unseren Cousin Orlando zusammen erwischt. Seine Mutter hat es entdeckt und ... dann gab es ein Drama.«

»Da ist auch noch Mama, die hast du ganz vergessen.«

Der letzte Name, an den ich mich erinnern werde, wenn ich Alzheimer habe, wird ihrer sein.

Alistairs Gesicht bleibt regungslos.

»Aha«, sagt er nur. »Kann ich etwas tun?«

»Ja. Drehen Sie die Zeit zurück, und sorgen Sie dafür, dass sich Moshe nicht seinen Physiotherapeuten schnappt.«

»Ich nehme an, dieser Satz hat eine Bedeutung.«

»Entschuldigung, ich versuche nur, die Situation mit Humor zu entschärfen.«

Alistair sieht mich bestürzt an. Ich glaube, Bestürzung ist das beste Wort für die Atmosphäre, die hier im Haus herrscht.

Nach einer wenig angenehmen Minute des Schweigens verabschiedet er sich plötzlich und förmlich, und Mélie begleitet ihn zur Tür. Nach einer Weile höre ich, wie uns unsere Mutter aus der Küche ruft, und ich verdrehe die Augen. Die Mahlzeit ist fertig. Die Archers sind zivilisiert: Kein Familiendrama kann das Ritual gemeinsamen Essens am Tisch in Frage stellen, auch wenn alle sich am liebsten das Besteck an den Kopf werfen würden. Ich bin sicher, dass selbst Papa seine Geisterfreunde verlässt, um während des Abendessens in der Küche meiner Mutter herumzuspuken.

Deshalb gehen Mélie und ich nicht das Risiko ein, die Kräfte des Universums zu ärgern, indem wir Mamas Ruf nicht folgen. Wir setzen uns an den Tisch und beobachten sie in gedrückter Stimmung bei der Arbeit. Ab und zu sehe ich zu meiner Schwester hinüber, die ihre Gabel mit wissenschaftlicher Genauigkeit untersucht. Mir geht die gedrückte Stimmung auf die Nerven, ich halte es nicht mehr aus und frage:

»Sind Tante Pietra und Tante Giulia noch auf ihrem Zimmer?«

»Nein, sie sind ins Restaurant gegangen und haben Caroline mitgenommen.«

»Ich habe gar nicht gehört, wie sie weggegangen sind.«

»Dir entgeht manches.«

Ich verdrehe die Augen.

»Mama …«

»Das ist doch wahr, oder Mélie?«, fragt meine Mutter.

»Misch dich nicht ein, Mélie. Das rate ich dir.«

»Du bist nicht besonders aufmerksam«, antwortet meine Schwester und nimmt sich nun das Messer vor.

»Jetzt verbündet ihr euch auch noch! Du hast doch selbst auch nichts gemerkt. Wo ist denn dein berühmter sechster Sinn?«

»Ich bin nicht in meinem Land«, verteidigt sie sich, unehrlich wie immer, »das bringt meine Eingebungen durcheinander.«

»Meinst du damit, dass Grenzen deine feinen Antennen stören?«

»Und auch der Ärmelkanal, wir haben ein Meer überquert.«

»Sieh an. Was hättest du denn gemacht, wenn du das mit Thomas und Orlando vorausgesehen hättest?«

»Ich hätte den Kerlen gesagt, nur weil sie mit ihrem Werkzeugkasten hergekommen sind, müssen sie nicht die Rohre reparieren, vor allem, wenn gar nichts kaputt ist.«

»Sieh an.«

»Du murmelst schon wie deine Großmutter. Die hat auch immer alles wiederholt, und dann hat sie Alzheimer gekriegt. Also pass auf!«

»So ein Unsinn, Oma war achtundneunzig, und dafür war sie ziemlich klar.«

Ich lasse meinen Kopf in die Hände sinken. Warum will ich unbedingt mit der Frau, die mich zur Welt gebracht hat, ein vernünftiges Gespräch führen?

»Kann ich wegen der geraden Zahl noch eine Erbse haben?«, fragt meine Schwester.

Mama gibt sie ihr sofort. Seit sie angefangen hat, uns das Essen aufzutischen, hat sie noch keine Minute Platz genommen. Bilder aus meiner Kindheit kehren zurück. Ich glaube, sie hat sich niemals hingesetzt, um mit uns zu essen. Sie knabberte an irgend etwas herum, wenn wir in die Schule gingen, als hätte selbst zu essen sie von ihren Mutterpflichten ferngehalten. Sie gehört zu denen, die meinen, sich zu opfern gehöre zu den Aufgaben einer Mutter. Man ist Mensch oder Mutter, nicht Mensch und Mutter.

Für Kinder ist solche Hingabe weniger angenehm, als man meinen könnte. Eltern, die gern Opfer der allmächtigen Wünsche ihrer Nachkommen sind, zwingen diese, die Rolle des Henkers zu übernehmen.

»Hat Orlando etwas gegessen?«

»Ich glaube nicht, er ist nicht heruntergekommen«, sagt meine Mutter.

Nachdem wir vom Dessert probiert haben, um keine Krise heraufzubeschwören, nehme ich ein paar Teller und bringe Orlando vorsichtig Essen aufs Zimmer. Nach kurzem Zögern klopfe ich mit dem Fuß an die Tür, weil meine Hände nicht frei sind.

»Alles okay? Hier ist Scarlett, ich bringe dir was zu essen.«

Ich höre ein Geräusch hinter der Tür und bin erleichtert, dass er da ist. Die Tür geht auf, und Orlando erscheint. Er ist totenblass und hat rote Augen. Offenbar hat er geweint. Das tut mir sehr leid für ihn.

»Danke«, murmelt er, »du sollst dir nicht solche Mühe machen.«

Ich trete ein und stelle das Tablett auf das Bett. Ich bin nach oben gegangen, um mit ihm zu reden. Theoretisch jedenfalls. Ich habe aber keine Ahnung, was ich ihm sagen soll, wenn ich nicht wie ein Taliban der Kommunikation wirken will. Ich räuspere mich erst mal.

»Willst du wissen, wie es mir geht und wo Thomas ist?«
Gott sei Dank, er hat etwas von Mélie gelernt.
Ich nicke dankbar mit dem Kopf.
»Nach der Sache im Bad ist er verschwunden. Er ist sicher nach Hause gegangen. Ich habe seitdem nichts mehr von ihm gehört.«
»Es tut mir so leid, was passiert ist.«
»Du kannst doch nichts dafür, mir tut es leid. Das war riskant, wie konnten wir nur glauben, dass es keiner merkt? Wir hätten es nicht hier machen sollen, das war weder klug noch korrekt. Wir haben einfach nicht nachgedacht. Eine schwache Entschuldigung, ich weiß.«
»Ich habe schon schwächere benutzt. Wie ist es mit deiner Verlobten gegangen? Entschuldigung, das war jetzt sehr indiskret von mir.«
Er zuckt die Achseln.
»Caroline ist eine Meisterin im Verdrängen. Wir haben nicht miteinander gesprochen, aber sie ahnt etwas.«
»Und weißt du, was du tun willst?«
»Ich sollte meinen Mut zusammennehmen und meiner Mutter sagen, dass ich das Leben, das sie für mich ausgesucht hat, ablehne, und ich müsste Caroline sagen, wenn wir so tun, als liebten wir uns, verweigern wir uns den gegenseitigen Respekt. Aber ich habe nicht den Mumm, diesen Kampf auszufechten.«
Wir setzen uns rechts und links neben das Tablett aufs Bett. Ich sehe den Körper dieses armen Jungen, der aussieht, als sei er mit einer enormen Last auf den Schultern groß geworden. Manche werden mit Kugeln am Bein geboren, anderen wer-

den seelische Qualen zugefügt. Oft sind es Lasten, die die Eltern ihr Leben lang mit sich herumgeschleppt haben und die sie unbewusst an ihre Kinder weitergeben, um sie los zu sein. Sind Kinder nicht oft Opfer von Eltern, die in ihrer Kindheit selber Opfer waren?

»Deine Mutter liebt dich, du bist ihr einziger Sohn, ich kann mir nicht vorstellen, dass sich das ändert, nur weil du Jungen liebst statt Mädchen. Wir sind nicht mehr in den fünfziger Jahren.«

»Dass die Gesellschaft toleranter wird, ist genauso verlogen wie die Werbung für Faltencreme. Es ist reines Marketing. Wenn ein paar Stars ihr Coming-out geschafft haben und es Reportagen über Schwule gibt, die wichtige Posten innehaben, ist das noch lange nicht überall so. Homosexualität bei Nachbarn ist cool, am besten bei Nachbarn, die man nicht kennt. Wenn man schwul ist, weicht man von der Norm ab, gehört zu einer Minderheit, ist eben nicht *wie die anderen*.

Ich überlege eine Weile und sage dann:

»Orlando, du hast doch nicht vor, dein Leben lang so zu tun, als wärst du ein anderer, oder?«

»Was habe ich denn für eine Wahl? Wenn meine Familie in mir nur das verkörpert sieht, was sie selbst ist? Mein Leben leben und die Brücken zu meiner Familie abreißen? Wofür? Für einen Liebeskummer nach dem anderen? Besser, man verzichtet auf diese Art Liebe und verliert dadurch die der anderen nicht.«

»Aber wenn du jemand zu lieben versuchst, den du nicht lieben kannst, dann liebst du dich selbst nicht.«

»Es ist besser als gar nichts.«

Das macht mich traurig, und ich verspüre ein Gefühl der Ohnmacht. Was soll ich ihm sagen? Es ist einfach zu urteilen, wenn man aus dem Westen kommt und hetero ist und allen Normen entspricht.

»Soll ich Thomas sagen, er soll nicht mehr kommen?«

»Nein, ich muss zu meiner Entscheidung stehen, aus Respekt vor ihm.«

Mir bleibt nichts, als ihn mitleidig anzulächeln. Ich bleibe noch da, solange er isst, was ich ihm gebracht habe. Wir reden nicht mehr, aber ich glaube auf seinem Gesicht einen Ausdruck von Dankbarkeit zu erkennen.

Ich verlasse ihn und ziehe mich ins Schlafzimmer zurück. Ich habe mich seit Wochen mittags nicht mehr ausgeruht. Ich weiß gar nicht mehr, was ich bis Samstag noch alles erledigen muss, aber durch irgendeine innere Macht bestärkt, beschließe ich, mich jetzt nicht darum zu kümmern. Ich stelle den Fernseher an und lenke mich mit einem mittelmäßigen TV-Weihnachtsfilm ab. Ich lausche dem Gemurmel der Dialoge. Im Erdgeschoss höre ich unbestimmte Geräusche. Meine Tanten scheinen von ihrem Ausflug zurückgekehrt zu sein.

Sie sind mir vollkommen egal.

Williams Anruf weckt mich aus dem Schlaf. Ich hatte gar nicht gemerkt, dass ich eingenickt war. Er macht am Telefon einen erschöpften und besorgten Eindruck. Er sagt, er werde um 17 Uhr in London sein und noch in der Galerie vorbeischauen, bevor er nach Hause kommt.

Diese Galerie nervt wirklich.

Ich frage ihn, ob alles so verlaufen ist wie geplant. Anscheinend denkt er das.

Er erzählt mir kaum etwas darüber, ob es ihm gelungen ist, seinen Künstler zu motivieren. Stattdessen erzählt er mir, was es zu essen gab und wie das Wetter ist. Ich erfahre, dass er mittags mit Abigail gespeist hat und sie ihn am Abend zuvor auf ein Glas zu sich eingeladen hat, um, wie sie sagt, wettzumachen, dass William keinen Junggesellenabschied feiern wollte. Ich höre mich, wie ich missbilligend bemerke: »Ja, wirklich ein schweres Versäumnis«, aber William geht darauf nicht ein.

Beruhig dich, ein Glas trinken bedeutet nicht betrügen.

»Verdammt, schon wieder Thomas …«, sagt er dann.

Ja, allerdings, verdammter Thomas.

William hat seine Schuldgefühle gegenüber seinem Bruder kompensiert, indem er ihm immer aus der Patsche geholfen hat, wenn er etwas angestellt hatte. So ist Thomas mit der Gewissheit aufgewachsen, dass sein großer Bruder dazu da ist, seine Probleme zu lösen. Ich weiß, dass ihr Verhältnis so nicht bleiben kann, eines Tages muss das ein Ende haben. Die Frage ist nur, wann.

»Hast du seitdem schon mit ihm gesprochen?«, fragt er.

»Nein, ich gebe zu, dass auch ich ein bisschen zu mir kommen muss. Ich weiß nicht, was ich tun soll. Soll ich alles laufen lassen, oder muss ich mit ihm darüber reden?«

»Thomas wird sich wehren. Vor allem, wenn Orlando die Sache wegen der Familie beendet. Nach dem Reinfall mit Moshe wird er komplett durchdrehen. Ich glaube, du solltest doch ein paar Worte mit ihm wechseln.«

Solltest du nicht mit ihm reden? Du bist schließlich sein Bruder.
»Ich bin in einer Minute da«, ruft er.
»Was sagst du?«
»Entschuldige, ich muss los, um mich zum Flughafen fahren zu lassen.«
»Wer bringt dich denn hin?«
»Abigail spielt die Taxifahrerin. Das ist praktischer.«
»Diese Abigail ist ja wirklich reizend.«
»Das stimmt. Ich rufe dich an, wenn ich in London bin.«
»Gut.«
»Es wird schon alles. Ich liebe dich.«
Dann legt er auf.
Es wird schon alles.
Ich lasse meinen Kopf in die Kissen sinken und sehe mein verdrossenes Gesicht im Spiegel gegenüber. Ich versuche, mich vom Gegenteil zu überzeugen, aber heute ist echt ein beschissener Tag. Wenige Augenblicke später klopft Mélie an meine Tür und bringt mir einen Kräutertee. Da ich mir nicht ihre Weisheiten anhören will, erzähle ich nichts von Williams Anruf. Sie legt sich neben mich und wir sehen uns zusammen *Stirb langsam* an, einen anderen Weihnachtsfilm. Schulter an Schulter, in der gleichen Position genau wie damals, als wir Kinder waren. Wir brauchten nicht miteinander zu reden und auch nichts zu spielen, es genügte, nebeneinander zu liegen. So waren wir einander nahe, ganz gleich, was wir gerade taten.

Drei Stunden später fällt uns ein, dass es noch eine Wirklichkeit außerhalb unseres Kokons gibt, jedenfalls erinnere ich mich daran. Man kann nicht alles verleugnen, meinen Tanten aus dem Weg zu gehen ist in einem Haus, das nicht achthundert Quadratmeter hat, unmöglich, zumal es nur eine Küche gibt. Warum habe ich nicht zwei verlangt, als wir das Haus kauften?

Ich sehe auf den Wecker, es ist sieben Uhr. William muss in London gelandet sein. Und …

Verdammt!

Ich merke, wie ich anfange zu zittern.

»Sie hätten heute mein Kleid liefern müssen. Es ist sieben Uhr, der Laden hat jetzt geschlossen. Ich hatte das völlig vergessen.«

Ich sehe in meinen Mails und Nachrichten nach. Nichts.

»Das kann ja wohl nicht wahr sein! Ich war die ganze Zeit zu Hause, wenn ich eine Karte im Briefkasten finde, dass sie keinen angetroffen haben, bringe ich sie um.«

»Morgen früh fahren wir gleich in das Brautgeschäft. Wir haben doch bis Samstag noch etwas Spielraum.«

»Ich weiß, aber es macht mich nervös. Ich habe ja gar nicht verlangt, dass sie das Kleid heute bringen, sie wollten es und haben es mir fest zugesagt. Man sagt, was man tut, und man tut, was man sagt. Was ist daran so schwer? Scheiße!«

»Du erinnerst mich an Papa, nur dass er nicht Scheiße sagte.«

Das mit dem Sagen und dem Tun zitierte er immer, es war eines seiner wichtigsten Mantras. Und ich muss zugeben, dass sich nur wenige Leute danach richten. Papa schaffte das, er tat, was er sagte, und sagte, was er tat.

Mein Telefon klingelt. William. Ich gehe schnell dran.

»Bis du in London?«

»Ja ich bin sogar schon in der Galerie, ich bin fast fertig. Ich schließe nur ab und komme dann gleich. Ich freue mich auf zu Hause.«

»Ich freue mich auch.«

»Es gibt einige Staus, aber ich hoffe, ich bin vor neun Uhr da.«

»Ich warte mit dem Essen auf dich.«

»Einverstanden. Übrigens, dein Kleid ist großartig.«

»Mein Kleid?«

»Dein Hochzeitskleid.«

Mir stockt das Blut in den Adern.

»Wie? Woher weißt du das?«

»Sie haben es in die Galerie geliefert, warum, weiß ich nicht, war das so geplant?«

»Soll das ein Witz sein?«

»Nein.«

»Hast du es etwa ausgepackt?«

»Jenny hat mir das Paket ins Büro gelegt und nichts weiter gesagt, ich dachte, es sei vielleicht mein Anzug.«

Der Ton wird lauter, meine Wut größer.

»Alistair hat doch deinen Anzug nach Hause gebracht!«

»Wirklich? Ich erinnere mich gar nicht mehr. Ist doch nicht schlimm. Das Kleid ist da und unversehrt.«

Jetzt läuft das Fass über.

»Das soll nicht schlimm sein? Und du sagst das einfach so, als ob nichts wäre?«

»Warum regst du dich so auf? Was soll ich denn sonst sagen?«

»Ich ... Ich weiß nicht, vielleicht ein bisschen feierlicher, damit man das Gefühl hat, es betrifft auch dich.«

»Es ist da, das ist doch das Entscheidende, und dass ich es vor der Feier gesehen habe, ist doch nicht tragisch, es ist doch nur ein Kleid.«

»*Nur ein Kleid?*«, schreie ich ins Telefon. »Meinst du das ernst? Ich bin nicht besonders überrascht, das ist mal wieder typisch!«

»Ich fürchte, ich verstehe nicht, was du mir sagen willst.«

»Dann sage ich es dir jetzt: Das mit dem Kleid ist nur eins von vielen Beispielen dafür, dass du dich seit Wochen nicht die Bohne für unsere Hochzeit interessierst. Ich bin es leid, immer nur allein für alles, was damit zu tun hat, verantwortlich zu sein. Seit Monaten benimmst du dich wie Jupiter, du bist nie richtig da, ich bin im Stress und muss hinter allem her sein, damit es funktioniert. Das Kleid sollte bei der Hochzeit eine Überraschung für dich sein, so wie es üblich ist. Vielleicht findest du das idiotisch, aber hier geht es weder um dich, noch um deinen übervollen Terminkalender. Es geht um mich und was ich mir wünsche, und wenn dich das stört, kannst du gerne zu Abigail gehen, offenbar verbringst du ja gerne Zeit mit deiner früheren Studienkollegin!«

»Scarlett, es tut mir leid, dass du die Dinge so siehst. Natürlich interessiere ich mich für unsere Hochzeit. Für mich ist aber am wichtigsten, dass wir den Rest unseres Lebens zusammen verbringen.«

»Warum wolltest du dann heiraten? Warum hast du den pompösen Festsaal für den Empfang gemietet? Warum hast du deine Familie und Freunde eingeladen? Wir hätten auch im Standesamt mit nur zwei Zeugen heiraten können und basta. Ich habe dich zu nichts gezwungen. Und jetzt, ein paar Tage vor dem Termin, während ich mich um meine und um deine Familie kümmere, ist dir alles wichtiger als unsere Hochzeit.«

»Nein, so ist es nicht, aber manchmal hat man nicht die Wahl, das zu tun, was man möchte.«

»Komm mir nicht damit! Natürlich hat man die Wahl. Man hat immer eine Wahl. Ich habe vierzehn Tage freibekommen, weil ich mit Kündigung gedroht und auf meine Jahresprämie verzichtet habe. Ich habe genauso viel berufliche Verantwortung wie du. Du hast Mitarbeiter und kannst mir nicht weismachen, dass sie nicht eine Woche lang mal allein zurechtkommen können. Dir war deine Arbeit wichtiger. Ich bin damit einverstanden, solange du dabei nicht vergisst, dass wir beide heiraten wollten.«

»Hör zu«, sagt er in einem Ton, als sei er die Sache leid, was mich noch wütender macht.

»Nein, du hörst mir zu! Ich bin zu wütend, um weiter zu reden. Ich würde Sachen sagen, die ich hinterher bedauere oder vielleicht auch nicht, was schlimmer wäre. Komm nach Hause, oder schlaf heute Nacht in der Galerie, mir ist das egal. Ich will nur eins, nämlich dass du vor der Hochzeit weißt, was dir wichtiger ist. Gute Nacht.«

Ich lege auf.

Das habe ich noch nie gemacht.

11

Donnerstag 22. Dezember

William kam um neun Uhr nach Hause, ich hörte sein Auto im Hof. Ich lag schon im Bett. Als er ins Schlafzimmer kam, tat ich, als schliefe ich tief und fest. Er ließ mich in Ruhe. Gute Taktik. Ich hätte an seiner Stelle auf einer Aussprache beharrt und einen Konflikt heraufbeschworen. Aber Wut diskutiert nicht, sie spricht nur mit sich selbst. Ich habe die ganze Nacht kein Auge zugemacht. Meine Wut lässt mir keine Ruhe. Ständig redet sie auf mich ein. Sie spielt das Frage- und Antwortspiel, bis mein Gehirn so erschöpft ist, dass es sich die wildesten Sachen ausdenkt. Ich weiß, dass es total übertrieben ist, aber ich kann den Mahlstrom düsterer Gedanken nicht eindämmen. Mélie sagt immer, dass wir Herr der Ideen sind, die uns durch den Kopf gehen. Sie vergleicht das Gehirn mit einem Buffet und die Ideen mit den Speisen darauf. Jeder kann auswählen, welche davon er essen will. Und so verrückt es ist, nur Rosenkohl auszusuchen, wenn es auch Mousse au chocolat gibt, es ist wie die Auswahl nur böser Gedanken, wenn es auch positive gibt.

Das ist sicher alles richtig, aber wenn man traurig und enttäuscht ist, ist das leichter gesagt als getan. Was ich immerhin gelernt habe, ist, die Gedanken meiner inneren Dämonen für mich zu behalten und nicht meinen Lieben an den Kopf zu werfen. Sobald die Stimmen schweigen, werde ich mit William sprechen.

Ich stehe früh auf – wenn man nicht geschlafen hat, fällt das nicht so schwer – und achte darauf, keinen Lärm zu machen. Da bei den letzten Hochzeitsvorbereitungen nichts von selbst zu funktionieren scheint, schicke ich eine Nachricht an den Verwalter des Empfangssaals, um den Ort vor Freitag noch einmal anschauen zu können. Um acht Uhr schreibt er mir: »Wenn Sie unbedingt wollen, kommen Sie um zehn.« Ich finde das ein bisschen herablassend. Als sei meine Bitte zwei Tage vor der Feier etwas Ungehöriges.

Tut mir leid, dass ich allen mit meiner Hochzeit auf den Wecker gehe.

Mauricio hat eine Event-Agentur beauftragt, die sich um Dekor und Catering kümmern soll. Da er nun tot ist, ist nichts mehr sicher.

Meine Mutter kommt zu mir in die Küche und nimmt mir die leere Tasse aus der Hand. Sie macht mir einen heißen Kakao und stellt ihn mir hin. Er ist viel besser als der, den ich mir gemacht hatte.

»Was ist los, Kind?«, fragt sie mit ungewohnter Sanftheit.

»Nichts.«

»Zwing mich nicht, Mélie zu bitten, dich dazu zu bringen, mir zu antworten«, sagt sie lächelnd und nimmt sich sogar die Zeit, sich hinzusetzen.

»Es ist nichts weiter, ich habe mich nur gestern mit William gestritten.«

»War er nicht in Schottland?«

»Es ist passiert, als er wieder in London war.«

Sie seufzt und pustet auf ihren Kaffee.

»Es ist normal, dass man ein paar Tage vor der Hochzeit angespannt ist. Da kommt es zu kritischen Momenten, denn auch heute steckt diese Feier voller Symbolkraft. Zwei Menschen, die sich aufeinander einlassen, tun das in der Öffentlichkeit. Das ist etwas Großes.«

»Ich weiß nicht, manchmal denke ich, dass ich mich zu Recht aufrege, dann wieder fühle ich mich schuldig und glaube, ich gerate grundlos in Wut.«

»Wie ich schon sagte, eine Hochzeit ist etwas ganz Bedeutsames. Wäre sie das nicht, könnte man auch einfach zu zweit ins Restaurant gehen und brauchte sich nicht die Mühe machen, zwei Familien in einem teuren Saal mit einem Buffet, mit Reden und Beiträgen, die nicht allen gleichermaßen gefallen, zusammenzubringen.«

»Und warum tut man sich das dann seit Urzeiten an?«

»Deine Schwester würde jetzt sagen, ein Motor der Menschheit ist ihr Masochismus. Ich bin der Meinung, es liegt in der DNA des Menschen, denen, die einem wichtig sind, öffentlich zu sagen, dass man seinen Lebenspartner gefunden hat. Und wenn man bedenkt, was für Dummheiten der Mensch angestellt hat, seit er seine Höhle verlassen hat, dann ist dies doch eine sehr schöne Sache.«

»Wir hätten vielleicht alles einfacher halten sollen … Nur ist so eine Hochzeit die Gelegenheit für lauter Dinge, die man sonst nicht macht. Wann kann man schon so ein schönes Kleid tragen, wenn man nicht gerade zu Oscar-Verleihungen geht? Welches Ereignis erlaubt es einem, so viel Geld für ein

Fest an einem ganz besonderen Ort auszugeben? Man ist Feuer und Flamme, alle sind es.«

»Euer Problem ist, dass ihr Geld habt. Nichts kann euch davon abhalten, richtig groß zu feiern. Dein Vater und ich konnten nur im Restaurant einen Tisch für zehn Personen bestellen und uns gerade mal das Dessert selbst aussuchen. Hätte ich mehr Geld gehabt, hätte ich auch ein großes Fest gemacht.«

»Hast du dich mit Papa gestritten? Ich meine wegen der Vorbereitungen.«

»Es ist vielleicht schwer zu glauben, Liebes, aber als ich jung war, habe ich mich mit anderen öfter gestritten, als ich geatmet habe.«

Wirklich sehr überraschend.

»Papa liebte dich auch wegen deines Temperaments.«

»So ist es auch bei William.«

»Ich weiß nicht, er ist Brite, sie sind anders als wir. Manchmal sage ich mir, ich bin vielleicht zu französisch für ihn.«

»Komm, Liebes, wenn wir wirklich so wenig zusammenpassten, wäre eins unserer beiden Länder schon längst von der Landkarte verschwunden.«

Ich wünsche mir von Herzen, dass sie recht hat, aber ich muss plötzlich daran denken, dass sich unsere beiden Nationen Hunderte von Jahren gegenseitig bekriegt haben.

Da erscheinen Mélie, Tante Giulia und Tante Pietra in der Küche. Sofort sinkt die Temperatur um mindestens zwanzig Grad. Ich halte meinen Becher mit dem Kakao fest in den Händen. Wir tauschen die üblichen Banalitäten aus: Habt ihr gut geschlafen? Wird das Wetter heute schön? Gibt es hier in diesem Land jemals schönes Wetter? Und bald darauf gar nichts mehr, bis William dazukommt. Ich nehme an, bei unserem Anblick läuft ihm ein leichter Schauer über den Rücken. Er ist in der Minderzahl. Die sexistische Erziehung, die ich meine ganze Kindheit über genossen habe, treibt die Frauen dazu, sich auf den Hahn im Korb zu stürzen und ihm in Windeseile ein königliches Frühstück zu servieren. Normalerweise würde mich das stören, doch nun kommt mir dieser Aktionismus gerade gelegen.

»Vielen Dank, ihr müsst euch doch nicht solche Mühe machen«, sagt er mit einer Naivität, die mich rühren würde, wenn ich nicht immer noch so sauer wäre.

»Das ist doch selbstverständlich«, sagt meine Tante, »Sie arbeiten ja auch so viel.«

Wir Frauen spielen ja immer nur »Vater, Mutter, Kind«.

»Wir arbeiten auch«, sagt Mélie und reicht William eine Untertasse.

»Das ist nicht dasselbe«, sagt Tante Pietra scharf.

Natürlich nicht.

Das hart arbeitende männliche Wesen stellt seine Tasse auf die Untertasse. Sein durchdringender Blick ruht auf mir. Williams Augenfarbe war das, was mich zuallererst an ihm fasziniert hat, sie sind von so dunklem Braun, dass man sogar bei heller Beleuchtung die Pupille nicht von der Iris unterscheiden kann. Meine Wut ist noch nicht verraucht. Seit wir uns kennen, ist unsere Beziehung so perfekt, dass ich es ihm schon übelnehme, wenn wir Streit haben. Ich dachte immer, für uns würde es keine Krisen geben, dass wir darüberstehen. Als wäre unsere Liebe so einzigartig, dass sie jede Statistik Lügen straft.

Ich habe mich deshalb für eine reiflich überlegte Reaktion entschieden: Ich schmolle, weiche seinem Blick aus, 'der mich von der Gewissheit abbringen würde, dass mein Ärger gerechtfertigt ist, und sehe zu, dass das Frühstück möglichst lange dauert. Ein Engländer würde lieber unter schlimmsten Qualen sterben, als schmutzige Wäsche vor anderen zu waschen, und das nutze ich aus. Die anderen spüren sehr wohl, dass es Unstimmigkeiten gibt, aber eine mehr oder weniger macht jetzt kaum einen Unterschied. Meine Mutter mauert, und Tante Pietra, die Angst hat, dass die Sprache auf ihren Sohn kommt, noch mehr. Mein Kopf fängt an zu schmerzen.

Die Zeit schreitet fort, und ich muss zu dem Saal fahren, in dem die Feier stattfinden soll. Ich stehe auf und William ebenfalls. Entschlossen packt er mich am Arm.

»Wir müssen reden«, sagt er streng.

»Einverstanden, aber nicht jetzt. Ich muss nachsehen, ob alles für morgen fertig ist. Ich muss um zehn da sein.«

»Das passt mir gut, unterhalten wir uns im Auto.«

»Glaubst du wirklich, die lassen mich allein fahren?« Ich zeige mit dem Kinn auf meine Familie, die in der Küche hockt. »Wenn du dich öfter hier blicken ließest, wüsstest du, dass ich mich in eine Entenmutter verwandelt habe, der ihre Küken vierundzwanzig Stunden am Tag folgen.«

»Sie können das andere Auto nehmen.«

»Und wer fährt?«

»Deine Schwester.«

»Mélie? Die fährt nur im Notfall.«

»Genau davon rede ich.«

Dass er so beharrlich ist, stimmt mich etwas milder. Damit ist das Problem nicht gelöst, aber er scheint sich zu kümmern, und unsere Beziehung ist ihm wichtig.

Es klingelt an der Haustür. Wenn wir zurückkommen, stelle ich die Klingel ab. Endgültig.

»Ich gehe schon«, ruft Mélie.

Williams Vater und sein Onkel stehen vor der Tür, und außer Mélie sind alle überrascht. Ich habe mich inzwischen so daran gewöhnt, dass eine Katastrophe auf die nächste folgt, dass ich mit dem Schlimmsten rechne.

»Ich hoffe, wir stören nicht«, sagt mein zukünftiger Schwiegervater besorgt. Ich bin immer noch über seinen Tonfall erstaunt. Innerlich muss ich lächeln. Wenn irgendwer ganz sicher andere nicht stört, ist das Williams Vater. Meistens vergisst man, dass es ihn überhaupt gibt.

»Nein, keineswegs. Möchten Sie etwas trinken?«

»Wir sind leider etwas in Eile. Wir kommen, um William abzuholen.«

William?

»Ja?«

Ich schaue meinen Verlobten an und sehe, dass sich sein Gesichtsausdruck verändert hat. Unmöglich zu sagen, in welche Richtung, aber es verheißt nichts Gutes.

»Ich wollte gerade mit Scarlett zum Festsaal fahren«, entgegnet er leicht abwehrend.

»Es dauert nicht lange, aber es ist sehr wichtig. Scarlett, meinen Sie, Sie können einen Moment allein zurechtkommen? Ich verspreche Ihnen, dass wir William nicht lange in Anspruch nehmen.«

»Natürlich.«

Was soll ich sonst sagen? Vor meinen Augen spielt sich gerade eine seltsame Szene ab, in einer Sprache, die ich nicht verstehe, deshalb sage ich: »Ihr Auftreten hier wirkt ein bisschen formell. Gibt es Grund zur Sorge?«

»Nein, keineswegs, nur eine Familienangelegenheit, nichts Schlimmes.«

Das hat Hamlet seinem Stiefvater sicher auch gesagt. Ich lasse mich nicht täuschen. William sieht mich fragend an. So als erwarte er von mir, dass ich ihm einen Grund liefere, sich seiner Familie zu entziehen. Doch wenn er nicht mitgehen will, muss er schon für sich selbst sprechen.

»Wir sehen uns dann später«, sage ich in einem Ton, der keinen Zweifel zulässt und deutlich macht, dass ich seine Geheimnistuerei leid bin.

William nimmt seinen Mantel, schneller als gewöhnlich, keinem entgeht, wie verärgert er ist. All dieses Unausgesprochene macht mich langsam wahnsinnig. Als sie fort sind, ziehe ich mir ebenfalls den Mantel an, steige mit Mama und Mélie ins Auto, und wir fahren zu dem Festsaal. Als William ihn mir vor acht Monaten zeigte, war ich sofort begeistert von der früheren Abtei, in der man den Festsaal mieten kann. Es gibt ein Hauptgebäude mit Rezeption, von dem zwei Flügel abgehen, in denen die Gästezimmer sind, eine große Küche und einen großen Empfangsraum. Als wir die Reservierung vornahmen, wurde das zentrale Dach, das in den letzten Wintern sehr gelitten hatte, gerade erneuert, auch die Fenster wurden repariert und isoliert. Als es um die Ausstattung ging, haben wir uns gegenüber Mauricio für ein einfaches Dekor entschieden, weiße

Wände, große Kristalllüster und weißer Blumenschmuck. Die dicken Steinmauern, das sichtbare Gebälk und die hohen Fenster waren schon für sich sehr wirkungsvoll. Ich bewundere eine gelungene Architektur und hätte es schade gefunden, sie mit Schleifen, Bändern oder anderen Accessoires zu verstecken.

Als wir aus dem Auto steigen, sehe ich zu meiner Überraschung zwei riesige Müllcontainer auf der einen Seite der alten Abtei.

Der Verwalter, eine hagere, seltsame Kreatur, wartet im Hof auf uns.

»Guten Tag, Mr. Guinty, danke, dass wir noch mal vorbeikommen durften.«

»Aber gern, Miss Archer. Ich muss gestehen, ich war von Ihrer Nachricht etwas überrascht.«

»Sie wissen doch, wie es ist, der Stress einer Braut wenige Tage vor der Hochzeit. Und Sie haben doch sicher auch die furchtbare Nachricht gehört.«

»Was meinen Sie?«

»Den Tod von Mauricio Keynes, unserem Hochzeitsplaner. Er hat oft von Ihnen gesprochen.«

»Ach du meine Güte, das wusste ich ja gar nicht! Wie traurig, der Mann war doch noch gar nicht so alt.«

»Manche Unfälle treffen Jüngere eher als Ältere. In seiner Firma herrscht jedenfalls jetzt ein ziemliches Chaos, so mussten wir uns selbst um die Dinge kümmern.«

»Ich verstehe, das ist ein schwerer Schlag so kurz vor einer Hochzeit.«

Ich nicke. Die Sekunden ziehen sich hin, während wir vor der Eingangstür stehen, langsam werde ich ungeduldig.

»Können wir jetzt den Saal sehen?«

»Verzeihung, Miss, seien Sie nicht böse, aber warum sind Sie eigentlich hier?«

Ich reiße die Augen auf und stammele erschrocken:

»W... was? Ich verstehe nicht.«

»Ich wollte nur wissen, warum Sie noch mal herkommen wollten. Da Sie den Hochzeitstermin offenbar nicht verschieben konnten, dachte ich, Sie hätten eine andere Location gefunden, vielleicht die, die Mr. Keynes damals empfohlen hat.«

An die Stelle meiner Ungeduld tritt eine Riesenangst.

»Soll das ein Witz sein?«

»Ein was?«

»Ich verstehe nicht ganz – was genau ist das Problem mit dem Saal?«

Plötzlich ist der Mann ganz grau im Gesicht.

»Die Arbeiten sind nicht abgeschlossen.«

»Die was? Was für Arbeiten? Etwa die *Bauarbeiten*?«

»Ja, genau. Wissen Sie, die Firma, die die Restaurationsarbeiten machen sollte, ist im Sommer in Konkurs gegangen. Wir haben Mängel festgestellt und Regressanspruch gestellt. Die Baustelle wurde stillgelegt, bis die Sache juristisch geklärt ist. Wir haben Mr. Keynes darüber informiert. Ich dachte, Sie wüssten Bescheid.«

»Entschuldigung, aber ich muss mich mal setzen.«

Ich sehe mich nach etwas um, worauf ich mich niederlassen kann.

Der Boden tut sich unter meinen Füßen auf, und ich schwanke leicht.

»Aber sicher. Kommen Sie herein, drinnen können wir besser reden.«

Der Mann führt uns in den Festsaal, diesen wunderschönen, prachtvollen Raum. Die linke Seite, Boden, Wand und Decke, sind perfekt restauriert, so wie er es mir beim ersten Besuch versprochen hatte. Auf der rechten Seite aber hat sich nichts getan, überall Gerüste und Leitern, die fast die ganze Wand einnehmen. Ich setze mich an einen der Werktische und starre zu Boden, unfähig, mir das Ausmaß der Katastrophe länger anzusehen.

»Es tut mir sehr leid, Miss Archer, ich weiß nicht, wie das passieren konnte. Ich versichere Ihnen, dass wir bereits im August Mr. Keynes über alles informiert haben, wir haben ihm sogar eine Liste mit ähnlichen Räumlichkeiten geschickt, die für Sie passen könnten. Ich war überzeugt, dass Sie wie die meisten unserer Kunden eine Ersatzlösung gefunden hätten.«

»Ich glaube mittlerweile, dass dieser verrückte Mauricio mehr an die String-Tangas von Striptease-Tänzerinnen gedacht hat als an seine Arbeit.«

»Entschuldigung?«

Ich bedecke mein Gesicht mit den Händen. Jetzt ist die Katastrophe wirklich da. Es zieht mir die Beine weg, mir stockt der Atem. Ich werde von einer abgrundtiefen Traurigkeit gepackt. Ich kämpfe dagegen an, tue alles, um nicht zusammenzubrechen, aber mir laufen die Tränen über die Wangen.

»Aber nein, bitte nicht, möchten Sie eine Tasse Tee?«

Wann werden die Briten begreifen, dass man nicht jedes Problem mit einer Tasse Tee regeln kann?

»Nein, meine Tochter möchte keinen Tee, sie möchte eine Schusswaffe«, sagt meine Mutter so würdevoll wie möglich, »am besten eine Halbautomatik und eine Schaufel, um diesen Idioten von Mauricio auszugraben, ihn aufzuwecken und ihm in die Weichteile zu schießen.«

»Ich, hm, sicher ...«, stottert der Mann hilflos.

»Also gut, Plan B«, sagt meine Mutter entschieden.

»Es gibt keinen Plan B! Es ist vorbei.«

Ich suche in meiner Handtasche nach einem Taschentuch, und durch meine Tränen sehe ich, wie Mélie zum Telefon greift und hinausgeht. Sie hat begriffen, dass nichts mehr zu machen ist, außer unser Leben fortzusetzen wie bisher. Wenn das Universum so klare Botschaften schickt, muss man irgendwann aufgeben. Aus irgendwelchen Gründen, die ich noch nicht verstehe, soll ich nicht heiraten. Vielleicht ist es besser so. Mélie sagt immer wieder, das Universum sei uns wohlgesonnen, man brauche nur darauf zu hören, was es uns sagt. William zu heiraten scheint die schlimmste aller Ideen zu sein.

»Nein, es ist noch nicht vorbei«, sagt meine Mutter, »vielleicht kann man irgendwas machen. Vielleicht können wir den Saal ja doch mieten?«

»Dazu bräuchte man eine Firma, die bereit wäre, die Leitern und Gerüste zu entfernen und alles sauber zu machen. Unmöglich, jetzt vor den Feiertagen und in der kurzen Zeit jemand zu finden.«

»Wenn wir das, was in der Mitte steht, zur Seite schieben, kann man dort Tische aufstellen.«

»Es bleibt eine Baustelle.«

»Mama, hör auf, du siehst doch, was für eine Katastrophe das ist! Ohne den Vertrag haben wir auch die Bedienung nicht, die dazu gehört. Wer soll denn siebzig Leute bedienen? Du vielleicht?«

»Das trifft leider zu, wir haben alles gecancelt«, sagt der Vermieter im Ton eines Totengräbers.

»Schon gut, schon gut. Lass uns nachdenken. Bei deiner Schwiegermutter vielleicht? Ihr Haus ist groß, da könnten wir die Gäste unterbringen.«

»Sie hat auch kein Schloss.«

»Ich versuche ja bloß, eine Alternative zu finden.«

»Es gibt keine! Wir sagen die Hochzeit ab und verschieben sie am besten. Wenn sie überhaupt noch stattfindet. Man kann auch glücklich werden, ohne verheiratet zu sein. Das ist doch nur ein Stück Papier.«

Ich finde ein Taschentuch und bedecke damit mein Gesicht. Ich will niemanden und nichts mehr sehen. Ich höre, wie meine Mutter hin- und hergeht und Dinge verschiebt. Ich höre das Klacken ihrer Absätze, das durch den leeren Saal hallt.

»Wissen Sie, was das Problem mit euch Engländern ist?«, sagt sie schließlich missbilligend. »Sie sind zu bequem. Die ganze Zeit. Der Beweis ist, dass Sie nicht mal Ihre Adeligen köpfen wollten, wie alle anderen es gemacht haben, angeblich weil das zu barbarisch war.«

»Mama, bitte.«

»Ich sage, was ich will«, schimpft sie und schiebt einen Stuhl beiseite.

»Hör auf, hier herumzuräumen!«

»Ich war dreißig Jahre Hausfrau, Scarlett, und wenn ich mich aufrege, räume ich herum, wie soll ich mich sonst abreagieren?«

Wie konnte das alles nur passieren? Warum entdecke ich zwei Tage vor meiner Hochzeit, dass der Saal eine Baustelle ist? Was habe ich bloß die ganze Zeit gemacht?

Was wird wohl William *dazu sagen?*

Ich fühle mich miserabel. Wäre Papa noch da, wäre sicher nichts von all dem passiert. Dabei hat er mich gut erzogen, mir vertraut, er zählte sogar darauf, dass ich als älteste Tochter mal an seine Stelle trete. Wie enttäuscht wäre er, mich so zu sehen ...

Mélie öffnet unter den vorwurfsvollen Blicken meiner Mutter die Tür und kommt herein.

»Meine Liebe, kannst du deine Patienten mal warten lassen, der Notfall ist hier!«

»Ich bin doch da«, entgegnet sie ruhig.

Dann nimmt sie den Vermieter am Arm und geht mit ihm ein paar Schritte zu Seite.

Der arme Kerl muss sich fragen, was er hier mitten in diesem Familiendrama soll. Ihn trifft keine Schuld, aber wo Mauricio seinen Pflichten nicht mehr nachkommt, hätte er an seiner Stelle handeln müssen. Warum sich daran festbeißen? Es beruhigt meine Mutter. Ein wenig.

Nachdem Mama alles, was im Weg steht, beiseitegeräumt hat, setzt sie sich neben mich und reibt mir über den Rücken. Ich lasse mich in ihre Arme sinken, wie damals, als ich klein war und glaubte, das Paradies sei hier.

»Wir sind fertig«, ruft Mélie mir zu.

»Gut zusammengefasst«, sagte ich und wische mir die Tränen ab. »Du musst mir helfen, allen Bescheid zu sagen, allein schaffe ich das nicht. Ich muss William anrufen.«

Ich nehme mein Telefon, aber Mélie nimmt es mir wieder weg. Sie ist sparsam in ihren Bewegungen, kann sich aber auch wie ein Ninja verhalten.

»Gib mir das Handy wieder.«

»Ich bringe dich jetzt nach Hause. Du packst ein paar Sachen, und heute Abend übernachten wir beide im Hotel.«

Meine Schwester in ihrer ganzen Leichtfertigkeit.

»Ich weiß, was du zu tun versuchst, das ist nett, aber ...«

»Du weißt *nicht*, was ich zu tun versuche. Das weiß nie jemand«, antwortet sie und zuckt die Achseln. Dann legt sie ihre kühlen Hände an meine Wangen. »Hör gut zu, was ich dir sage. Hör auf, alles regeln zu wollen, überlass es dem Universum. Überlass es mir.«

Ihre kristallinen Augen sehen mich durchdringend an. Ihr Gesichtsausdruck ist entspannt, ruhig und gelassen. Sie ist überzeugt von dem, was sie sagt, aber ihre Welt dreht sich anders als unsere. Ich weiß aber nicht, wie ich ihr das beibringen soll, ohne sie zu verletzen.

»Mélie ...«

»Vertrau mir. Das muss ich dir unbedingt beibringen, denn Papa hat es nicht mehr geschafft, bevor er gestorben ist.«

»Also, dieser Saal ist ...«

»Scarlett«, unterbricht meine Mutter mich, »wenn deine Schwester dich bittet, ihr zu vertrauen, dann tu es einfach. In dieser Hinsicht ist sie deinem Vater ähnlich, und das weißt du.«

Da stehen zwei Verrückte vor mir und eine Mumie, die nicht gelernt hat, unauffällig zu verschwinden. Wie soll ich da kämpfen?

»Okay, ich gebe auf. Fahren wir nach Hause, und am Samstag kannst du den Gästen zwischen zwei Baugerüsten die Gesetze des Universums erklären.«

»Gib mir bitte den Autoschlüssel«, verlangt Mélie.

Ich sehe sie durchdringend an.

»Du willst fahren?«

Offenbar haben wir wirklich einen ernsthaften Notfall.

12

Donnerstag, 22. Dezember

»Wie … sie geht ins Hotel?«, fragt Tante Pietra, die bei diesem Gedanken offenbar genauso empört ist wie ich, auch wenn ich nichts mehr sage.

»Sie muss sich etwas erholen«, entgegnet meine Mutter, die aus einem Schrank einen Koffer hervorgeholt hat. Wer hat ihn da bloß hingeräumt? »Hier ist es immer nur laut, ein ständiges Kommen und Gehen, und seit fast einer Woche macht Scarlett das ganze touristische Programm. Sie und Mélie gehen jetzt …« – sie wendet sich meiner Schwester zu – »ins Hotel.«

»Ins Hotel.«

Schweigen.

»Na wunderbar«, sagt meine Tante beleidigt. »wir kommen ja glücklicherweise miteinander aus.«

»Natürlich kommen wir miteinander aus, du fühlst dich doch in dieser Küche genauso zu Hause wie ich. Sag nicht, dass ich nicht recht habe.«

»Na schön, aber was ist mit ihrem Verlobten? Ist der heute Abend da? Was soll er nur essen?«

Ich verdrehe die Augen.

»William ist ein menschliches Wesen«, sagt Mélie in einem Ton, der an eine Wissenschaftssendung für Laien denken lässt,

»und das bedeutet, dass er im Prinzip alles essen kann. Im Übrigen ist seine Ernährungsweise äußerst divers.«

»Wir kommen schon zurecht, Pietra, nun mach nicht aus 'ner Mücke einen Elefanten«, sagt meine Mutter seufzend. »Packt eure Sachen und fahrt nach ... *Mélie?*«

»Ins Hotel.«

»Dieses Kind bringt mich eines Tages noch um.«

Sie bringt alle um.

Ich lasse mich wie eine Marionette ins Schlafzimmer führen. Wenn ich ehrlich bin, ist das Gefühl, alles einfach stehen und liegen zu lassen, gar nicht so unangenehm. Seit Papa damals so krank wurde, habe ich mich bemüht, ihn zu ersetzen. Ich habe mich um Krankenhäuser, Ärzte, Beerdigungen, den Notar, das Erbe gekümmert und auch in fast jeder Hinsicht um die juristischen und verwaltungstechnischen Angelegenheiten meiner Mutter und Schwester. Niemand hat mich darum gebeten, aber ich möchte gern glauben, dass er es mir auf dem Totenbett nahegelegt hat. Nach dem Verlust eines geliebten Menschen eine Aufgabe zu haben, hilft, mit der Trauer umzugehen. Das Problem von Leuten wie mir, die glauben, sie müssten immer alles selbst regeln, ist ihr Hochmut. Man bildet sich ein, wenn man nachlässt, müde wird, aufgibt, könnten die, um die man sich kümmert, nicht allein zurechtkommen. Aber das Erste, was ein Mensch im Leben lernt, ist, sich anzupassen. Im Augenblick unserer Geburt müssen wir ganz anders atmen, unseren Körper bewegen, die Muskeln anspannen, Fahrrad fahren, vom Fahrrad fallen, wieder auf das verdammte Fahrrad steigen, wir verbringen unser Leben damit, uns anzupassen. Vielleicht, denke ich plötzlich, hat meine Schwester wirklich magische Kräfte. Und vielleicht sind diese um Weihnachten herum noch größer.

»Mélie, lass mich wenigstens noch William Bescheid sagen.«

»Darum kümmere ich mich.«

»Das wird ihm komisch vorkommen.«

Sie wirft mir einen vielsagenden Blick zu.

»Du hast recht, wenn du ihn anrufst, kommt ihm das alles sicher ganz normal vor.«

Als ich wieder im Schlafzimmer war, dachte ich, jetzt könnte ich für einen Moment zur Ruhe kommen, aber Mélie hat mich unter die Aufsicht meiner Mutter gestellt, während sie auch für sich ein paar Sachen für die Nacht einpackt. Gleich beginnt ein Abenteuer, über das ich nichts weiß. Mélie kommt mit ihrer Tasche zurück.

»Als du vorhin draußen warst, da hast du ein Hotelzimmer reserviert, aber wo?«

»Ich habe nichts Derartiges gemacht.«

»Mélie!«

»Vertrau mir.«

Wenn sie es noch einmal sagt, drehe ich ihr den Hals um.

Ich setze mich auf den Beifahrersitz ins Auto. Bei den seltenen Gelegenheiten, an denen meine Schwester fährt, bricht mir immer der kalte Schweiß aus. Sie fährt nur alle zwei, drei Jahre mal Auto. Dennoch überrascht mich, was für gute Reflexe sie hat. Vielleicht betätigt sie sich heimlich als Rallye-Pilot. Ihr traue ich alles zu.

Wir fahren weg aus Shere, es fällt erneut Schnee, leicht und tänzerisch, auch ohne Wind. Ich betrachte die Zauberwelt, die er hervorbringt, wegen all der Weihnachtsgeschichten und

Filme, in denen die weiße Pracht nicht fehlen darf. Für mich sind diese Tage alles andere ans wundervoll. Mich quält das bittere Gefühl, mich in einem riesigen Schlamassel zu befinden. Ich versuche, alles weniger tragisch zu nehmen, aber das gelingt mir im Moment einfach nicht. Irgendwann werde ich mich von diesen Schrecken erholen, man erholt sich schließlich von allem. Warum ist es eigentlich so gut, sich von allem zu erholen, frage ich mich.

Wir fahren nach London hinein, und mein Blick verliert sich in der Stadtlandschaft. Sie zeigt sich in aller Lichterpracht wie in jedem Dezember, die Häuser und Straßen glänzen. Der Schnee ist auf dem Asphalt nicht liegen geblieben, aber er hat die Hausdächer gepudert und mit den Girlanden, den leuchtenden Kugeln und den buntverpackten Geschenken sieht alles aus wie auf einer Weihnachtskarte.

Das ist wirklich schön.

Trotz der widrigen Umstände kann ich nicht umhin, das zu denken, so wie ich es jedes Jahr um diese Zeit denke. Das Gesicht meiner Schwester, die neben mir am Steuer sitzt, ist heiter. Sie scheint zu wissen, wohin sie fährt, ich weiß nicht, ob mich das beruhigt oder erschreckt. Ich versuche, mir den Stadtplan vor Augen zu führen, um ein paar Mutmaßungen anzustellen.

»Da ist es nicht«, sagt sie, bevor ich überhaupt den Mund aufgemacht habe.

»Komm bloß nicht und heul rum, wenn eines Tages Professor Xavier kommt und dich zu den X-Men bringt.«

»Nein, das tue ich nicht«, sagt sie und lächelt.

Schließlich gebe ich auf und sinke in meinem Sitz zurück, dann schaue ich einfach aus dem Fenster und genieße die

Aussicht. Von allen Städten der Welt, die ich bisher besucht habe, gefällt mir London am besten. Es ist sicher die immer wieder neue Stimmung, die mich an dieser Stadt am meisten fasziniert. Man entdeckt London im Winter und Sommer ganz neu, im Frühling ist es ganz anders als im Herbst, jede Jahreszeit verleiht den Gebäuden und Parks eine ganz besondere Magie. Ich kann nie genug davon bekommen.

Inzwischen fahren wir langsamer, und ich sehe, dass wir nahe beim Hyde Park sind, ganz nahe am Bahnhof Knightsbridge. Mélie parkt das Auto vor einem riesigen Gebäude mit roter Fassade und vielen Fenstern mit Balkonen aus grauem Stein. Ich öffne den Mund, kann aber erst nach einer Minute etwas sagen.

»Bleiben wir etwa hier?«

»Ja«, sagt Mélie.

»Soll das ein Witz sein?«

»Nein.«

»Das hier ist das *Mandarin Oriental*!«

Das *Mandarin Oriental* ist eines der berühmtesten Londoner Fünf-Sterne-Hotels. Es ist vor kurzem renoviert worden, und die Baustellenpläne enthalten so viele Zahlen, dass normale Sterbliche und nicht mal ich als Architektin sie verstehen.

»Dann habe ich mich ja nicht in der Adresse geirrt.«

»Weißt du, wie viel eine Nacht hier kostet?«

»Nein.«

Zwei Portiers erscheinen an unserer Wagentür und warten respektvoll darauf, sie zu öffnen. Mélie gibt dem einen die Schlüssel, der andere nimmt unsere Koffer. Staunend folge ich Mélie, die die große Eingangshalle betritt, als sei sie hier zu Hause. Mein professioneller Blick schweift über die edle Inneneinrichtung und die Mauerverkleidung. Einer der Architekten, der bei der Renovierung mitgewirkt hat, war mein Lehrer.

Der in Verona-Rot und Guatemala-Grün wechselnde Marmor am Boden und an den Wänden genügt, um der Halle ihren Glanz zu verleihen. Ein paar schwarze Kolonnaden, riesige Grünpflanzen und ein Lüster von Mademoiselle Corolle vervollkommnen das luxuriöse Ambiente des Empfangs. Meine Schwester geht auf einen der Concierges zu und nennt ihren Namen. Mélanie Archer. Der Mann lächelt aufmerksam, weder zu freundlich noch zu künstlich, begrüßt uns und erklärt, dass wir in der Belgravia-Suite wohnen.

Ich könnte jetzt sagen, dass ich Dutzende Baustellen in dieser Art von Hotels beaufsichtigt habe, aber mein Kopf ist plötzlich so schwer wie der eines Mondfisches. Ich überlege und überlege, aber mir fällt nichts ein, was ich sagen könnte. Zu dieser Suite gehört wie zu allen anderen ein Concierge, der nur für uns da ist. Er heißt Oliver und stammt aus Schottland, was an seinem Akzent leicht zu erkennen ist. Er zeigt uns unser Schlafzimmer und gibt uns eine Liste mit dem Service des Hotels zur Zufriedenstellung anspruchsvoller Gäste. Ich höre nicht zu, was er sagt, denn ich mustere gerade die Tapeten.

Die Suite ist fast achtzig Quadratmeter groß. Außer dem Schlafzimmer gibt es hier einen Salon, ein Ankleidezimmer und ein riesiges Bad, die Möbel erinnern an die sechziger Jahre. Nachdem ich mir alles genau angesehen habe, merke ich, dass Oliver gegangen ist.

»Jetzt erklär mir mal, wer die Rechnung für diese Suite bezahlen soll, Mélie. Weder du noch ich noch William haben genug Geld für all diesen Aufwand hier.«

»Du schaffst es immer noch nicht.«

»Was?«

»Deiner Familie zu vertrauen, ohne Fragen zu stellen.«

»Natürlich schaffe ich das, aber ich bin auch neugierig und etwas besorgt. Ich weiß noch nicht, was von beidem stärker ist. Mir ist ganz schwindelig, also überwiegt vielleicht die Besorgnis. Aber du wirst mir ja sowieso nichts verraten.«

»Nein.«

»Sonst wäre die moralische Folter nicht so wirksam.«

»Genau.«

Ich hole tief Luft und sehe mich noch einmal um. Und wenn ich es wirklich einfach mal zulasse? Wenn es mir gelänge, alles zu vergessen, einfach die Augen zuzumachen und für eine Nacht an nichts zu denken, was mein Leben ausmacht. Plötzlich muss ich lachen und bin selbst davon überrascht. So viele Emotionen auf einmal: Freude, Dankbarkeit, Sorge, auch Traurigkeit. Ich nehme meine Schwester fest in die Arme. Mélie erwidert Zärtlichkeiten nie. Das ist nicht weiter schlimm. Ich weiß, dass sie es trotzdem mag. Dann untersuche ich jeden Winkel unserer Suite – genau wie alle, die in solch ein Luxuszimmer kommen, das sie sich eigentlich nicht leisten können. Mit Schwung lasse ich mich bäuchlings aufs Bett fallen.

»Komm mal her und sieh dir diese Bettwäsche an!«

Mélie legt sich neben mich. Nach ein paar Sekunden muss ich kichern:

»Seltsam, dass Mama noch nicht angerufen hat, um zu fragen, ob wir Nadeln im Bett haben.«

Helena, die nie um irgendwelche Ammenmärchen verlegen ist, hat unserer Mutter mal den Floh ins Ohr gesetzt, dass manche Zimmermädchen aus Sozialneid Nadeln in Hotelbetten platzieren.

»Doch, das hat sie«, sagt Mélie. »Ich bin nur nicht drangegangen und habe ihr geschrieben, dass wir schon nachgeschaut hätten.«

»Dann bin ich ja beruhigt. Alles hat seine Ordnung. Mélie, danke für alles. Ich glaube, ich habe genau das gebraucht. Du weißt immer so genau, was andere brauchen.«

Ich seufze glücklich und streiche über die feine seidenglatte Bettwäsche.

»Was willst du heute Abend machen?«, fragt Mélie.

»Ich weiß nicht, doch, erst probieren wir die Bar aus, dann lassen wir uns das Essen aufs Zimmer bringen. Das habe ich noch nie gemacht. Ich würde gern etwas Schönes trinken.«

»Gut, dann machen wir das.«

Wir haben jede Menge Fotos von der Suite, dem Flur und dem Aufzug gemacht und bestellen Champagner. Nach dem zweiten Glas entspannen sich meine Nackenmuskeln, beim dritten schwebe ich und beim vierten bin ich nicht sicher, ob ich noch bis drei zählen kann. Morgen werde ich wegen der horrenden Rechnung blutige Tränen weinen, aber im Moment ist mir das völlig egal.

Oliver begleitet den Ober, der uns das Menu bringt. Er schiebt einen dieser lächerlichen Teewagen, wie man sie aus Filmen kennt. Als die beiden wieder gehen, sage ich allen Ernstes:

»Ich möchte auch so einen Teewagen haben.«

»Meinst du nicht, du willst eigentlich Oliver haben und den Servier-Wagen dazu?«

»Du hast recht, ich werde ihn einstellen.«

Ich hebe die Silberhauben hoch und sehe die bestellten Speisen für acht Personen. Pochierter Lachs mit Earl-Grey-Tee, gegrillter Tintenfisch, geschmorter Butt mit Chicoré und Eukalyptus, karamellisierter Rotkohl mit marinierten Kirschen und jede Menge unbekanntes Gebäck. Was es ist, werde ich merken, wenn es in meinem Mund ist.

Eine Flasche Champagner später tanze ich zu *Have Yourself A Merry Little Christmas*, gesungen von Ella Fitzgerald, während meine Schwester einen Cupcake seziert, als wolle sie herausfinden, woran er gestorben ist.

»Wie kannst du nur so normal bleiben? Du hast doch genauso viel getrunken wie ich.«

»Ich bin betrunken«, entgegnet sie ruhig.

»Ja, das sieht man. Ach, Mama würde diesen Ort wunderbar finden, hier gibt es so viel umzuräumen und zu verstellen.«

»Wir kommen mal mit ihr her.«

»Gut, aber dafür muss ich bessere Verträge abschließen, als ich das bisher getan habe.«

»William macht mit, da bin ich sicher.«

»Ihm geht es finanziell zwar gut, glaube ich, aber reich wird man von der Kunst nicht. Aber du hast recht, wir haben nie über Geld gesprochen. Weißt du etwas darüber?«

Mélie zuckt die Achseln. Etwas weiß sie immer.

»Hast du ihm eine Nachricht geschickt und ihm erklärt, wo wir heute Abend sind und dass es deine Idee war?«

»Ja, habe ich.«

»Und?«

»Wie … und?«

»Was hat er geantwortet? War er genervt, erleichtert, sauer?«

»Er war ganz normal, würde ich sagen.«

»Unglaublich! Ich stehe kurz davor, einen Mann zu heiraten, dem es offenbar völlig gleichgültig ist, was ich mache. O *mein Gott!* Das Motiv auf dieser roten Tapete bewegt sich. Ist das 5D?«

»Du solltest nur an einen Gott glauben, Scarlett, den der Fakten. Er ist der Einzige, der uns retten kann. Und ja, die Motive bewegen sich.«

»Ich weiß, ich sehe immer Gespenster. Aber du musst schon zugeben, dass ich diesmal durchaus ein paar Gründe dafür habe. Seit Wochen laufe ich William hinterher, und er weicht mir jedes Mal aus. Ich weiß, dass er mir etwas verschweigt. Hast du das Gefühl, dass er mich wirklich heiraten will? Glaubst du, er betrügt mich mit der schönen Abigail? Mein Gott, ich darf nicht mehr so auf diese Wand starren, mir wird ganz schlecht davon.«

»Hat er dir das gesagt?«

»Was?«

»Das alles.«

»Nein, natürlich nicht.«

»Dann ist das die Antwort auf deine Fragen.«

Jetzt singt Frank Sinatra *Let It Snow*, und ich tanze auf Mélie zu wie eine Bauchtänzerin, die seit dreißig Jahren keine Übung mehr hatte.

»Ach, egal! Reden wir nicht mehr über meine Liebesgeschichte, reden wir lieber über deine.«

»Ich habe keine.«

»Und was ist mit Alistair?«

»Warum?«

»Weil er der einzige Mann ist, der dich zu interessieren scheint, seit wir in dem Alter sind, in dem man versteht, warum man Sexualorgane hat. Du hast das bereits mit drei Jahren begriffen, ich erst mit achtzehn. Aber lassen wir das.« Plötzlich kommt mir ein Gedanke. »Sag mal, kann es sein, dass du lieber Frauen magst als Männer?«

»Ist das wichtig?«

»Hm ... nein, eigentlich nicht. Ich bin nur neugierig. Mélie, du bist meine Schwester, wir stehen uns sehr nahe, und doch habe ich den Eindruck, dass ich dich nicht so gut kenne wie du mich.«

»Dann sieh mich genauer an«, entgegnet sie lächelnd.

»Du machst mich wahnsinnig, aber ich hab dich furchtbar gern.«

Sie reicht mir einen Cupcake, den ich in einem Stück verschlinge. Dann muss ich lachen.

»Morgen werde ich einen furchtbaren Kater haben.«

»Du wirst morgen mit vielen wichtigen Leuten sprechen, also wirst du viel Kaffee trinken.«

»Was für wichtige Leute denn?«

»Na, William und Thomas.«

»Na toll, darf ich wissen, auf wie viel Uhr du die Termine gelegt hast?«

»Nein, im Moment bist zu betrunken, du würdest es dir sowieso nicht merken.«

Die ganze Nacht säuselt Dean Martin *White Christmas* in mein Ohr. Oder besser gesagt, bis ich das Bewusstsein verliere.

13

Freitag, 23. Dezember

Ich sterbe gerade. Oder vielleicht bin ich schon tot. Schwer zu sagen. Stehe ich, sitze ich, und in welchem Zimmer bin ich?

Verdammt, ich bin zu alt für solche Dummheiten.

»Mélie?«

Meine Stimme scheint einem alten Säufer zu gehören, der am Tag drei Päckchen Zigaretten ohne Filter raucht. Dabei kenne ich den Mann gar nicht. Ich huste, um ihn zu vertreiben:

»Mélie, in welchem Jahr und auf welchem Planeten befinden wir uns?«

»3857 auf Alpha Zentaurus.«

»3857 – und immer noch gibt es kein Mittel gegen den Kater.«

»Nein, aber es gibt Hirntransplantationen auf synthetische Körper. Dann hast du keine Ringe mehr unter den Augen.«

»Ich glaube, mein synthetischer Körper muss sich gleich übergeben.«

Ich stürze ins Badezimmer, das ich erstaunlicherweise sofort finde. Nachdem ich mir die Eingeweide aus dem Körper gekotzt habe, gehe ich unter die Dusche. Meine Schwester kämmt gerade ihr schwarzes Haar vor dem Spiegel. Ihre Bewegungen sind etwas langsamer als sonst, aber ansonsten habe ich nicht das Gefühl, dass sie besonders mitgenommen ist.

»Warum siehst du aus wie das blühende Leben? Ich bin doch nur fünf Jahre älter als du.«

»Ich habe eine kybernetische Natur.«

»Ich brauche Kaffee. Am besten einen ganzen Tank voll.«

»Ich rufe Oliver.«

»Sag ihm, er ist entlassen, weil er uns so viel zu trinken gebracht hat.«

Ich dusche ewig lange. Als ich mich seelisch dazu bereit fühle, senke ich die Temperatur, bis ich einen Kälteschock bekomme. Dann trete ich aus der Dusche. Als ich am Vergrößerungsspiegel vorbeikomme, der in dieser Art Palästen unverzichtbar scheint, weiche ich erschrocken zurück. In diesem furchtbaren Ding sieht man all die unschönen Details, die man sonst gar nicht bemerkt. Ich brauche jede Menge Masken und Peelings und ein exzellentes Make-up, um einigermaßen auszusehen, wenn ich den Schleier abnehme.

Oh nein, die Hochzeit!

Heirate ich morgen immer noch? Im Spiegel sehe ich meine hängenden Schultern. Es wird Zeit, wieder Verantwortung zu übernehmen. Ich binde mein Haar zu einem Pferdeschwanz, ziehe mich an, creme mich mit Unmengen Augencreme ein und trage Rouge mit Goldglanz auf. Wenn es glänzt, vergisst man, dass es darunter violett ist. Endlich ist die Mode mal auf Seiten der Frauen …

Nach dem Frühstück auf dem Zimmer, viel Kaffee mit ordentlich Zucker, sind Mélie und ich bereit, wieder der Realität in die Augen zu schauen. Als wir in die Lobby kommen, sehe ich

William an der Rezeption stehen. Sein britisches Phlegma kann den Ausdruck der Besorgnis in seinem Gesicht nicht verbergen. Ich weiß nicht, was Mélie ihm gesagt hat. Vielleicht stirbt er vor Angst und denkt, ich wäre nach Venezuela abgehauen.

Warum ausgerechnet Venezuela, Scarlett? Du weißt doch nicht mal, wo das liegt.

Als ich bei ihm bin, sage ich in unwillkürlich schuldbewusstem Ton:

»Hallo, William.«

»Du hattest einen tollen Abend.«

»Ja, danke.«

»Das war keine Frage, ich sehe die Spuren der Verwüstung in deinem Gesicht.«

»Das liegt nur an der schlechten Qualität des Concealers. Diese Marke erfüllt ihr Versprechen nicht.«

»Kannst du allein nach Hause fahren?«, fragt er Mélie.

»Ja.«

»Gut, Scarlett und ich kommen später nach.«

»Darf Scarlett jetzt auch mal etwas sagen?«, frage ich.

»Natürlich, ich bin ja hier, damit wir reden.«

Ich hole tief Luft. Genau das wollte ich ja, dass wir endlich miteinander reden. Ich hätte dafür nur gern einen etwas klareren Kopf.

Wir gehen zur Parkgarage und steigen ins Auto. Aber William fährt nicht los.

»Willst du anfangen?«, fragt er.

»Fahren wir nicht erst mal los?«

»Nein, wir fahren nicht erst mal los.«

»Also ohne jede Vorbemerkung.«

»Dazu bist du doch gar nicht in der Lage.«

»Doch, Vorbemerkungen funktionieren immer.«

»Versuch nicht, abzulenken.«

Ich mache eine Pause, seufze tief und stoße alle Atemluft aus, um mir Mut zu machen.

»Also gut, dann eben ohne Umschweife. Ich habe den Eindruck, dass du dich seit ein paar Monaten von mir entfernst, William. Du benimmst dich nicht gerade wie jemand, der sich auf seine Hochzeit freut, weißt du? Ich habe das Gefühl, dass etwas ganz und gar nicht stimmt zwischen uns beiden. Ich weiß, es klingt klischeehaft, vor allem, wenn das die Braut ein paar Tage vor der Hochzeit sagt. Und ich sage das auch nicht aus einem Mangel an Zuneigung oder Aufmerksamkeit. Wir wollten diese Hochzeit beide, William, ich hab dir dieses Fest nicht aufgedrängt, aber seit Wochen vermittelst du mir den Eindruck, dass dir das alles ganz egal ist. Und komm jetzt bloß nicht mit der üblichen Entschuldigung ›Ich habe gerade so viel zu tun‹, das habe ich nämlich auch.«

William starrt mich wortlos an, ich kann ihm nicht ansehen, was er denkt. Ich gebe mir auch keine Mühe. Er wollte, dass ich anfange, also mache ich weiter:

»Niemand hat uns gezwungen, diesen Schritt zu gehen; wir waren bisher sehr glücklich. Wenn man heiratet, dann doch wohl deshalb, weil es einem wichtig ist. Ich will aber keinen heiraten, für den die Hochzeit nichts als ein lästiges Beiwerk ist. Dem es offenbar völlig gleichgültig ist, ob der Saal, den man gemietet hat, eine Ruine ist, oder ob der eigene Bruder unter unserem Dach meinen Cousin vernascht, der im Übrigen mit seiner Verlobten angereist ist. Ich habe es verdient, gehört zu werden, und auch die Aussicht, eine Hochzeitstorte in Form eines Penis zu bekommen, ist wohl einen Gedanken wert. Egal, was gerade bei der Arbeit los ist. Es geht immer nur um deine Arbeit, selbst wenige Tage vor unserer Hochzeit, und davon habe ich allmählich die Nase voll. Wenn du nicht heiraten willst, dann sag es einfach. Oder gibt es noch einen anderen Grund für deine ständige Abwesenheit?«

»Ich werde den Laden schließen«, sagt William in gleichgültigem Ton.

Ich bin sprachlos. Damit habe ich nicht gerechnet. Ich versuche, die Fassung wiederzuerlangen.

»Okay. Ich verstehe. Findest du etwas anderes, oder soll ich uns über Wasser halten? Es macht mir nichts aus, ich kann das, aber vielleicht wäre es nicht gut für dich.«

»Der Kunstmarkt war die ganze Zeit schon schwierig, aber seit ein paar Monaten ist es wirklich katastrophal. Ich habe getan, was ich konnte, aber wenn ich so weitermache, sammeln sich nur sinnlose Schulden an. Wahrscheinlich kommt die Galerie gar nicht mehr auf die Beine. Nein, Unsinn, ich weiß, dass sie tot ist.«

»Bist du deshalb nach Schottland gefahren und hast so viel telefoniert?«

»Nicht nur«, sagt er und starrt ins Nirgendwo. »Ich fürchte, wir haben den Wagen vor die Wand gesetzt.«

»Wie meinst du das?«

Ich merke, wie ich nervös werde. Der Name Abigail kreist über mir wie ein Aasgeier über seiner sterbenden Beute. Wenn er jetzt nicht endlich was sagt, gehe ich ihm an die Gurgel.

Jetzt rede schon endlich!

»Ich habe mich mit Abigails Vater getroffen.«

»Ihrem *Vater*?«

»Er ist Anwalt für Gesellschaftsrecht. Ehrlich gesagt bin ich erleichtert, dass die Galerie nun Insolvenz anmeldet. In zwölf Jahren hatte ich Zeit zu begreifen, dass die Kunst etwas Wunderschönes ist, aber das Führen einer Galerie keineswegs. Ich komme mit dieser Arbeit nicht mehr klar. Ich weiß nicht, wie mein Vater davon erfahren hat, aber im März hat er mir erzählt, dass mein Onkel in London eine Filiale seines Unternehmens aufmachen will und dass ich diese leiten soll.«

Es scheint William schwerzufallen, dies alles zu beichten.

»Ist es das, was du die ganze Zeit vor mir geheim hältst und was dich quält? Wirklich nur das?«

»Ja.« Er sieht mich erstaunt an.

Hat er wirklich nichts über seine Beziehung zur schönen Abigail gesagt, das ich vielleicht überhört habe?

»Aber, warum hast du mir das denn nicht gleich erzählt?«

»Weil du dich in einen Galeristen verliebt hast und nicht in den Chef einer Firma, die Wasserstoffantriebe für Flugzeuge produziert. Ich bin doch nicht dumm, Scarlett. Immer wenn du mich als den Besitzer einer Londoner Kunstgalerie vorstellst, leuchten deine Augen. Wir alle definieren uns zum Teil über unsere Arbeit. Du bist meinem Charme erlegen, weil ich mich in der Kunstwelt bewege. Das hat dich fasziniert. Ich habe einfach Angst, dass ich mit meinem neuen Job deine Augen nicht mehr auf die gleiche Weise zum Leuchten bringen werde, verstehst du?«

Ich massiere mir angestrengt die Stirn und denke über die Worte nach, die ich gleich sagen will.

»Aber dann wäre ich ja eine Frau, die sich in soziale Qualitäten verliebt und nicht in menschliche Eigenschaften. Siehst du mich wirklich so? Denn wenn das so ist, dann haben wir ein Problem. Ich habe mich in einen Mann verliebt, der eine gewisse britische Prägung hat, aber doch vor allem in den Mann an sich. Die Verpackung ist mir egal. Du kannst arbeiten, was du willst, fahren, wohin du willst, dein Wesen wird doch immer das gleiche sein.«

»Diesen Eindruck habe ich aber nicht. Du solltest dich mal sehen, wenn ich von meiner Arbeit spreche.«

»Ja, weil du strahlst, wenn du über Kunst redest. Da geht ein Licht in dir an, und deshalb leuchten auch meine Augen. Es ist der Ausdruck deiner Leidenschaft, der mir gefällt, ganz gleich, woher sie kommt.«

William sieht mich durchdringend an.

»Meinst du auch, was du da sagst?«

»Absolut. Und ich bin auch sicher, dass ich nicht mit jemandem leben könnte, der nicht um sein Glück kämpft. Und das geht nur, wenn man etwas macht, was man liebt. Wir beide sind auf dieser Welt, um glücklich zu sein, sonst nichts. Aus Achtung vor denen, die man daran hindert, es zu sein, und denen, die nicht mehr da sind, um es auszuprobieren, ist man es sich schuldig, alles zu tun, um dieses Glück zu finden. Ich fand immer, dass wir das zusammen bisher eigentlich ganz gut geschafft haben.«

»Zusammen ist man vielleicht schneller, um es einzufangen«, meint William lächelnd.

Ich nähere mein Gesicht dem seinen und schaue ihm in die Augen.

»Ist der Vorschlag deines Onkels denn akzeptabel?«

»Durchaus. Er hatte ihn mir ja schon mal am Ende meines Studiums gemacht. Damals wollte ich Thomas mit seinem Traum einer Galerie nicht allein lassen, und mein Onkel hat die Filiale in London nie eröffnet. Ich fand diese Laufbahn aber interessant. Ich hatte mein Studium schließlich absolviert, um Raketen abschießen zu können.«

Thomas ... Immer wieder Thomas ...

Mit ihm muss William ein Gespräch führen. Und zwar dringend.

»Raketen abschießen, klingt nach einem guten Plan. Ich verstehe leider nichts davon. Sag mir Bescheid, wenn ihr das Problem der Lichtgeschwindigkeit gelöst habt.«

Er lächelt mich an und sagt dann leise:

»Dass wir heiraten, ist für mich kein Beiwerk und wird es nie sein.«

»Mag sein, aber ich war mir dessen nicht mehr sicher.«

»Scarlett, wir beide haben das gleiche Problem: unsere Familie. Ich muss Dinge mit meinem kleinen Bruder klären, und du musst endlich aufhören zu meinen, dass du deinen Vater ersetzen kannst.«

Treffer.

Ich senke den Blick.

»Du hast Angst, dass die Anerkennung deiner Familie ausbleibt, wenn du dich nicht wie verrückt ins Zeug legst für alle. Deine Mutter und deine Schwester wissen aber genau, wer du bist. Und für das, was du bist, lieben sie dich. Nichts wird sich daran je ändern, und du brauchst keine Superheldin zu sein, die das Familienoberhaupt spielt und alle Probleme löst.«

»Darum hat Papa mich aber gebeten. Er hat zu mir gesagt: ›Kümmere dich um sie.‹ Und wenn ich seinen letzten Willen nicht respektierte, wäre es, als stürbe er zum zweiten Mal.«

»Ich sag dir jetzt mal was, Scarlett. Deine Schwester hat mir erzählt, dass dein Vater zu ihr genau dasselbe gesagt hat.«

Ich sehe ihn erstaunt an. Mir fallen fast die Augen aus dem Kopf.

»*Was?*«

»Ja.«

»Aber warum hat mir das niemand gesagt? Und wieso weißt du davon?«

»Durch Zufall. Mélie und ich haben einmal zu Hause auf dich gewartet, als du im Stau gesteckt hast, und da hat sie mir gesagt, du seist noch nicht bereit, es zu hören, aber sie sei der Meinung, die Worte deines Vaters seien ein missverständliches Erbe. Er wünschte sich wohl einfach, dass ihr euch umeinander kümmert, nicht dass du immer die Beschützerrolle übernimmst.«

Unglaublich. Wieso hat Mélie mir nie etwas gesagt? Aber habe ich ihr nach Papas Tod überhaupt die Gelegenheit gegeben, etwas zu sagen? Und wenn ich nicht mehr die tragende Säule bin, welche Rolle habe ich dann in meiner Familie? Jeder muss doch irgendeine Rolle einnehmen, oder?

Ich lehne meinen Kopf an die Scheibe. Ich komme mir plötzlich unglaublich dumm vor.

»Es wäre natürlich besser gewesen, wenn sie es dir selbst gesagt hätte, aber ich dachte ...«

»Schon gut, wenn Mélie dir das anvertraut hat, dann wusste sie, dass du es mir eines Tages sagen würdest und dass es dann der richtige Moment sein würde.«

»Da hast du wohl recht.«

Wir schweigen, und uns beiden wird wohl klar, wie sehr unausgesprochene Vermutungen und Verdächtigungen eine Mauer zwischen zwei Menschen errichten können, die sich eigentlich lieben.

»Also willst du mich immer noch heiraten?«

William nimmt meine Hand und drückt sie an seine Lippen. Seine schwarzen Augen leuchten wieder. Alles andere vergesse ich.

»Ich möchte alles«, sagt er, »heiraten, dein schönes Kleid sehen, wenn du es trägst, inmitten der Gerüste tanzen und vor allem unseren Weg fortsetzen und sehen, wohin er uns führt.«

Dann beugt er sich über mich und zieht mich fest an sich. Und auch wenn mir ein bisschen schwindelig ist, fühle ich mich doch leicht, befreit von der riesigen Last, die von Woche zu Woche schwerer geworden ist. Mein Körper sackt weich und entspannt zusammen, als ich mit einem tiefen Seufzer der Erleichterung sage:

»Und ich dachte schon, du betrügst mich mit dieser Abigail!«

William sieht mir in die Augen, und ich sehe ein spöttisches Aufblitzen.

»Abigail? Meinst du das im Ernst?«

»Sieh mich nicht so an, William, sie ist sehr schön und ja auch eine Freundin von dir.«

»Sie ist wie meine Mutter«, sagt er, »und ich werde doch wohl nicht mit meiner Mutter schlafen. Sarah und ich konnten Abigail nie länger ertragen als ein paar Stunden, deshalb haben wir uns auch aus den Augen verloren. Wie konntest du nur denken, dass ...«

»… genau deswegen. Weil sie wie deine Mutter ist. Du wärst nicht der erste Mann, der eine Kopie seiner Mutter zum Altar führt.«

»Wenn es Männer gibt, die so etwas wirklich wollen, sollen sie damit glücklich werden. Ich habe meinen Ödipus-Komplex geregelt.«

Er nimmt mich wieder in die Arme und legt sein Kinn an meinen Hals. Mit einer Hand streichelt er mir sanft den Rücken.

»Lass uns deinen ganzen Stress miteinander teilen«, flüstert er.

»Nur zu, es gibt genug für zwei.«

Ich rieche sein Aftershave und spüre sein Herz, das gegen meine Brust pocht. Die Wärme seines Körpers fährt mir durch alle Glieder.

»Über die Sache mit der Hochzeitstorte in Penisform sollten wir noch mal reden«, schnurrt er mir ins Ohr.

»Mach es wie ich: Bete einfach.«

Nach einem langen zärtlichen Kuss fährt William los. Eine Sache beschäftigt mich noch:

»Hast du Thomas schon gesagt, dass du die Galerie schließen wirst? Er scheint gar nicht zu wissen, dass es Probleme gibt.«

»Das ist ja das Problem, er weiß immer nur, was ihm in den Kram passt. Es wird Zeit, dass er auch mal Verantwortung übernimmt, so kann es jedenfalls nicht weitergehen. Ich werde das aber erst nach der Hochzeit mit ihm klären.«

»Gute Idee! Wir haben auch so schon genug Probleme. Zum Beispiel mit dem Saal.«

»Ich weiß. Mélie hat es mir erzählt. Sie regelt das und hat mir verboten, mich darum zu kümmern. Ich dachte, ihr hättet schon eine Lösung gefunden.«

»Darüber weiß ich nichts.«

Er sieht mich zweifelnd an und zuckt dann mit den Schultern.

»Vertrauen wir ihr einfach«, sagt er und schenkt mir sein charmantestes Lächeln.

14

Als William und ich zu Hause ankommen, spüre ich neue Energie. Ich nehme mir vor, mich mit niemandem anzulegen, steige aus dem Wagen und überlasse es William, die Getränke in Empfang zu nehmen, die von unserem Weinhändler rechtzeitig geliefert worden sind – das ist erwähnenswert. Wenigstens einer, der in diesem Wirbelsturm der Unfähigkeit kompetent arbeitet und rechtzeitig liefert.

Mein Auto steht im Hof, Mélie ist also gut angekommen. Ich stehe vor der Tür und zögere. Vor Kälte fängt es in meinen Zehen an zu kribbeln. Die Streitereien zwischen Tante Pietra, Orlando und meiner Mutter gibt es sicher immer noch.

Verdammt, das ist mein Zuhause!

Ein Wagen kommt durch das Tor gefahren. Es ist der von Thomas. Er parkt ein paar Meter von mir entfernt, steigt aus und hilft Lizzie, ebenfalls aus dem Wagen zu klettern. Sie trägt ein riesiges Kuchenblech. Was hat sie wohl diesmal hineingetan? LSD?

»Guten Tag, meine Hübsche!«, ruft sie freundlich. »Wir haben gute Nachrichten!«

Ist LSD in deinem Kuchen?

»Tatsächlich? Wartet, kommt doch erst mal rein, es ist ja eiskalt.«

Thomas' Gesichtsausdruck ist düster. Gut, dass er gekommen ist, es wird Zeit, dass ich die Spannungen in meinem direkten Umfeld abbaue.

Die Wärme aus dem Kamin schafft in der Halle so etwas wie einen Sicherheitsabstand. Im Haus ist es ganz still, ich nehme keinerlei Bewegung war.

»Geht schon mal in den Wintergarten. Ich mache uns Tee.«

»Einen Kakao bitte«, sagt Lizzie und reicht mir das Blech.

»Ist da was drin?«, frage ich misstrauisch.

»Nein, außer du hast zu viel Cholesterin, dann solltest du nicht drangehen.«

Das Blech ist tonnenschwer. Ich lasse die anderen auf den Korbstühlen Platz nehmen und gehe in die Küche. Mélie ist gerade dabei, leise mit einer Reihe Becher zu reden, die sie in irgendeinem Schrank gefunden hat.

»Wo sind Mama und die anderen?«

»Sind auf ihren Zimmern und ruhen sich aus. Wo Orlando und Caroline stecken, weiß ich nicht.«

»Thomas und Lizzie sind gekommen. Ich finde, alle sollten sich ausruhen, möglichst jeder in einer anderen Ecke.«

»Du könntest ein bisschen Lexomil in den Tee tun.«

»Nein, obwohl ... nein!«

Widersteh, widersteh!

Ich gehe mit dem Tablett wieder in den Wintergarten und versuche, ganz ruhig zu bleiben.

»Und was ist jetzt die gute Nachricht?«

»Thomas und ich haben eine zauberhafte Blumenhandlung gefunden, die den Strauß so macht, wie du ihn möchtest«, erklärt Lizzie.

Thomas sagt immer noch kein Wort.

»Das ist ja ganz wunderbar! Danke, dass ihr euch darum gekümmert habt. Ich bin sehr erleichtert. Endlich mal etwas, das klappt.«

»Gibt es noch andere Probleme?«

Ich gebe mir Mühe zu lächeln.

Nur eine Lappalie, wir haben keinen Saal.

»Ich habe keinen Friseur gefunden.«

»Das tut mir leid. So kurz vor Weihnachten wird das, fürchte ich ...«

»Ist nicht schlimm, wenn das die einzige Sorge ist. Ich stecke mir die Haare hoch, und mit dem Schleier wird das schon passen.«

»Du wirst eine wunderschöne Braut sein.«

»Danke.«

Ich sehe zu Thomas hinüber, der meinem Blick ausweicht. In Lizzies Gegenwart über Orlando zu sprechen, wäre uns beiden unangenehm. Aber irgendwann muss es doch sein.

»Jetzt redet schon miteinander«, sagt Lizzie genervt.

»Granny, bitte«, seufzt Thomas.

»Wo liegt das Problem? Ihr mögt euch doch! Willst du so werden wie deine Mutter, die über nichts wirklich reden kann?«

»Thomas, sie hat recht, lass uns darüber reden. Ich weiß, dass ...«

»Orlando«, unterbricht er mich und dreht den Kopf Richtung Wohnzimmer.

Ich drehe mich um. Orlando steht am Eingang zum Esszimmer, reglos wie ein Jagdhund vor einem Fasan. In seinem

Gesicht sehe ich Verblüffung und Panik. Er muss mit allem gerechnet haben außer damit, uns hier zu sehen.

Lizzie beißt in einen Keks und tut, als sei sie ganz damit beschäftigt. Mir wird wieder schwindelig. Mélie taucht hinter Orlando auf. Jetzt ist das Publikum vollzählig.

»Thomas ist da«, sagt sie überflüssigerweise zu Orlando.

»Alles in Ordnung?«, fragt Thomas nervös.

Orlando zögert, dann ergreift er die Flucht. Thomas stürzt ihm nach.

»Wir können doch wenigstens darüber reden, oder?«, ruft er ihm nach.

Lizzie, Mélie und ich folgen den beiden in die Halle. Ich sehe die Katastrophe kommen, aber in diesem Stadium ist es allen egal, wir wollen nur sehen, was passiert.

»Ich ... Es ist jetzt nicht der richtige Moment«, murmelt Orlando, der schon halb auf der Treppe ist.

»Und wann ist der?«, ruft Thomas. »Wann ist der richtige Moment? Wenn du siebzig bist und die alten Idioten in deiner Familie, die dir dein Leben versaut haben, unter der Erde liegen?«

Ich versuche, die Lage zu beruhigen.

»Etwas leiser bitte.«

Zu spät.

Tante Pietras Schatten erscheint auf den oberen Stufen. Schon wenn nichts passiert ist, zeigt sie nur Missachtung und verurteilt alle, aber da oben auf der Treppe verdoppelt sich dieser Eindruck. Ich zögere. Soll ich lieber nach draußen flüchten und warten, dass sie das Haus in Brand steckt, oder versuchen, sie abzulenken? Allerdings haben wir eine gute Hausratsversicherung.

»Was machen Sie hier?«, kreischt sie los und starrt Thomas böse an.

»Das geht Sie nichts an«, antwortet er in aggressivem Ton.

»Wenn Sie mit meinem Sohn reden wollen, geht mich das sehr wohl etwas an.«

»Nein, eben nicht. Falls Sie es noch nicht wissen sollten, die Nabelschnur wird bei der Geburt durchtrennt. Sie sollten begreifen, dass Thomas nicht die Erweiterung Ihrer Gebärmutter ist. Wenn er mit mir sprechen will, dann spricht er mit mir.«

»Orlando, geh auf dein Zimmer, sofort! Es kommt nicht in Frage, dass du wieder vor Fremden ein Schauspiel aufführst.«

»Mama«, stöhnt Orlando.

»Schluss jetzt, du hast schon genug Unheil angerichtet mit deinen widernatürlichen Dummheiten. Nach allem, was die Familie für dich getan hat, darfst du uns nicht so ins Gesicht spucken! Wenn dein Vater noch am Leben wäre, würdest du ihn damit zum zweiten Mal töten.«

Der arme Tropf, die ganze Last der Familie liegt auf seinen Schultern. Ich sehe die Gitter des mütterlichen Gefängnisses direkt vor mir, kann aber nichts tun, denn Orlando ist der Einzige, der die Schlüssel dafür hat.

»Willst du dir das ernsthaft weiter gefallen lassen?«, fragt Thomas und sieht Orlando durchdringend an. »Glaub mir, ich weiß, was du gerade erlebst. Bei mir ist es noch nicht so lange her. Du denkst, dass deine tägliche Hölle immer noch besser ist als das Unbekannte, weil es die Hölle ist, die du kennst. Aber du irrst dich. Wenn du weiter leugnest, wer du wirklich bist, wirst du daran kaputt gehen ... Ich habe Gefühle für dich,

ich weiß, das ist verrückt, aber es ist so. Ich kann dir helfen, auch wenn du nichts für mich empfindest, ich bin für dich da, das verspreche ich dir.«

Der Blick, den Orlando meinem zukünftigen Schwager zuwirft, erschüttert mich. Ich sehe darin Unentschlossenheit und Hoffnung und Liebe und Schmerz. Erst jetzt merke ich, was los ist: Die beiden haben sich vom ersten Moment an ineinander verliebt, das ist unübersehbar. Ich werfe mir vor, dass ich es für eine kleine Liaison, eine banale Sexgeschichte gehalten habe. Ich hatte vergessen, dass es William und mir damals ebenso gegangen ist. Ich hatte dieses Gefühl eines Blitzschlags, der einem durch die Seele fährt, fast vergessen.

»Orlando!«, schreit Tante Pietra und kommt die Treppe herunter, um ihren Sohn am Arm zu packen. »Du kommst jetzt mit!«

Thomas schüttelt zornig den Kopf. Die Enttäuschung auf seinem Gesicht tut mir in der Seele weh. Familien, die ihre Kinder ablehnen, weil sie sich in ihnen nicht wiedererkennen, sind mir fremd. Es kommt in Filmen und Büchern vor, aber nicht bei uns, nicht in der Wirklichkeit. Und doch geschieht gerade genau das vor unseren Augen. Thomas greift so heftig nach seiner Jacke, dass der Garderobenständer wackelt.

»Thomas, warte«, sagt Orlando da. Er sagt es so leise, dass es ein paar Sekunden dauert, bis wir es verstanden haben. »Bleib bitte da, bleib noch ein bisschen.«

»Orlando!«, ruft Tante Pietra empört. »Überlege dir gut, was du jetzt sagst, denn es werden vielleicht die letzten Worte sein, bei denen ich dir zuhöre. Danach gibt es keinen Weg zurück.«

Der Rücken meiner Tante scheint länger zu werden, als würde der Hass sie wachsen lassen.

»Ich achte auf meine Worte, Mama, aber das solltest du auch tun. Sieh mich bitte an. Ich bin derselbe wie vor einem Jahr, wie vor zwei Wochen, wie heute Morgen. Ganz gleich, wen ich liebe, mit wem ich ins Bett gehe oder nicht, ich bleibe immer derselbe.«

»Komm mir nicht mit so etwas! Ich kenne diese Reden: ›Es ist nicht schlimm, wir tun und lassen, was wir wollen im Namen der Freiheit.‹ Mit dieser Einstellung hat die junge Generation vor nichts mehr Respekt. Es gibt keine Regeln, keine Moral und keine Grenzen mehr. Heute schläfst du mit Jungen, und morgen, mit wem schläfst du dann, um dich interessant zu machen? Mit Tieren vielleicht?«

Schweigen liegt über der ganzen Halle. Alle stehen da wie erstarrt. Orlando kommt als Erster aus dem allgemeinen Schockzustand heraus. Er befreit seinen Arm aus dem Griff seiner Mutter und tritt zurück, wobei er ihr fest ins Auge blickt.

»Ich bin immer noch ich, und wenn du deinen eigenen Sohn nicht erkennst, dann vielleicht deshalb, weil du nicht die richtige Mutter für mich bist.«

Meine Tante verzieht das Gesicht. Sie wird puterrot. Ich könnte schwören, dass sie ihrem Sohn gleich ins Gesicht springt und ihn in Stücke reißt, aber die Zuschauer halten sie davon ab, und nach ein paar Sekunden des inneren Kampfes besinnt sie sich und geht. Noch nie habe ich so viel Hass im Blick eines Menschen gesehen.

»Du hast deine Wahl getroffen, Orlando«, sagt sie mit leiser Stimme. »Glaub nicht, dass du, wenn dein Liebhaber von dir genug hat, wieder nach Hause kommen und in meine Schürze heulen kannst. Dieser Verrat ist unverzeihlich. Ich will dich nie wiedersehen, verstanden?«

Orlando weicht zurück, als hätte er gerade einen Stoß in die Magengrube erhalten.

»Scarlett, du wirst doch sicher verstehen, dass Giulia und ich unter diesen Umständen nicht an deiner Hochzeit teilnehmen können – jedenfalls nicht, wenn diese beiden dabei sind.«

Ich bin noch ganz geschockt von der Szene und brauche eine Weile, bis ich begriffen habe, dass sie mit mir redet.

»Ich … Ich suche einen Flug für euch heraus und bringe euch dann zum Flughafen«, sage ich schließlich.

»Selbstverständlich«, murmelt sie mit zusammengebissenen Zähnen.

Lizzie geht zur Garderobe, nimmt die Mäntel der beiden Tanten, legt sie demonstrativ über das Treppengeländer und sagt mit ihrem höflichsten Lächeln:

»Meine Teuerste, bei allem Respekt, Sie sind eine alte dumme Gans.«

»Und ihr seid alle vollkommen degeneriert«, entgegnet Tante Pietra und verschwindet nach oben.

Thomas geht zu Orlando und drückt ihn fest an sich. Ich würde ihm gern beistehen. Was dieser arme Junge wohl gerade durchmacht. Ich wurde von meinen Eltern immer geliebt, ganz unabhängig davon, was ich tat und wer ich war.

»Scarlett, hast du etwas zu trinken?«, fragt Lizzie. »Ich glaube, wir könnten jetzt alle einen Schluck vertragen.«

Allerdings.

Ich nicke und hole aus der Bar ein paar Gläser und eine Flasche Whisky. Lizzie und Thomas haben Orlando in der Veranda auf einen Sessel gesetzt. Der junge Mann ist totenblass.

Mélie macht die Lichter der Weihnachtsgirlanden und des Tannenbaums an, um das trübe Licht des späten Nachmittags aufzuhellen und für bessere Stimmung zu sorgen.

»Was habe ich bloß getan?«, klagt Orlando. »Ich habe alles zerstört!«

»Wie die anderen reagieren, sagt nichts über dich aus«, erwidert Mélie. »Das ist ihre Reaktion, und sie reden nur in ihrem Namen. Du hast weder den Zorn deiner Mutter noch ihren Weggang heraufbeschworen. Das war sie allein.«

»Ihr versteht das nicht, ich lebe in Korsika in einer kleinen Stadt, jeder kennt meine Familie. Wenn das rauskommt, kann ich mich dort nicht mehr blicken lassen. Sie werden alle gegen mich sein ...«

»Das vermutest du«, fährt Mélie fort, »aber bevor du in den Krieg ziehst, sieh erst mal nach, ob der Feind wirklich vor deiner Tür steht.«

Ich gehe in die Küche und bereite eine Schale mit Weihnachtskeksen vor, die meine Mutter und Mélie am Vorabend gebacken haben. Danach suche ich im Internet nach Korsika-Flügen. Auch für Caroline, denn ich glaube, dass ihr dauerndes Wegsehen die Szene, die sich vorhin abgespielt hat, nicht überdecken kann. Da die Feiertage kurz bevorstehen, finde ich schnell einen Flug von Heathrow für den nächsten Morgen mit einem Zwischenstopp in Paris. Ich reserviere drei Flüge. Ich reserviere auch zwei Zimmer im *Sofitel* am Flughafen, weil es leider kein anderes mehr gibt. Selbst wenn ich meine korsische Sippschaft heute Nacht noch hierbehalten wollte – was nicht der Fall ist –, würde es nur zu einer Katastrophe kommen. Als ich die Buchungsbestätigung bekomme, muss ich daran denken, dass vor zwei Jahren, als Mélie, William und ich am Flughafen in Heathrow festsaßen, die Airline uns ebenfalls im *Sofitel* Zimmer besorgt hat. Wenn das Schicksal sich einmal für Ironie entschieden hat, macht es gleich Nägel mit Köpfen.

»Hast du vielleicht Taschentücher?«, fragt Thomas in meinem Rücken. »Er weint sich gerade die Augen aus.«

Ich wende mich ihm zu und zeige auf einen Schrank.

»Ich habe einen Rückflug für morgen früh gefunden. Wenn sie die Koffer gepackt haben, bringe ich sie ins *Sofitel* nach Heathrow.«

Thomas blickt zu Boden.

»Ich ... danke.«

»Was hätte ich sonst tun sollen? Ich kann mich in dieser Sache nicht neutral verhalten. Täte ich es, würde ich gutheißen, was sie gesagt hat. Aber das ist inakzeptabel. Wenn alle ihr mal die Meinung sagen würden, würde sie vielleicht besser verstehen, was es bedeutet, einer Minderheit anzugehören. Genau darum geht es – Leute wie Tante Pietra müssen zur Minderheit werden.«

»Ich habe ganz schön was angerichtet, oder?«

Ich zucke die Achseln.

»Das ist nur eine Dummheit unter vielen anderen. Es wird langsam langweilig.«

Ich schiebe die Plätzchenschale zur Seite und fordere Thomas auf, sich einen Moment zu setzen.

»An einem Punkt hattest du allerdings recht, denn auch ich hatte Vorurteile. Ich habe gedacht, so schnell könntest du dich nicht wieder verlieben, und es sei eine reine ...«

»... Bettgeschichte«, fährt er fort. »Weil es ja immer heißt, Schwule seien weniger romantisch als Heteros.«

»Genau, und es ist mir sehr unangenehm, dass ich das gedacht habe. Zumal ich mit deinem Bruder genau dasselbe erlebt habe. Schon nach wenigen Tagen wusste ich, dass ich das, was ich für ihn empfand, noch nie vorher empfunden hatte. Mélie hat recht, ich achte nicht genug auf andere.«

»Ich habe es dir aber auch nicht einfach gemacht. Selbst als ich mit Moshe zusammen war, hatte ich hin und wieder eine Affäre, jedes Mal wenn wir uns trennten. Ich habe dir ja auch immer recht genau davon erzählt. Du bist meine Vertraute, und manchmal vergesse ich, die Details wegzulassen.«

»Hör auf, ich weiß genau, dass du viel lieber mit Mélie redest.«

»Aber du hast das gleiche genetische Erbe, und deshalb bin ich dir gegenüber nachsichtig.«

Wir müssen beide lachen. Trotz der großen Familienkrise endet der Tag auf versöhnliche Weise. Familien und ihr Stammbaum sind gar nicht so wichtig, entscheidend ist, dass man einander versteht und sich mag. Das ist das Einzige, was zählt.

»Scarlett Archer! Hast du mir vielleicht etwas zu sagen?«

Mama!

»Mama?«

»Ja, ich, deine arme Mutter. Thomas, kannst du uns mal eine Minute allein lassen? Ich brauche etwas Luft.«

»Na, dann geh ich mal besser«, sagt Thomas und verschwindet aus der Küche.

15

Schon zwei Minuten sind vergangen, und meine Mutter hat immer noch kein Wort gesagt. Es kommt mir vor wie eine Ewigkeit. Ich beginne an meinen Nägeln zu kauen. Ich habe ihr erzählt, was zwischen Orlando und Tante Pietra vorgefallen ist, sie hat mich dabei kein einziges Mal unterbrochen, was eigentlich ein Alarmzeichen ist, sie hat einfach nur zugehört und dann gar nichts mehr gesagt.

Ich warte, ich wippe auf meinem Stuhl, ich warte immer noch. Wenn ich auch meine Finger angeknabbert habe, müssen wir den Notarzt rufen.

»Hat sie das wirklich gesagt?«, fragt Mama schließlich ernst.

»Ich schwöre es dir.«

Wieder Schweigen, als müsse sie sich sehr konzentrieren, damit ihr Gehirn diese Informationen aufnehmen kann.

»Was ist bloß mit ihr los?«, sagt sie dann plötzlich mit Donnerstimme. »Er ist ihr *Sohn*. Kinder sind heilig! Man liebt sie nicht unter bestimmten Voraussetzungen, man sucht sie sich nicht aus, sie sind durch ihre Gene, wie sie sind. Wir haben nur eine Aufgabe auf Erden, uns um sie zu kümmern, das ist doch wirklich nicht so schwierig!«

»Ich habe beschlossen, die Tanten und Caroline heute Abend ins Hotel zu bringen. Ich wollte nicht, dass sie auf ihren Zimmern bleiben, oder sie gar zu Tisch bitten, was noch schlimmer wäre. Ich weiß, Mama, du hast von einer Versöhnung geträumt ...«

»Egal. In einem Punkt hat Pietra jedenfalls recht: Ich bin anders als sie. Ganz anders. Dein Vater hat mir nämlich erlaubt, mich zu emanzipieren. Ich bin nicht mehr die, die ich war, als ich aus Korsika geflüchtet bin. Ich war wie Giulia, vielleicht sogar noch fügsamer als sie. Und das will was heißen.«

»Trotzdem hätte ich mir gewünscht, dass wir uns alle wieder näherkommen. Du hattest recht, diesen Teil unserer Familiengeschichte hatten wir aus den Augen verloren.«

»Unsinn! Wenn die Menschheit aufhören würde, im Namen der Familie ihre Verwandtschaft zu erdulden, und sich stattdessen echten Beziehungen widmete, sähe die Welt besser aus. Meine Schwester ist ja vollkommen verrückt geworden, und wenn wir nicht verwandt wären, würde ich sie dafür ohrfeigen, dass sie so mit ihrem Sohn redet.« Mama schüttelt den Kopf. »Aber ich glaube, sie wäre noch zu Schlimmerem fähig, nur um sich nicht ändern und ihren Irrtum einsehen zu müssen. Sie war schon so, als wir Kinder waren. Mein Vater, Gott habe ihn selig, war ein echter Tyrann, damals waren die Zeiten eben so, doch schon damals hätte Pietra sich eher von Papa erschlagen lassen, als einen Fehler einzusehen.«

Ich seufze tief.

»An diese Hochzeit werden wir uns wohl immer erinnern.«

»Solche Prüfungen machen uns stärker«, sagt meine Mutter da und berührt meine Wange sanft mit der Hand.

»Danke, Mama.«

»Wofür?«

»Dass du bist, wie du bist.«

»Was du für eine Tarte Tatin mit Bananen nicht alles machen würdest.«

Ich lache laut und sage dann: »Ich habe manchmal zu viel gemacht, oder?«

»Wenn man bedenkt, wie viele Leute heute Abend hier sind, muss ich wohl mindestens zwei Tartes machen. Bei den Archers werden alle Probleme mit Essen gelöst.«

»Mach nicht zu viel, Mama, wenn die Tanten weg sind, dann ... ach nein, wir haben heute Abend ja auch Lena eingeladen!«

»Nein, *du* hast sie eingeladen«, entgegnet meine Mutter. »Und ihren Bruder und auch diesen komischen Neffen.«

»Warum habe ich das bloß gemacht?«

»Aus Nettigkeit?«

Ich lasse meinen Kopf auf den Tisch fallen.

»Keine Sorge, ich mach das schon, zusammen mit Lizzie. Kümmere du dich um die Tanten.«

Kurze Zeit später höre ich das Geräusch von rollenden Koffern auf der ersten Etage. Die Stimmung im Haus ist seltsam. Es sind viele Leute da, doch man hört nur leises Gemurmel. Die Gäste sind auf drei Lager verteilt: in der Küche, im Wintergarten und im ersten Stock. Jeder in seiner Welt eingemauert, von den anderen abgeschottet. Ich stehe in der Halle und bin das Verbindungsglied zwischen ihnen. Hinter mir geht die Eingangstür auf. William tritt ein, nachdem er sich den Schnee von den Schuhen geklopft hat. Als er meinem Blick begegnet, sagt er leise:

»Lass mich raten: Das Dach des Rathauses ist eingestürzt und hat unseren Standesbeamten erschlagen.«

»Eine tolle Idee, die kannst du gleich dem Gott vermasselter Hochzeiten mitteilen.«

»Gibt es Tote?«

»Beinahe. Kurz gesagt, du hast zwei Möglichkeiten: Du kommst mit zum *Sofitel* nach Heathrow, um dort meine grässlichen Tanten und Orlandos Verlobte abzuliefern.«

»Caroline.«

»Ich wusste es. Oder du bleibst hier und kümmerst dich um deinen Bruder und seinen neuen Freund, der jetzt kein Zuhause mehr hat.«

»Ich nehme die dritte Möglichkeit und fliege auf die Bahamas.«

»Mach das Auto fertig.«

Als meine Tanten die Treppe herunterkommen, rührt sich die Wintergarten-Truppe nicht vom Fleck. Ich stelle mir vor, wie schwer das für Orlando sein muss. Er hält sich tapfer. Meine Mutter kommt aus der Küche und wünscht den Tanten eine gute Reise. Pietra sieht sie kaum an, anders als Giulia, die sie immerhin kurz umarmt und »Bis bald« murmelt, bevor ihre Schwester sie auffordert, ihr zu folgen. Caroline entfernt sich wie ein Gespenst. Ich weiß nicht, was ich von ihr halten soll. Ist sie ein Opfer traditioneller Erziehung oder ein opportunistisches Luder?

Weder sie noch ich haben Zeit und Kraft aufgewandt, um uns besser kennenzulernen. Bestimmte Menschen bleiben einem einfach gleichgültig.

Ich folge ihnen und setze mich zu William ins Auto. Auf der Straße ist kaum ein Mensch, und doch erscheint mir dies die längste Fahrt zu sein, die ich je unternommen habe. Keiner sagt auch nur ein Wort. So unwohl habe ich mich noch nie gefühlt. Ich nutze die langsam vergehenden Minuten nicht, um passende Worte zu finden. Auch nicht, um das Problem zu lösen, aber ich versuche, höflich zu sein. Mir fällt nichts ein, das ich sagen könnte. William sieht mich von der Seite fragend an, aber ich bin wie versteinert. Was soll man zu einer dermaßen verfahrenen Situation auch sagen? Niemand ist darauf vorbereitet. Das tanzende Licht der Weihnachtsbeleuchtung, die schimmernden Fenster der Geschäfte passen gar nicht dazu. Ich möchte nur schnell wieder nach Hause und meinen schönen Weihnachtsbaum anschauen, den schönsten der Welt, und mit meiner Familie zusammensitzen. Sogar der Gedanke, mich mit Lena zu unterhalten, verliert seinen Schrecken.

Da auch alles Unangenehme irgendwann ein Ende hat, erreichen wir nach einer gefühlten Ewigkeit Heathrow. Ich begleite die Tanten und Caroline bis zur Rezeption und bezahle ihr Zimmer und die Flüge. Tante Pietra ärgert sich darüber. Sie täuscht sich, wenn sie glaubt, ich täte das für sie. Ich tue es aus Respekt vor meinen Eltern und meiner guten Erziehung wegen. Und vielleicht auch ein bisschen, um ihr meine Werte deutlich zu machen. Dann gehe ich schnell weg, ohne mich noch einmal umzudrehen. Als ich im Auto sitze, stoße ich einen Freudenschrei aus. Was bin ich erleichtert!

»Ich dachte, ich mache dir vielleicht eine Freude, wenn ich dir sage, dass der Weinhändler einen Fehler gemacht hat. Sie haben zwei Kästen Champagner zu viel geschickt, die schenkt er uns. Aber du machst es doch immer besser als alle anderen«, sagt William grinsend.

»Sehr witzig. Wenn ich das alles jemandem erzähle, glaubt er mir kein Wort.«

»Du brauchst Skeptikern nur unsere Familie vorzustellen, das dürfte genügen.«

»Ich hoffe, mit Orlando wird alles gut gehen. Ich bin ziemlich sicher, dass Mama ihm anbieten wird, bei ihr in Saint-Malo zu wohnen. Dann wird sie ihn mit Kuchen mästen, wie die Hexe in *Hänsel und Gretel*, und bevor er es überhaupt merkt, ist er ihr neues Kind geworden und hat zwanzig Kilo zugenommen.«

»Was für ein Happy End!«

Auf dem Rückweg bitte ich William, die Autobahn zu verlassen und über die Dörfer zu fahren. Ich möchte die Weihnachtsstimmung in mich aufsaugen. Manchen Leuten muss ich vorkommen wie ein dummes Kind, das vergessen hat, erwachsen zu werden, aber diese Jahreszeit macht mich einfach glücklich und gibt mir neue Energie. Ich höre dann Papas Lachen, seine Witze über den Wettbewerb mit den Nachbarn, wer das am schönsten erleuchtete Haus hat. Ich sehe, wie Mélie mit ruhigem Gesicht auf die Weihnachtsgeschenke unter dem Tannenbaum blickt, als rede sie heimlich mit ihnen. Und der verheißungsvolle Geruch, der aus der Küche kommt, wo Mama das Essen zubereitet. Immer viel zu viel. Ich versuche, nicht zu weit in die Zukunft zu blicken und an spätere Kinder zu denken, aber um diese Jahreszeit stelle ich mir manchmal mitten in der Nacht Pakete unter einem Tannenbaum vor. Ein rothaariges Köpfchen oder zwei, die ihre Geschenke auspacken. Ich stelle mir auch einen großen tapsigen Hund und eine überhebliche Katze vor. Zu anderen Jahreszeiten habe ich nicht solche Visionen. Aber jetzt sehe ich die schönste Zukunft der Welt vor mir. Das hat mit all den Lichtern zu tun, die sich im Raureif spiegeln.

William hält vor einem Laden an.

»Was ist?«

Er gibt mir ein Zeichen, ihm zu folgen. Der sanfte Ausdruck auf seinem Gesicht und sein funkelnder Blick erinnern mich daran, wie gutaussehend ich ihn in der Sekunde fand, als ich ihn zum ersten Mal im Spiegel dieser Herrentoilette sah, von der ich dachte, es wäre die Damentoilette. Wir gehen durch einen Tea Room mit so kitschig barockem Dekor, dass man sich in einer anderen Welt fühlt oder wie bei Alice im Wunderland. Ich finde das wunderschön, und William hat ein untrügliches Gespür dafür, was mir gefällt. Wir setzen uns an einen Tisch und versinken in herrlich weichen Polstern.

Eine Bedienung, die aussieht wie eine Ballerina aus der Nussknacker-Suite, nimmt unsere Bestellung auf. William bestellt zwei große Becher heiße Schokolade und dazu zwei Stücke Möhrenkuchen. Ich bin im siebten Himmel. Welches Glück, als ich den Geruch von Zucker und Zimt in der Nase habe. Er weckt mir alle Sinne.

»Das ist das Beste, was wir in den letzten Wochen gemacht haben.«

»Ich weiß«, sagt William im professionellen Ton eines Werbe-Promoters. »Deswegen werde ich zwei Pakete Zuckerschaum und Schokoladenpulver für heute Nacht kaufen.«

»Du hast es immer verstanden, Sinnlichkeit in den Alltag zu bringen. Bei einem Briten ist das fast beunruhigend.«

»Nun ja, das kommt wohl daher, weil ich zu einem Viertel Franzose bin.«

»Auf jeden Fall ist es herrlich dekadent.«

Ich genieße die heiße Schokolade, im Hintergrund singt Frank Sinatra *Winter Wonderland*. Durchs Fenster sehe ich Leute mit Paketen unter dem Arm, Einkäufe in letzter Minute. William sieht mich verliebt und mit Begehren an. Die Zweifel von heute Morgen sind verschwunden, hat es sie je gegeben? Mir ist es völlig egal, ob wir zwischen Gerüsten feiern oder ob die Hochzeitstorte eine Penisform hat, ich bin die glücklichste Frau der Welt.

»Sieh mal, es fängt wieder an zu schneien«, sagt William und schiebt seine Finger zwischen meine.

»Perfekt, Schnee bringt uns immer zusammen, nicht wahr?«

»Jedes Mal«, sagt er und küsst mich zärtlich.

»Glaubst du, wenn wir heute Abend abhauen, fällt das irgendwem auf?«

»Meiner Mutter, aber nur weil dann zwei leere Plätze am Tisch sind.«

Wir müssen beide lachen.

Vierzig Minuten später haben William und ich keinen glaubwürdigen Grund mehr, in diesem kleinen Paradies zu bleiben, und fahren nach Hause. Kaum komme ich herein, da stürzt sich meine Mutter auf mich, einen Putzlappen in der Hand.

»Darf ich wissen, wo ihr wart?«, fragt sie und gibt sich Mühe, leise zu sprechen.

»Auf der Straße war viel los.«

Keine originelle, aber doch eine glaubhafte Erklärung.

»Du hast Kakaospuren im Mundwinkel.«

Ich schweige.

»Ich weiß nie, was ich mit deiner Schwiegermutter reden soll, das ist deine Aufgabe, ich habe schon genug mit Kochen zu tun.«

»Ist meine Mutter schon da?«, fragt William.

Überflüssige Frage, natürlich ist sie da.

»Kümmert ihr euch um sie, ich kümmere mich um den Braten.« Mama verschwindet in der Küche.

William und ich sehen uns aufmunternd an und gehen dann so gelassen wie möglich ins Wohnzimmer. Doch die innere Gelassenheit währt nicht lange.

»Ihre Mutter hat erzählt, dass Ihre Tanten plötzlich abgereist sind«, vermeldet Lena, kaum dass wir sie begrüßt haben.

»Ja, so ist es.«

Mehr verrate ich ihr nicht, denn ich weiß ja nicht, was meine Mutter und Lizzie ihr berichtet haben.

»Es tut mir leid, dass sich die Dinge so entwickelt haben, eine Hochzeit ist ein Ereignis, bei dem sich alle ein wenig Mühe geben müssen. Und bei diesem Thema kennen wir uns beide ja ziemlich gut aus.«

Sie haben also alles ausgeplaudert.

»Seit meinem Coming-out hat meine Mutter ihren Horizont erweitert«, sagt Thomas.

»Absolut richtig«, sagt Lena voller Stolz.

Orlando ist so in sich gekehrt, dass er zehn Zentimeter kleiner geworden ist.

»Können wir bitte das Thema wechseln?«, sagt William energisch. »Wir wollen doch einen angenehmen Abend verbringen.«

Gute Idee. Sprechen wir doch über den israelisch-arabischen Konflikt, das ist weniger gefährlich.

»Mama hat mir erzählt, dass ihr einen anderen Blumenhändler gefunden habt«, sagt Lena, die ihre Rolle als Gast perfekt spielt. »Diese Geschichte mit der Bakterienvergiftung ist ja wirklich ungeheuerlich. Ihr habt Glück, dass ihr nicht betroffen seid.«

Auf diese Idee war ich noch gar nicht gekommen, aber was das angeht, haben wir offenbar wirklich Glück gehabt.

»Das stimmt. Beten wir, dass morgen alles normal abläuft.«

Ich sehe zu Mélie hinüber, in der Hoffnung auf einen Hinweis, was ich morgen vorfinden werde, wenn ich den Saal betrete.

Vergeblich. Meine Schwester erklärt Alistair gerade etwas über eine Untertasse, die in seinen Augen keine ist. Es scheint ihn sogar zu interessieren.

»Deshalb haben wir auch beschlossen, auf der Hochzeit nur alkoholische Getränke zu servieren, dann minimieren wir das Risiko, dass sich jemand beschwert«, meint William und heitert die Stimmung auf.

Der in Rotwein geschmorte Braten mit Gratin Dauphinois, den meine Mutter gemacht hat, sorgt für allgemeine Begeisterung. Die Gespräche werden lockerer, die Gesichter rosig vom Wein. Mein wunderschöner Weihnachtsbaum leuchtet, und meine Girlanden passen perfekt dazu. Überrascht stelle ich fest, dass wir einen sehr angenehmen Abend verbringen. Sogar Williams Vater ist ausgesprochen fröhlich. Vielleicht freut er sich, dass sein älterer Sohn und er künftig etwas gemeinsam haben: ihre Karriere.

Nach dem Essen gibt es zum Abschluss noch Spirituosen und Petit Fours. Wenn meine Mutter eines Tages verstehen wird, dass Petit Fours für sich allein schon wie ein Nachtisch sind und kein Accessoire zum Kaffee oder Schnaps, werden die Herz-Kreislauf-Krankheiten abnehmen.

»Scarlett, ich frage mich gerade«, beginnt Lena mit leichtem Zögern, »da Ihre Tanten und die Verlobte Ihres Cousins nun nicht mehr da sind ... Könnten Sie sich vorstellen, die Familie von Abigail einzuladen, wenigstens zum Empfang? Ich gestatte mir diese Frage, denn wissen Sie, Abigails Vater war es, der Williams berufliche Neuorientierung entscheidend erleichtert hat.«

»Was für eine Neuorientierung?«, fragt Thomas.

William stöhnt so laut, dass die Wände erzittern. Ich schenke mir schnell noch ein Glas Williamsbirne ein.

16

Nachdem meine Schwiegermutter in spe mal wieder für Wirbel gesorgt hatte, musste William alle durch Jahrhunderte eingeübten diplomatischen Fähigkeiten aufbringen, um das Thema zu wechseln.

Wir wussten aber alle, dass die Sache noch nicht ausgestanden war.

Kaum sind die Gäste weg und die, welche zu Hause schlafen, auf ihren Zimmern, legt Thomas erneut los, bis an die Zähne bewaffnet.

Während ich versuche, meiner Mutter zu erklären, dass die Spülmaschine keine Erfindung von Geheimbündlern ist und sie sich unnütze Arbeit ersparen kann, höre ich, wie im Wohnzimmer der Ton zwischen den Brüdern lauter wird.

Ich zögere für den Bruchteil einer Sekunde, dann beschließe ich, ihrem Gespräch zu lauschen. Mélie ist im Flur, in der Nähe der Tür, aber nicht so nah, dass sie gesehen werden kann.

Geschickt wie eh und je.

Ich gehe wie auf Samtpfoten zu ihr und beginne auch zuzuhören.

»Wenn du dich weniger für dein Ego interessieren würdest, hättest du gemerkt, dass die Galerie schon seit geraumer Zeit in Schwierigkeiten war«, erklärt William in eisigem Ton.

»Du machst es dir zu einfach! Du hältst mich doch von allen wichtigen Entscheidungen fern«, ruft Thomas erbost, während er auf und ab geht.

»Du bist Teilhaber und hast Zugang zu denselben Informationen wie ich. Du kannst nicht von mir verlangen, dass ich dir neben der Arbeit, die ich sowieso schon habe, auch noch ständig Berichte vorlege.«

»Was willst du damit sagen?«

»Dass du immer darauf wartest, dass ich dich informiere, immer und über alles.«

»Du hast, glaube ich, keinen Grund, über meine Arbeit zu klagen. Ich arbeite genauso viel wie du.«

»Das stimmt. Aber immer nur, wenn ich dir sage, was getan werden muss, und deshalb machst du es gern. In den letzten Monaten brauchte ich aber keinen Mitarbeiter, sondern einen echten Partner. Du wartest, bis ich sage, was zu tun ist, aber es gibt niemanden, der immer weiß, was zu tun ist. Mir passiert es genau wie dir, manchmal weiß auch ich nicht mehr weiter und finde keine Lösung. Ich hätte erwartet, dass mein Partner, mein Bruder, da gewesen wäre, um mir wenigstens einmal zu helfen.«

»Warum hast du mir das nicht gesagt?«

»Weil mir das Wasser bis zum Hals stand, Thomas! Ich dachte, das wäre zu merken. Aber nein ...« Er macht eine Pause und fährt dann fort. »Egal ... Heute legen wir die Karten auf den Tisch. Ich habe mit dir nicht darüber gesprochen, weil ich überzeugt war, dass du nicht in der Lage wärest, mir zu helfen.«

Nach ein paar Sekunden Schweigen, so bedrückend, dass auch meine Schwester und ich es spüren, nimmt Thomas die Feindseligkeiten wieder auf.

»Schön zu sehen, dass mein eigener Bruder mich für unfähig hält.«

»Ich würde nicht so weit gehen, unfähig zu sagen, aber jedenfalls nicht auf Augenhöhe mit den Problemen, die wir hatten. Erstaunt dich das wirklich?«

»Du willst mir also sagen, ich bin gerade gut genug, um Kunden zu empfangen und Petit Fours für Ausstellungseröffnungen zu besorgen, und sobald es interessant wird, traust du mir nicht?«

Ich höre William seufzen. Er tut mir leid, denn was er jetzt gerade ausspricht, gärt schon seit Jahren in ihm, aber es zu äußern, ist wirklich nicht einfach.

»Nein, Thomas, ich traue es dir wirklich nicht zu, tut mir leid. Zugleich glaube ich aber auch nicht, dass es allein deine Schuld ist. Ich habe immer die Beschützerrolle übernommen, ich war immer wie ein Elternteil zu dir und habe dir nicht den Platz eines Bruders zugestanden.«

»Und dafür muss ich jetzt bezahlen, indem du wichtige Entscheidungen triffst, ohne mich einzubinden. Ganz ehrlich, Will, das von Mama zu erfahren und dann auch noch bei einem Familienessen ist ein ganz starkes Stück.«

»Das ist mir klar. Ich habe keine Ahnung, wie sie es erfahren hat.«

»Sie hat unseren Vater verhext, so hat sie es rausgekriegt. Der Arme kann ihr nichts abschlagen. Genau das ist das Problem.«

»Es tut mir leid, Thomas. Dass es so passiert, war das Letzte, was ich wollte. Ich wollte es dir sagen, wenn ich etwas mehr über die Aufgabe gewusst hätte, die mein Onkel mir vorgeschlagen hat, und ich eine Stelle für dich in einer anderen Galerie gefunden hätte.«

»Es geht ja schon wieder los! Ich bin kein Kind mehr, William, lass dir das ein für alle Mal gesagt sein. Nur weil ich ein bisschen Freude und Leichtigkeit in die Familie bringe, bin ich noch lange nicht geistig zurückgeblieben! Ich kann mir selbst eine Arbeit suchen.«

»Leichtigkeit nennst du dein Verhalten?«

»Hör schon auf, darum so einen Wirbel zu machen.«

»Etwas Leichtigkeit nennst du das? Du hast Scarlett damals zu deiner Freundin erklärt, um deine Homosexualität zu verbergen, du hast mit dem Cousin meiner zukünftigen Frau geschlafen, drei Tage vor unserer Hochzeit, vor der Nase ihrer Mutter und seiner Verlobten, du hast den miesesten Hochzeitsplaner der Welt ausgesucht, und das war er bereits, als er noch lebte ... Und ich mache einen Wirbel?«

»Wenn du es so siehst, bin ich natürlich furchtbar. Das ist ein Tribunal, und du machst es dir zu einfach ... Du vergisst, dass ich all diese Sachen nicht geplant habe. Das mit Orlando ist einfach passiert, das ist alles. Du hast mir aber keine Lektionen zu erteilen, denn Scarlett und du, ihr habt euch nicht gerade zurückgehalten, als die ganze Familie damals deine Wohnung besetzt hat. Über Mauricio hatte ich nur Positives gehört, ich wusste nicht, dass er seit ein paar Monaten so heruntergekommen war. Im Urteilen warst du immer gut, William. Das gehört zu deiner Rolle als Mustersohn.«

»Mustersohn? Das ist stark, nachdem ich alle deine Eskapaden vor Mama verborgen gehalten habe. Du hast dich doch als Mustersohn ausgegeben. Mir war es im Übrigen nicht unlieb, dich auf den Sockel zu stellen. Ich dachte, ich könnte mich auf diese Weise freikaufen.«

Wieder eine Pause. Die Situation ist so angespannt, dass man kaum atmen kann.

»Wovon redest du?«

»Von dem Unfall.«

»Verdammt, da sind wir doch längst nicht mehr, William! Kram nicht die alte Geschichte raus, um dich dahinter zu verstecken. Wir waren Kinder, wir sind herumgerannt, du bist auf dem Marmor ausgerutscht, den Mama überall hatte auslegen lassen, und eine Scheibe ist auf mich gefallen. Es hat mir ein Auge ruiniert, das war ein Unfall! Ich habe es dir nie übelgenommen, die Eltern waren nie böse auf dich, also lass das Thema und laste mir nicht Entscheidungen an, die du für dich getroffen hast.«

»Gut. Dann sind wir uns an diesem Punkt einig. Ich decke dich nicht mehr und höre auf, dir alles nachzusehen.«

»Wie viel Zeit habe ich noch, bis du mich aus der Galerie wirfst?«

»Du musst jetzt nicht das Opfer spielen. Es passiert nicht sofort, und dank der Ausstellung zu Jahresbeginn können wir einen guten Käufer finden. Deswegen rackere ich mich seit zwei Monaten ab, damit sie ein Erfolg wird. So haben wir eine bessere Verhandlungsposition.«

»Dann steht ja alles zum Besten.«

»Das habe ich nicht gesagt. Du verlangst, dass ich dir vertraue und dich als gleichberechtigt ansehe, und genau das tue ich gerade. Ich kann keinen Beruf mehr ausüben, der mich dermaßen erschöpft, und das ohne nennenswerten Erfolg. Ich will etwas anderes, für mich und die Familie, die ich mit Scarlett gründen will.«

Ich bin überrascht. William und ich haben nie so konkret über unsere Zukunft gesprochen, wir sind da eher spontan. Der Gedanke, ein Kind zu haben, ist mir zwar nicht ganz fremd, aber ich habe etwas Angst davor. Vor einiger Zeit dachte ich noch, ich würde allein bleiben und den Tod von Papa nie verwinden. Aber was William gerade gesagt hat, macht mich glücklicher, als ich es in Worte fassen kann.

Vielleicht gibt mir das eine Sicherheit, die mir seit dem tragischen Tod meines Vaters fehlt. Ob sich Kinder je davon erholen, so plötzlich verlassen zu werden?

»Deutlicher kannst du nicht werden«, sagt Thomas mit düsterer Stimme. »Vergiss nicht, mir ein Memo mit allen Anweisungen zu schicken, Chef!«

Als wir Schritte in Richtung Eingangshalle hören, flüchten Mélie und ich in den hinteren Teil des Flurs. Das ist nicht die beste Strategie, denn wir müssen warten, bis William das Wohnzimmer verlässt, um uns wieder hervorzuwagen, wenn wir nicht überrascht werden wollen.

Ich ziehe Mélie mit mir ins Badezimmer, in dem vorgestern der Skandal ausbrach.

Ich fahre mir mit der Hand durchs Haar und setze mich auf den Badewannenrand.

»Da herrscht ja ganz schöne Anspannung … Armer William, hoffentlich wirft ihm sein Trauzeuge morgen nicht die Ringe an den Kopf.«

»Unausgesprochenes explodiert irgendwann, Scarlett, es ist von Natur aus gewalttätig.«

»Es ist aber auch nicht einfach, gegenüber Menschen, die man liebt, bestimmte Dinge auszusprechen. Man hat Angst, ihnen wehzutun.«

»Alles Unausgesprochene verursacht Schmerzen.«

»Man denkt oft, man sei in der Lage, nichts zu sagen. Dass man alles für sich behalten kann. So haben wir es doch bei Mama immer gemacht.«

»Und eines Tages wird uns alles um die Ohren fliegen.«

»Man müsste vielleicht immer gleich mit ihr reden, wenn sie uns verletzt, bevor sich Rachegedanken ansammeln.«

»Dafür ist es leider zu spät, wir tragen sie schon in uns.«

Ich seufze und nehme Mélies Hand, um die besondere Verbindung zu spüren, die wir seit unserer Kindheit haben und von der ich weiß, dass sie selten und kostbar ist.

»Ich hoffe, es ist jetzt vorbei mit den ganzen Familiendramen, ich habe wirklich genug davon.«

»Morgen ist die Hochzeit, wir sind bald am Ziel.«

»Stimmt ja, ich heirate morgen. Es fällt mir schwer, das zu glauben.«

»Das sagen alle Bräute.«

»Ich sage es vor allem, weil ich immer noch keinen Saal für meine Feier habe.«

»Vertrau mir«, sagt sie wieder und lächelt geheimnisvoll.

Hat sie jemals anders gelächelt?

»Lass uns besser schlafen gehen, damit wir morgen frisch und munter aussehen, wenn ich tatsächlich, wie du zu glauben scheinst, heirate.«

Wir vergewissern uns, dass niemand im Wohnzimmer oder im Flur ist, und verschwinden beide in unseren Schlafzimmern.

Ich weiß nicht, ob Thomas weggefahren oder bei Orlando ist. Ich vergesse diese Frage schnell, denn wie immer die Antwort lautet, sie wird mir missfallen. Als ich ins Schlafzimmer trete, kommt William gerade aus unserem Bad. Er sieht müde und traurig aus. Im Lauf der Zeit habe ich gelernt, aus seiner Miene mehr zu lesen als aus Worten. Er wird sich gerade wohl fragen, ob sein Bruder morgen überhaupt da sein wird.

»Wirst du es schaffen?«

»Muss ich ja«, antwortet er und setzt sich aufs Bett, immer noch das Handtuch um die Hüften.

»Es tut mir leid.«

»Ich hätte dieses Gespräch schon längst führen sollen. Schon bei der Geschichte mit der falschen Verlobten, als wir uns gerade kennengelernt hatten. Schon damals ist er zu weit gegangen. An diesem Tag hätte ich das Band zerschneiden und ihn zwingen müssen, selbst Verantwortung zu übernehmen.«

Ich lege meine Arme um seine breiten Schultern und lehne meinen Kopf an seinen.

»Aber es trifft dich.«

Er seufzt.

»Er ist mein Bruder und außer meiner Großmutter das einzige Mitglied der Familie, das in der Lage ist, einen anderen zu lieben und nicht nur sich selbst.«

»Ihr habt eine starke Bindung zueinander. Daran darfst du nicht zweifeln. Er wird wiederkommen, und du wirst sehen, dass eure Beziehung dann neue Dimensionen bekommt. Man soll Unausgesprochenes nicht zu lange aufbewahren, weil es sonst explodiert.«

»Hast du kürzlich mit Mélie gesprochen?«

»Ja.«

Er hebt meine Arme in die Höhe, dreht sich zu mir um, lässt sich aufs Bett fallen und zieht mich mit sich.

»Ich frage mich, was für ein schlimmes Verbrechen du begangen haben musst, dass unsere Hochzeit so eine Aneinanderreihung von Katastrophen ist«, flüstert er mir ins Ohr, während seine Hände über meinen Körper gleiten.

»Darf ich wissen, wann wir beschlossen haben, dass ich diese Desaster verursache?«

»Wenn man einen Napoleon im Stammbaum seines Landes hat, dann muss man schon damit rechnen, dass das Schicksal ein paar Rückschläge bereithält.«

Ich versuche mich vorsichtig zu wehren.

»Und da ist sie schon wieder, die Trumpfkarte Napoleon!«

»Wir haben keine bessere.«

»Ich werde schon eine finden.«

Während ich versuche, aus dem Bett zu kriechen, fasst er mich um die Taille und zieht mich wieder an sich. Ich muss lachen, und das tut mir gut. Meine Liebe zu William überkommt mich in Wellen, und ich habe das Gefühl, dass sie meinen ganzen Organismus erwärmen. So ein Gefühl habe ich nur selten im Leben gehabt, als ich ein kleines Mädchen war und in den Armen meiner Mutter, im Schutz meines Vaters oder mit dem einvernehmlichen Blick meiner Schwester eingeschlafen bin. Wenn Liebe Erfüllung wird, denn sie ist Erfüllung, ist sie das stärkste Gefühl überhaupt. Das Einzige, das uns nährt, das unsere Luft zum Atmen ist.

Genau in diesem Moment weiß ich, dass ich den Rest meines Lebens mit William verbringen will. Diese Vorstellung nimmt mir fast den Atem. Es ist eine magische Gewissheit, die auf keinen rationalen Überlegungen beruht, die aber in Großbuchstaben in unsere Seele geschrieben ist. Vielleicht ändere ich eines Tages meine Meinung, aber das ist mir in diesem Augenblick gleichgültig. Die Überzeugung, dass unsere Beziehung ganz selbstverständlich ist, lässt mein Herz heftiger schlagen. Nichts anderes zählt.

Ich schlinge meine Arme und Beine um ihn, ich weiß, dass wir uns jetzt lieben werden, dass es bei dieser Umarmung ein Mehr gibt, ein Mehr an Bewusstsein, das alles noch außergewöhnlicher macht als sonst. Unsere Blicke kreuzen sich. Seine Augen funkeln, ich will, dass er in meinen Augen meine Wahrheit sieht, die, wie ich hoffe, auch die seine ist. Er hält inne, schaut mich an, verliert sich in meiner Seele und flüstert:

»Ich liebe dich.«

17

Samstag, 24. Dezember

Ich habe geschlafen wie ein Stein, ohne Traum, ohne Bilder, ohne Erinnerungen, in einer köstlichen Unbewusstheit. Als das Licht durch meine Wimpern dringt, überkommt mich ein ganzer Wirbel an Gefühlen. Mein Geist ist schon in Aufruhr. Angst, Stress, Freude und Aufregung kämpfen um den vordersten Platz, und ich muss sagen, dass mir alles gleich lieb ist. Das Entscheidende ist der Schwung, die Freude, am Leben zu sein, und die Gegenwart der anderen unter unserem Dach. Ich drehe mich um und sehe seine dunklen, schalkhaften Augen.

»Bereit?«, fragt er mit vom Schlaf noch ein wenig rauer Stimme.

»Zu allem.«

»Es ist noch nicht acht Uhr, und schon willst du alles Mögliche anrichten«, sagt er und streichelt mir die Wange.

»Waren wir uns nicht einig, dass du derjenige bist, der alles Mögliche anrichtet?«

»Ich werde mich daran erinnern.«

Ich gleite zu ihm hinüber und schmiege mich an seinen warmen Körper. Dies ist der Ort auf der Welt, den ich am liebsten habe, von dem ich weiß, dass er extra für uns gemacht ist. Als ich ein kleines Mädchen war, war dieser Ort in meinem Bett, abends, wenn einer meiner Eltern mir eine Geschichte vorlas. Die Nachttischlampe, ein Delphin mit großen Augen, brannte immer zur selben Zeit. Die Tür meines Zimmers stand einen Spalt offen, das Licht fiel herein, in der Nähe war die Küche, und der Ausdruck auf dem Gesicht von Papa und Mama war immer derselbe – der Ausdruck vollkommener Liebe. Dieser Ort war mir um diese Stunde für lange Zeit der liebste. Bis ich Williams Arme fand. Nicht, weil er es ist, sondern weil wir es sind. Ich habe begriffen, dass die Magie eines Paars nie nur eine Person betrifft, sondern dass sie in der Mischung zweier Individuen liegt. Nichts hat nur mit mir oder nur mit ihm zu tun. Alles kommt von uns beiden.

Wir genießen die gegenseitige Wärme, und das hindert uns daran, richtig aufzuwachen. Da klopft jemand an die Tür. Ich habe keine Zeit zu reagieren, denn die Stimme meiner Mutter ertönt bereits. Sie ist überzeugt, dass sie melodiös und wohlwollend ist, selbst nach zwanzig Jahren Klagen.

»Egal, was ihr gerade macht, das ist heute Morgen völlig unangebracht! Es ist schon acht Uhr, wir haben viel zu tun. Ich habe ja schon nichts gesagt, dass ihr die Nacht vor der Hochzeit gemeinsam verbracht habt, aber das geht jetzt wirklich zu weit!«

»Ich habe doch noch nicht mal angefangen, mich unangemessen zu benehmen«, meint William grinsend und schiebt seinen Oberschenkel sehr unangebracht zwischen meine.

»Vergiss nicht, ab heute wird sie deine Schwiegermutter und du wirst mit ihr klarkommen müssen.«

Da das Gespenst einer Mutter der größte Feind von Sex ist, löst sich William sofort von mir.

»Ich komme jetzt rein!«, ruft meine Mutter mit der Überzeugung eines Staatschefs, der im Irrtum ist.

Sie sieht uns nicht an, geht an uns vorbei und reißt die Vorhänge auf.

»Wir haben Glück, die Sonne strahlt. Nach siebzehn Uhr soll es Schnee geben, dann sind die Gäste zum Glück schon da. Los, aufstehen! William, Sie haben hier jetzt nichts mehr zu suchen. Beschäftigen Sie sich irgendwo weit weg von Ihrer künftigen Ehefrau. Scarlett, du siehst aus wie dein Großvater sechs Monate vor seinem Tod!«

Ich ziehe mir die Decke übers Gesicht und murmele:

»Du hast noch ein paar Stunden, um zu fliehen.«

»Ich habe dich gehört, Scarlett!«

Ich hatte vergessen, was für ein super Gehör sie hat.

Ein paar Minuten später trennen William und ich uns, nicht ohne uns vorher viel Kraft für die Herausforderungen dieses Tages gewünscht zu haben.

Er muss zu Alistair, Thomas und ein paar Freunden gehen, um sich um Dinge zu kümmern, die Männer vor einer Hochzeit machen und über die ich nichts weiß. Sie vermutlich auch nicht.

Als ich in die Küche komme, sehe ich dort alle beschäftigt, mit einer Energie, wie ich sie vor elf Uhr nie aufbringen könnte. Mélie bereitet vier Becher Tee vor, und meine Mutter ist emsiger denn je. Ich bin jetzt schon müde.

»Mama, ist es nicht ein bisschen zu früh, um unsere Lebensenergie dermaßen zu strapazieren?«

»Halt mal den Kopf gerade.«

»Was?«

Sie hebt mein Kinn, streicht mein Gesicht mit einer Mischung aus Ei, Zitrone, Ingwer und anderen Zutaten ein. Was das ist, will ich lieber gar nicht wissen.

»Das ist ja scheußlich!«

»Pst! Später wirst du mir dankbar sein, wenn du deinen Freunden die Hochzeitsfotos zeigst.«

»Bist du sicher, dass es mit dem Zeug funktioniert? Was hast du da reingetan?«

»Traust du mir nicht? Denkst du, ich würde dir am Tag deiner Hochzeit irgendwelchen Mist ins Gesicht schmieren?«

»Nein.«

»Ich hab das Rezept von Helena. Es wirkt sofort, und du wirst wieder taufrisch.«

»Na, wenn Helena es sagt …«

»Jetzt verdirb nicht alles.«

Mélie kommt mit zwei feuchten Teebeuteln auf mich zu und gibt mir ein Zeichen, die Augen zu schließen. Tee läuft über meine Wangen, ich rieche nach Mayonnaise mit zu viel Zitrone und kann nichts mehr sehen.

»Was habt ihr vor?«

»Es läuft alles runter.«

»Denk nicht dran.«

»In einer Stunde kommt der Florist mit dem Strauß. Ich muss zum Saal fahren, um die Torte in Empfang zu nehmen und zu sehen, ob alles in Ordnung ist. Am frühen Nachmittag kommt die Kosmetikerin zum Schminken.«

»Und der Friseur?«

»Ich hab's dir doch schon gesagt, Mama, es gibt keinen Friseur. Das ist nicht schlimm, ich kämme mich selbst.«

Wenn sie wüsste, dass ich nicht mal sicher bin, überhaupt einen Ort zum Feiern zu haben.

»Du kannst dich nicht selbst kämmen.«

»Ich mache mir einen Pferdeschwanz, und unter dem Schleier und dem Diadem sieht es keiner so genau.«

Die Frisur ist wirklich meine geringste Sorge.

»Nie hast du einen Plan B.«

»Wie sollte ich eine Epidemie mit Coli-Bakterien und die Sache mit dem toten Hochzeitsplaner voraussehen?«

»Du bist eben nicht sehr vorausschauend.«

Ich fange an zu husten und zu spucken.

»Ich habe da was in den Mund bekommen, ein ekelhaftes Zeug!«

»Du beklagst dich die ganze Zeit«, seufzt Mama, die Königin alter Hausrezepte, durch die mindestens einmal in der Geschichte jemand getötet worden ist.

Dann darf ich mich endlich von dem Zeug auf meinem Gesicht befreien. Es dauert mindestens zehn Minuten, weil es auch an meine Haare gekommen ist. Nachdem ich sauber bin, stelle ich beim Blick in den Spiegel fest, dass ich weder frischer noch munterer aussehe.

Na ja, die Kosmetikerin wird ja dafür bezahlt, dass sie etwas tut.

Ich ziehe mir etwas Bequemes an und merke, dass ich immer aufgeregter werde, je näher der Moment der Inspektion des Saales rückt. Was soll ich nur machen, wenn sich seit dem letzten Besuch nichts geändert hat? Ich habe noch nie an Wunder geglaubt, vielleicht an das Zusammentreffen glücklicher Umstände, aber mehr nicht ... Als ich an dem Zimmer vorbeikomme, in dem meine Schwester wohnt, bleibe ich einen Moment stehen. Ich sehe durch die offene Tür ihre zarte Gestalt, in den ausgestreckten Händen das Kleid, das wir gemeinsam ausgesucht haben. Ein nachtblaues Tüllkleid mit freiem Rücken und Rüschen. Es passt so gut zu ihr. Ich werde ganz rührselig, Tränen verschleiern mir den Blick. Papa hätte sie so schön gefunden.

Ach Papa! Du fehlst mir.

Plötzlich finde ich das letzte Teil des Puzzles. Bei all dieser Aufregung hatte ich es ganz vergessen. Wie konnte das nur geschehen? Ich gehe in Mélies Zimmer.

»Du wirst so wunderschön aussehen in diesem Kleid.«

Sie hängt es vorsichtig auf, damit es nicht den Boden berührt. Ich beiße mir auf die Unterlippe und sage dann:

»Ich ... hm, bist du ... «

Ich komme nicht sehr weit.

»Ja«, sagt sie zurückhaltend.

»Kannst du nicht einmal so tun, als wärst du überrascht von dem, was man sagt?«

»Doch, kann ich.«

Ich hole Luft, sammle mich:

»Mélanie Archer, bist du bereit, mich zum Altar zu führen?«

»Ja.«

Sie hat manchmal die Eigenart, die größte Feierlichkeit in ein kleines banales Wort zu pressen. Ich nehme sie in den Arm, sie wird steif, befreit sich aber nicht. Wir bleiben lange so stehen, und als es mir zu schwerfällt, die Tränen zurückzuhalten, gehe ich.

»Gut, das ist noch nicht alles, wir haben noch viel mehr um die Ohren.«

Ich hole tief Luft und gehe nach unten, wo meine Mutter schon auf mich wartet. An ihrem Gesicht sehe ich, wie viel ich heute zu sagen habe. Gar nichts nämlich, sie wird alles entscheiden. Ich füge mich in mein Schicksal und folge ihr zum Auto. Unterwegs redet meine Mutter viel, aber ich höre kaum hin. Seit unserer Jugend haben Mélie und ich gelernt, Aufmerksamkeit vorzutäuschen. Nach vielen Jahren der Praxis kommt uns keiner auf die Schliche.

»Hörst du mir überhaupt zu, Scarlett?«, fragt sie verärgert.

An manchen Tagen gelingt es mir offenbar weniger gut.

»Natürlich.«

»Nein, deine Augen sind grau, und wenn sie grau sind, denkst du an was anderes.«

Meine Augen sind blau. Sie waren noch nie grau. Warum höre ich überhaupt auf sie? Ich stelle das Auto auf dem Parkplatz der Abtei ab, und als ich aussteige, sehe ich, dass der Müllcontainer nicht mehr da ist. So sieht wenigstens der Eingang schön aus. Mein Herz beginnt heftig zu klopfen. Ich bleibe unter dem erstaunten Blick meiner Mutter stehen.

»Was ist los?«

»Mama, ich muss dir etwas sagen.«

»Ich höre.«

»Vielleicht hat sich in dem Saal doch kein Wunder ereignet.«

»Komm, lass uns nicht hier stehen bleiben, sonst holen wir uns in der Kälte noch den Tod.«

Ohne zu warten, betritt sie das Gebäude, und mir wird klar, dass es jetzt kein Zurück mehr gibt. Ich gehe durch die Tür und werde fast von einem jungen Mann umgerannt, den ich nicht kenne und der einen noch gestressteren Eindruck macht als ich.

»Aber wer sind Sie ...«

Ich kann nicht weitersprechen, so sehr überrascht mich, was ich vor mir sehe. Die Gerüste sind verschwunden, ich vermute hinter riesigen Stoffbahnen, die von der Decke bis zum Boden reichen, wie ein großes Zelt, dessen Spitze an den Dachbalken befestigt ist und von der ein riesiger Kristallleuchter herabhängt. Mitten im Saal steht ein großer Weihnachtsbaum, behängt mit funkelnden Kugeln und Girlanden. Um dieses heilige Weihnachtssymbol herum sind weiß, rot und golden gedeckte runde Tische angeordnet, die den Rest des Raumes ausfüllen. Wo mein Auge hinsieht, hängen Girlanden mit kleinen Lichtern, wie magische Glühwürmchen. Mir stockt der Atem, meine Knie zittern. Dutzende Leute laufen hin und her, legen Blumen auf die Tische und stellen riesige rosafarbene Liliensträuße auf. Mir laufen Tränen über die Wangen, langsam und vorsichtig bewege ich mich vorwärts, als fürchtete ich, der Zauber könnte vorbei sein und Aschenputtel würde wieder in Lumpen dastehen. Alles ist wunderschön, und so viel besser, als ich es Mauricio beschrieben hatte. Jemand hat meine Seele gescannt und das Bild eines Traums hervorgeholt, den ich gehabt haben muss und nicht mehr in Erinnerung hatte.

Hinter einem Blumenstrauß begegne ich einem vertrauten Gesicht.

Alistair ...

Er redet gerade mit einem Mann. Als er mich sieht, scheint er kaum überrascht zu sein. Plötzlich ordnen sich die Gedanken in meinem Kopf, so muss es gewesen sein.

Mélie ... der Anruf. Ist es vielleicht ...

Ich beschließe, der Sache auf den Grund zu gehen, und marschiere entschlossen auf ihn zu. Der Mann, mit dem er redet, begrüßt mich mit einer Verbeugung und zieht sich diskret zurück. Meine beruflichen Erfahrungen mit Luxushotels sagen mir, dass er aus diesem Milieu kommt.

»Habe ich das alles etwa Ihnen zu verdanken?«

»Wird es Ihren Vorstellungen gerecht?«, fragt er mich ein wenig scheu.

»Nein, das ist so viel schöner als alles, was ich mir vorgestellt hatte. Ich habe gar nicht genug Phantasie, um mir so etwas auszudenken. Es ist einfach grandios. Wie haben Sie dieses Wunder in so kurzer Zeit zustande gebracht?«

»Mein Vater und ich besitzen ein paar Hotels. So habe ich eine ganze Armee extrem kompetenter Leute zur Verfügung, die in Rekordzeit das Unmögliche schaffen können.«

»Hat Mélie Sie vorgestern angerufen? Sie muss Sie gebeten haben, mir zu helfen. Das ist viel zu viel! Warum haben Sie das alles gemacht? Sie waren dazu doch gar nicht verpflichtet.«

»Es macht mir Spaß«, sagt er ein wenig verlegen.

In all dem Gold und leuchtenden Schimmer kommt mir sein Gesicht nicht mehr so streng vor. Ich sehe darin sogar etwas Sanftes und eine Spur Melancholie, deren Grund ich kenne.

Ich lächele mit allem Wohlwollen, das ich aufbringen kann, denn ich weiß Bescheid, ich habe verstanden.

»Sie haben es für sie gemacht, nicht wahr?«

Ich spüre, dass ich ins Schwarze getroffen habe. Nach kurzem Zögern vertraut er mir mit leiser Stimme an:

»Ich habe von Geburt an ein paar Vorzüge, die nützlich sein mögen. Aber viel Phantasie habe auch ich nicht, mein tägliches Leben ist nicht sehr aufregend, und alles darin ist ziemlich vorhersehbar. Ihre Schwester ist das komplette Gegenteil. Für einen Mann wie mich strahlt sie so hell wie ihre Eingebungen. Ich habe nur wenig Hoffnung, dass sie mich sieht, wie ich sie sehe, aber wenn ich ein wenig an ihrem Licht teilhaben kann, bin ich sogar damit zufrieden, ihr Schatten zu sein.«

Was er sagt, rührt mich, vor allem, was er über Mélie äußert. Er hat ihre besondere Art nicht nur erkannt, er scheint sie auch zu mögen.

»Es freut mich jedenfalls sehr, dass Ihnen das hier gefällt, es gibt noch ein paar kleine Dinge zu regeln, aber bis zum späten Nachmittag wird alles fertig sein.«

»Das ist es doch jetzt schon! Von ganzem Herzen danke.«

Ich sehe mir wieder den Weihnachtsbaum an, er ist so riesig, wie es sie sonst nur in Freizeitparks oder Weihnachtsfilmen gibt.

Selbst meine Mutter, die am anderen Ende des Saals steht, ist ganz überwältigt und wagt es nicht einmal, einen Blumenstrauß anzufassen. Inmitten dieses summenden Bienenstocks störe ich nur, aber bevor ich gehe, sage ich noch:

»Soll ich Ihnen etwas über meine Schwester verraten?«

Er antwortet nicht, aber ich erkenne seine Neugier:

»Mélie hat nie jemanden um Hilfe gebeten. *Niemals*. Auch als sie ganz klein war und noch nichts von dem konnte, was sie tun wollte. Selbst im Krankenhaus nach ihrem Unfall, selbst als unser Vater gestorben ist. Das ist gegen ihre Natur, nie bittet sie um Hilfe. Nur einen einzigen Menschen hat sie um Hilfe gebeten, nämlich Sie. Ich weiß nicht, was Sie mit diesem Wissen anfangen werden, aber an Ihrer Stelle würde ich etwas tun.«

Er lächelt mir zu und sagt leise: »Danke.«

»Das ist nur ein kleines Gegengeschenk.«

Dann verlasse ich ihn und gehe zu meiner Mutter.

»Na, wie findest du es?«

»Gar nicht schlecht«, erwidert sie mit leuchtenden Augen.

»Finde ich auch!«

»Ich glaube, wir haben hier jetzt nichts mehr zu suchen. Wir stören nur. Ihr müsst euch für diese Hochzeit ruiniert haben, das ist ja Wahnsinn.«

»Keine Sorge, Mama.«

»Sieht so aus, als steckte deine Schwester dahinter, und das ist mir etwas unheimlich.«

»Warum denn, du hast ihr doch immer vertraut.«

»Weil ich weiß, dass du hinter ihr stehst. Du hältst zu uns, egal, was passiert.«

Ihre Antwort geht mir nahe. Ich huste ein bisschen, um mir nichts anmerken zu lassen, und küsse sie auf die Stirn.

»Ach, da ist ja deine Schwiegermutter«, sagt meine Mutter und zeigt zum Eingang hin.

»Sie will sich wohl vergewissern, dass ihre Gäste nicht in einem Prolo-Schuppen landen.«

»Es tut mir fast leid, dass das Dekor so gelungen ist. Diese Frau müsste man mal aus der Fassung bringen, das würde sie vielleicht sympathischer machen.«

»Ich weiß nicht, ob sie das in ihren Genen hat. Ich gehe jetzt meinen Pflichten als künftige Schwiegertochter nach.«

»Das ist gut für dein Karma, du wirst dann als Chirurgin wiedergeboren.«

Meine Mutter hat immer davon geträumt, einen Arzt in der Familie zu haben. Wer weiß, warum? Früher wollte ich Astronautin werden, das war viel aufregender. Ich gehe zu Lena, setze mein schönstes Lächeln auf, und sie reagiert ebenso.

»Scarlett, das sieht ja alles ganz prächtig aus. Nach der Hochzeit müssen Sie mir unbedingt die Adresse der Firma geben, die das arrangiert hat.«

Das ist ein großes Kompliment!

»Gerne. Suchen Sie William?«

Bevor du auf deinem Besen wieder verschwindest?

»Nein, nein, ich wollte nur nachsehen, ob Sie noch Hilfe brauchen. Ich glaube, der Lieferwagen mit der Torte ist angekommen.«

»Ach, da bin ich ja erleichtert, ich gehe gleich hin.«

Zwei Männer, ein großer hagerer und ein kleiner mit Schnurrbart wie aus dem Videospiel *Mario Brothers*, steigen aus dem Wagen und begrüßen mich.

»Guten Tag, Miss«, sagt der Schnurrbärtige fröhlich. »Sie erwarten eine große Torte, nicht wahr?«

Wenn es bloß kein Penis ist.

»Ja, genau.«

»Hier ist sie.«

Die beiden öffnen die hinteren Türen, und da sehe ich das riesige Gebilde.

Es ist kein Penis.

Es ist ein riesiger Turm aus Windbeuteln.

Ich weiß ehrlich gesagt nicht, was schlimmer ist.

18

Samstag, 24. Dezember

»Das ist nicht die richtige Bestellung, sagen Sie? Sind Sie da ganz sicher?«, fragt der Schnurrbärtige.

»Hören Sie, wir reden hier von meiner Hochzeitstorte, da werde ich ja wohl wissen, wie sie aussehen muss. Das hier sind Windbeutel, und ich hasse Windbeutel.«

»So ein Mist«, sagt der Lieferant.

»Aber alle mögen Windbeutel«, sagt der große Hagere, dem ich gern eine reinhauen würde.

Ich gehe vor dem Lieferwagen auf und ab und sage immer wieder:

»Das kann nicht wahr sein.«

»Sind Sie denn nicht Miss Nash?«, fragt der Mann.

»Nein, so heißt keiner hier, wir heißen Hill oder Archer, aber sicher nicht Nash.«

»So ein Mist«, wiederholt er.

»Allerdings.«

Mir bleibt bei dieser Feier aber auch wirklich nichts erspart. Ich will ja kein böses Blut, auch wenn die Umstände es durchaus zuließen, aber auch das hier hat uns Thomas eingebrockt.

Wahrscheinlich bringe ich ihn um.

»Rufen Sie die anderen Zusteller an und fragen Sie, wohin die Lieferung für Hill gegangen ist«, sagt Lena plötzlich in militärischem Ton.

»Was? Wir haben doch ihre Nummer gar nicht«, antwortet der kleine Mann mit Panik im Blick.

»Ihnen ist hoffentlich klar, dass ich Sie nicht fahren lasse, ohne dass wir eine Lösung finden.«

Lenas Stimme ist kälter als die Außentemperatur. Meine künftige Schwiegermutter war wohl in einem früheren Leben Mafiaboss. Ich sehe sie mit ihren Leuten um einen Tisch sitzen, sie mit eisigem Blick anstarren und beim kleinsten Fehler einen Baseballschläger nehmen und den Kopf des armen Kerls einschlagen. Meine Phantasie war schon immer sehr visuell. Viel zu sehr. Zwischen Lena und den Lieferanten findet eine stumme Auseinandersetzung statt. Die Lage ist so angespannt, dass ich kaum atmen kann. Was kann ich noch tun?

Der große Hagere hebt den Arm wie ein Schüler:

»Miss, ich weiß, wie wir es machen können.«

»Hoffen wir mal, dass es wirklich eine gute Idee ist«, sagt Lena mit aller Herablassung, zu der sie fähig ist.

»Wir brauchen doch nur Suzanne anzurufen«, sagt er zu seinem Kompagnon.

»Warum willst du Suzanne anrufen?«

»Was ist … Wer ist Suzanne?«, frage ich halb genervt, halb hoffnungsvoll.

»Das ist eine Telefonistin in unserem Betrieb«, antwortet der Größere.

»Die hat aber nicht die Unterlagen von allen Fahrern«, sagt der andere.

»Aber sie ist nah an denen dran.«

»Ich weiß nicht, was du meinst ... ach so, alles klar.«

»Wie bitte?«

»Suzanne mag die Fahrer gern, deshalb weiß sie vielleicht doch, wo sie alle sind.«

Ich trampele mit den Füßen auf dem Boden herum, aus Ungeduld und vor Kälte.

»Hören Sie, es ist uns egal, ob Ihre Telefonistin alle Lieferanten Englands flachlegt, wir brauchen nur eine Adresse. Und zwar sofort«, fordert Lena.

Einer der Männer zückt schnell sein Telefon und entfernt sich ein paar Schritte, um zu telefonieren. Der andere grinst uns etwas verlegen an. Ein paar Minuten später kommt sein Kollege freudestrahlend zurück, was mich ein wenig beruhigt.

»Also, Sie haben wirklich Glück.«

Unbeschreibliches Glück.

»Heute sind nur zwei mit so großen Lieferungen unterwegs, und ich bin einer von ihnen.«

»Und?«, fragt Lena.

»Der andere liefert hier in der Nähe aus, in Westcott. Suzanne hat seine Nummer nicht, aber er ist zwanzig Minuten nach uns losgefahren, sagt sie. In der Eile haben die Konditoren offenbar die Ware verwechselt. Wir fahren jetzt dahin und erklären ihnen, dass sie hierherkommen müssen.«

»Kommt gar nicht in Frage!«, ruft Lena. »Abgesehen davon, dass Sie unfähig sind, haben Sie nicht den Zustand der Straßen gesehen? Es wird eine Ewigkeit dauern, bis Sie dort ankommen, und sicher sind die anderen wieder nach London gefahren, als sie gemerkt haben, dass sie sich geirrt hatten.

Mein Wagen hat Vierradantrieb und Winterreifen, und ich bin es gewöhnt, bei diesem Wetter zu fahren. Wir sind viel schneller als Sie.«

»Hm, ich weiß nicht ... Sind Sie sicher?«

»Scarlett, kommen Sie?«

Ich schrecke hoch. Lena ist schon fast bei ihrem Auto. Ich stürze los und lasse die beiden Lieferanten und die riesige Windbeutelkreation stehen.

»Sind Sie sicher, dass das eine gute Idee ist?«

»Westcott ist noch kleiner als Shere, wir werden so einen Lieferwagen leicht finden. So eine Bestellung ist sicher für eine große Feier gedacht. Es gibt nicht viele Orte, an denen sich so viele Gäste versammeln können. Es handelt sich doch auch bestimmt nicht um ein Symbol, oder?«

»Nein, es ist kein Symbol.«

»Muss ich mir Gedanken über die Form der Hochzeitstorte machen?«

»Normalerweise nicht.«

Ich spüre ihren kritischen Blick auf mir und sehe starr geradeaus. Es beginnt zu schneien. Hier im Auto mit meiner Schwiegermutter habe ich nicht den Eindruck, dass die nächsten Minuten besonders angenehm werden. Ich beiße die Zähne zusammen. So wie ich es seit zwei Jahren tue, sobald ich mich im selben Raum befinde wie sie. Kaum hatte ich William kennengelernt, da hatte ich es schon mit dieser Eiskönigin zu tun. Nach Schneestürmen, die alle europäischen Flughäfen lahmlegten. Mélie und ich waren Weihnachten bei William, den wir überhaupt nicht kannten, er war so nett, uns einzuladen, damit wir am ersten Weihnachten nach dem

Tod unseres Vaters nicht allein waren. Kaum hatten wir seine Wohnung betreten, da tauchte seine ganze Familie auf, weil es in ihrem Haus in Primrose eine Überschwemmung gegeben hatte. Der Zusammenprall verschiedener sozialer Klassen fand statt, sobald Lena die Schwelle überschritten hatte. Manche Leute, die großen Wert auf ihre Herkunft legen, haben feine Antennen. Man wechselt ein paar Worte, und ein paar Blicke genügen, dass sie erkennen, ob jemand zu ihrem Milieu gehört oder nicht. Meine Eltern haben mich so erzogen, dass ich mich auf jedem Parkett bewegen kann, ich habe die Universität besucht, Architektur studiert und gehe mit Leuten um, die große Vermögen besitzen. Für meine Schwiegermutter aber ist es so, als trüge ich einen roten Fleck auf der Stirn. Den Makel der unteren Kasten, jener Leute, die sich zwischen einem neuen Paar Schuhe und einer Tankfüllung entscheiden müssen. Oder sechs Monate sparen müssen, damit sie zum Weihnachtsessen die besonderen Speisen verzehren können, die es zu dieser Jahreszeit gibt. Ein Milieu, in dem man Ausgehen und Ferien immer von langer Hand planen muss.

Lena gehört zu jenen, die diesen angeborenen Makel sofort entdecken und ihn nicht verzeihen, und wenn man sich noch so viel Mühe gibt. Es ist weniger aus Abscheu als aus ihrer festen Überzeugung, dass sich verschiedene Klassen nicht vermischen sollen. Aus dem zeitlichen Abstand heraus habe ich immer gedacht, William habe damals seine Gefühle für mich genutzt, um mit seiner Mutter Dinge zu regeln, die er bei seiner ersten Ehe nicht geklärt hatte. Ich bin das erste apokalyptische Feuer der Hills gewesen, und es kam auch schnell zum Bruch. An diesem legendären Weihnachtsfest haben die Söhne ihre Heuchelei gegenüber ihrer Mutter aufgegeben, und sie erhielt Vorwürfe von dem einen und erfuhr von der Homosexualität des anderen. Ich war im Auge des Zyklons und löste ungewollt heftige Stürme aus.

Als der Schock vorüber war, begann ein kalter Krieg, auf den ich absolut nicht vorbereitet war. Die Streitigkeiten zogen sich hin, sie waren laut und manchmal flogen Gegenstände durch die Luft, dazu viel Theatralik. Bei den Hills trifft man sich weiterhin und redet auch miteinander, gibt Normalität vor, um Wut und Vorwürfe zu kaschieren. Wenn das gegnerische Feld nicht damit rechnet und weniger wachsam ist, durchdringt ein Strahl des Hasses das Polster der Heuchelei und verfehlt niemals sein Ziel. Man weiß nie, wann und wer den nächsten Schlag ausführt, und noch weniger, wen er trifft. Man kann sich aber einer Sache sicher sein: Er wird immer treffen.

Ich habe versucht, mehr Ehrlichkeit in das Verhältnis von Mutter und Söhnen zu bringen, aber dagegen haben sich William und Thomas immer gewehrt. Mélie sagt, dass es in Familien oft Probleme gibt, die zu weit zurückreichen und zu sehr verstaubt sind, als dass man sie bereinigen könnte. So werden sie ertragen, verborgen, und man nimmt es hin, dass man dem einen oder anderen etwas davon ins Gesicht schleudert. Woher soll ich wissen, was die beste Haltung dazu ist? Alle Familien funktionieren auf ihre Weise, sie lieben, sie hassen, sie sprechen ihre eigene Sprache.

»Hattet ihr denn keine andere Wahl, als ausgerechnet diesen Konditor zu nehmen?«

»Wegen der Seuche und der Weihnachtszeit hatten wir Glück, überhaupt jemanden zu finden.«

Lena schweigt eine Weile und fährt dann fort: »Warum habt ihr mich nicht um Hilfe gebeten? Meine Familie lebt hier seit vielen Jahren, wir haben unsere Verbindungen.«

Jetzt geht es los. Warum ist William nicht in diesem verdammten Auto hier. Ich habe ihn gewählt, nicht seine Mutter.

»Weil ... hm ... ich wollte nicht ...«

Super Scarlett, guter Anfang, sehr deutlich!

»Weil Sie mich nicht mögen«, sagt sie voller Einsicht.

»Mir scheint, das beruht auf Gegenseitigkeit.«

»Nun, ich glaube, Sie sind mir gegenüber feindlicher eingestellt als ich Ihnen gegenüber.«

»Und ich glaube, wenn Sie von künftigen Schwiegertöchtern geträumt haben, waren die vermutlich das genaue Gegenteil von mir. Ich mache Ihnen das nicht zum Vorwurf, wir haben alle unsere Hoffnungen, und wenn die Wirklichkeit dann anders ist, sind wir enttäuscht. Aber wir sind nun bald verwandt miteinander. Deshalb sollten wir uns damit abfinden.«

»Ich habe mich bereits damit abgefunden.«

Ich lache bitter.

»Deshalb haben Sie mir auch diese Abigail aufgedrängt, mit der Sie sich so gut verstehen und die William schöne Augen macht.«

Lena macht ein erstauntes Gesicht. Wenn das gespielt ist, könnte sie im Theater auftreten.

»Haben Sie wirklich gedacht, ich hoffte, William ließe sich von Abigail verführen?«

»Ein solcher Gedanke ist mir tatsächlich durch den Kopf gegangen.«

Sie stößt einen tiefen Seufzer aus, aber was er bedeutet, weiß ich nicht. Traurigkeit, Müdigkeit, Enttäuschung oder alles zusammen?

»Alle glauben, dass ich von meinem Elfenbeinturm die Menschen nicht deutlich genug sehe, um sie kennenzulernen.«

Nein, wir denken, du gehst nicht mal zum Fenster, um sie anzuschauen.

»Ich kenne meine Söhne. Abigail hätte William nie interessieren können.« Nach einer Pause fügt sie hinzu: »Sie ist mir zu ähnlich.«

Höre ich da gerade so etwas wie Entgegenkommen?

»Als er damals Sarah kennenlernte, hatte er Abigail schon abgewiesen, deshalb ist sie auch in die USA gegangen. Das ist natürlich nicht der offizielle Grund. Leute wie sie und ich haben immer zwei Versionen parat.«

»Warum sollte sie dann unbedingt zu unserer Hochzeit kommen?«

»Es ging nicht um Abigail, sondern um ihre Familie. Von außen betrachtet, gelten wir als Leute, die Erfolg hatten, Geld haben und in der Geschäftswelt einen guten Ruf genießen. Das trifft auch zu. Aber niemand weiß, dass hierbei Beziehungen wichtiger sind als Geld. Alles hängt von gegenseitiger Unterstützung ab und von Beistand in mageren Zeiten auf einem unvorhersehbaren Markt. Glauben Sie mir, Abigails Vater hat meinem Mann zahlreiche Dienste geleistet und wird dies bei William sicher auch tun.«

»Warum haben Sie mir das nicht gleich so erklärt? Ich bin durchaus in der Lage, solche Dinge zu verstehen, auch wenn ich aus einer Familie komme, die sich nie Gedanken um ihre Netzwerke machen musste.«

»Sie haben recht, ich hätte es Ihnen sagen sollen.«

»Aber Sie schätzen mich nicht besonders.«

»Ich würde eher sagen, es fällt mir schwer, mich Ihnen gegenüber gut zu benehmen.«

»Lena, gutes Benehmen heißt für mich, aufrichtig zu sein. Seien Sie einfach, wie Sie sind, dann kommen wir auch miteinander aus.«

Sie lächelt leicht resigniert und sagt:

»Da, wo ich herkomme, ist das nicht so einfach.«

»Es hat zwischen uns beiden keinen guten Anfang genommen. Ich bin im Leben Ihres Sohnes, Ihrer beiden Söhne aufgetaucht, und von da an gab es Spannungen. Ich kann verstehen, dass Sie geglaubt haben, die Beziehung zu Ihren Kindern sei durch mich getrübt worden, aber ich versichere Ihnen, dass ich damit nichts zu tun habe. Ich habe wirklich versucht, William beizubringen, Ihnen gegenüber weniger distanziert zu sein. Ich habe meinen Vater verloren und weiß, wie wichtig die Beziehung zu den Eltern ist.«

»Ich weiß, dass Sie nicht daran schuld sind, Scarlett. Ich und meine Mutter sind dafür verantwortlich.«

»Lizzie? Warum Lizzie?«

»Die Leute sehen immer nur ihre exzentrische, warmherzige und lustige Seite. Aber im Alltag muss eine Mutter noch andere Eigenschaften haben, Sinn für Verantwortung, sie muss Entscheidungen treffen und auch nein sagen können, wenn es notwendig ist. Was meiner Mutter zu kompliziert war, hat sie immer anderen überlassen. Ich bin vielleicht weder lustig noch exzentrisch oder warmherzig, aber ich habe damals all die Dinge getan, die getan werden mussten, auch wenn das als Tochter eigentlich nicht meine Aufgabe war.«

In dem grauen Licht hinter der Scheibe voller Schneeflocken erscheint mir Lena plötzlich zerbrechlich und zart. Ich versuche, mir Lizzie als Mutter vorzustellen, und plötzlich verspüre ich Mitleid mit Lena. Wenn Lizzie mit über siebzig noch Space Cakes für ihren Enkel macht, kann ich mir kaum vorstellen, dass sie für ihre Kinder richtigen Kuchen gebacken hat.

»Es tut mir leid, das zu hören.«

»Das braucht es nicht, ich hätte ja die Richtung ändern können. Vielleicht. Ich habe einen Mann geheiratet, der mich sehr liebt und sich, um mir nicht wehzutun, ganz zurückgezogen hat. Ich war zu hart zu meinen Söhnen, das weiß ich, und ich hätte mir gewünscht, dass es mir einer gesagt hätte, bevor es zu spät war.«

»Solange man lebt, ist nie etwas zu spät, Lena.«

Meine zukünftige Schwiegermutter schenkt mir ein außergewöhnlich freundliches Lächeln. Als sie jung war, muss sie wunderbar ausgesehen haben.

»Haben Sie es geschafft, alle Lieferanten und Dienstleister für die Hochzeit zu ersetzen?«

»Ja, außer dem Friseur, aber unter Ihrem kostbaren Diadem und dem Schleier dürfte man wohl von meinem Pferdeschwanz nicht viel sehen.«

Mein Blick verliert sich in der weißen Landschaft, man kann die Felder vom Himmel kaum noch unterscheiden. Ich bemerke plötzlich, dass wir in hohem Tempo fahren und die Fahrweise meiner Schwiegermutter mit der von Rennfahrern mithalten könnte. Ich halte mich reflexartig an einem Griff fest.

»Lena?«

»Ja?«

»Vielleicht sollten Sie ein bisschen langsamer fahren. William und ich haben uns überlegt, dass wir den Tanz eröffnen wollen. Sie sollten Ihren Sohn dazu auffordern, mit Ihnen zu tanzen.«

Ich spüre Lenas Erregung.

»Ich glaube nicht, dass ...«

»Es wäre ein schönes Geschenk für ihn. Ich weiß, wir stehen uns nicht sehr nahe, aber Sie können mir an diesem Punkt vertrauen.«

Sie nickt und ruft dann:

»Sehen Sie mal, das Schild der Konditorei!«

Zwanzig Meter vor uns parkt vor einer Art Festsaal ein Kühlwagen, der geduldig zu warten scheint. Lena nimmt eine scharfe Rechtskurve, und beinahe schlage ich mit dem Kopf gegen die Scheibe. Sie fährt so nah an den Lieferwagen, dass ein Mann, vermutlich einer der Lieferanten, einen Satz zur Seite macht.

Wir steigen aus und gehen auf den armen Mann zu. Eigentlich nur Lena, denn ich bin auf dem verschneiten Boden ausgerutscht und sitze im Schnee.

»Öffnen Sie Ihren Wagen!«, befiehlt sie, als richtete sie sich an ihre Untertanen.

»Was meinen Sie?«, fragt der Mann.

Ich gehe zu ihnen und massiere mir mein Hinterteil.

»Sie haben unsere Torte an Bord!«

»Ach, sind Sie die Hills?«, fragt er. »Ist es eine große Torte?«

»Wollten Sie die Bestellung ausliefern und haben Ihren Irrtum bemerkt?«

»Hey, das war nicht unser Fehler. Ich liefere die Ware dahin, wo man mir sagt, dass ich sie hinliefern soll. Was es ist, darum kümmere ich mich nicht.«

Warum hört es sich an wie ein Dialog aus einem Gangsterfilm?

Er öffnet die Doppeltür hinten am Wagen, und während ich beinahe die himmlischen Trompeten am Himmel erklingen höre, kommt eine prächtige, fünfstöckige Hochzeitstorte zum Vorschein. Kein Dekor, das ich Minderjährigen verbieten müsste, nein, kunstvolle Blumenverzierungen und elegante Schlichtheit halten einander perfekt die Waage.

Lena tritt vor, um besser zu sehen.

»Sie ist großartig, packen Sie alles wieder ein und folgen Sie uns.«

»Was, etwa jetzt?«

»Natürlich jetzt, oder denken Sie, wir wollen diese Hochzeitstorte an Ostern essen.«

Ich muss mir mein Lachen verbeißen. Lena ist gar nicht so humorlos, wie ich dachte.

Der Lieferant lacht nicht. Er ist dem Blick meiner Schwiegermutter begegnet, ein Vorgeschmack der Hölle. Er gehorcht auf der Stelle und verschwindet in seinem Wagen. Wir steigen ebenfalls ein. Lena lässt den Motor ihres dicken Wagens aufheulen, beschwert sich über die Doppelmoral der Ökologen und wendet den Wagen mit einer gefährlichen, rutschigen Drehung. An der nächsten Kurve muss sie jedoch warten. Der Lieferwagen hat nicht die Vorteile eines SUV mit Winterreifen. Und vor allem transportiert er meine Hochzeitstorte.

19

Ich glaube, ich habe erst wieder angefangen zu atmen, als die Torte von Alistairs Leuten sicher im Kühlschrank des Saals untergebracht war.

Genau in dem Moment, in dem die Metalltür zuschlug und den kalten Kuchen einschloss, holte ich tief Luft.

Es ist nichts als Backwerk, Scarlett, entspann dich ...

Nicht die Dinge selbst sind das, was zählt, sondern der Symbolwert, den man ihnen zugesteht. Vielleicht ist es nur eine gekonnte Mischung aus Eiern, Mehl, Zucker und Obst, aber es steht für meine Hochzeit. Würde es zusammenbrechen oder schief werden, würde ich dem einen ganz anderen Sinn geben als eine Unterbrechung der Kühlkette.

Diesen Gedanken vertreiben.

»Ich danke Ihnen, Lena, Sie waren mir eine große Hilfe.«

Meine zukünftige Schwiegermutter hätte jubilieren und ihre Reserve aufgeben können, aber ich kann in ihrem diskreten Lächeln echte Dankbarkeit erkennen.

Während ich wie eine verirrte Seele durch die alte Abtei renne, wird mir klar, dass es hier wirklich nichts mehr zu tun gibt. Die Angestellten sehen mich fragend an. Ich störe sie und auch mich selbst. Ich hole meine Mutter, die ihnen schon auf die Nerven geht, seit wir hier angekommen sind, und wir fahren zusammen nach Hause. Mélie erwartet uns ungeduldig, weil sie und meine Mutter in letzter Minute noch ein paar Einkäufe machen müssen. Als sie wegfahren, wird mir bewusst, dass ich jetzt allein zu Hause bin. Mutterseelenallein. Seit wann ist das nicht mehr vorgekommen? Ich kann es kaum glauben und sehe mich im Haus um. Keiner ist da außer Rhett, der auf dem Bett meiner Mutter schnarcht, und HMS Titanic, der Luftblasen macht. Jemand hat den Weihnachtsbaum und die Lichtergirlanden angestellt, vermutlich Mélie, dann höre ich zu meinem Erstaunen und je näher ich dem Wohnzimmer komme, das Knistern von brennendem Holz im Kamin. Als wir letztes Jahr das Haus besichtigt haben, stellte ich mir vor, dass es darin um Weihnachten herum magisch sein müsste. Von Anfang an habe ich mir vorgestellt, wie es sein würde mit rotem, grünem und goldenem Schmuck mitten auf dem Land, das, wie ich hoffte, ein paar Tage im Jahr tief verschneit sein würde. Ich habe das keinem gesagt, damit man mich nicht für verrückt hält, aber ich wusste, dass ich das Haus im Winter noch mehr lieben würde als im Sommer. Ich habe mich nicht getäuscht.

Was mache ich jetzt eigentlich?

Ich sehe, dass ich noch etwas Zeit habe, bevor die Kosmetikerin kommt und versucht, Wunder zu vollbringen. Ich drehe mich in der Halle um mich selbst, diese Stille macht mich unruhig. Der unbestimmte Eindruck postapokalyptischer Leere überkommt mich. Ich habe das Gefühl, dass irgendwas nicht stimmt. Dabei ist doch alles bestens.

Es läuft ja wirklich alles super!

Zum ersten Mal seit Tagen muss ich mich um keine Katastrophe kümmern. Alle sind da, wo sie sein sollen, und ich muss vor nichts Angst haben. Ein ganz merkwürdiges Gefühl. Ich mache mir einen warmen Kakao und nehme mir einen der vielen von meiner Mutter gebackenen Kekse. Danach lege ich mich in ein Plaid gewickelt und mit warmen Socken in meinen Wintergarten. Ein paar Schneeflocken wirbeln in der Luft und fallen nur ganz langsam zu Boden. So könnte ich tagelang liegen bleiben. William und ich wollen unsere Hochzeitsreise nach Bali machen, aber erst in ein paar Monaten. Wenn die Feier vorbei ist, werden wir ein paar freie Tage in Shere genießen. Ich kann es kaum erwarten, mich hier mit dem Mann meines Lebens aufzuhalten. Es wird kaum anders sein als in den Wochen vor der Hochzeit, und doch werden wir ein Ritual erlebt haben, das Menschen seit Jahrtausenden kennen. Deshalb zählt es schon. Eine Hochzeit ist ein starkes Symbol, und sie prägt ein Leben, teilt es in ein Vorher und ein Nachher.

Seit zwei Jahren frage ich mich, ob Papa mit William einverstanden gewesen wäre, ob er ihn gerngehabt hätte. Im Grunde weiß ich, dass es so ist, doch werde ich es nie genau wissen. Die Menschen, die von uns gehen, hinterlassen uns viele unbeantwortete Fragen. Die Lebenden stellen Fragen und tun Dinge, von denen sie hoffen, dass der Verstorbene darin einen Sinn sieht. Dabei äußern sich die Toten ja nicht. Es gibt Momente im Leben, in denen ihr Schweigen schmerzlicher ist als sonst.

Dem Leben ist dies alles ganz gleichgültig, es setzt seinen Lauf fort und dreht sich nicht nach denen um, die es am Straßenrand zurücklässt. Seit zwei Jahren kenne ich diese Situation, und die beiden Weihnachtsfeste ohne Papa haben ihre Spuren hinterlassen und vieles verändert. Ich habe William getroffen, er hat vorgeschlagen, dass wir heiraten, und jetzt feiern wir Hochzeit.

Alle diese Weihnachten sind für dich, Papa.

Das Klingeln an der Tür reißt mich aus meinen Gedanken. Ich bin noch in mein Plaid gewickelt, als ich die Tür auf- und zugehen höre. Meine Umgebung hat keinen Sinn für Savoir-vivre. Ich setze mich wieder hin und rufe:

»Hier, ich bin im Wintergarten!«

Da taucht auch schon Thomas auf. Ich sehe mir seinen Gesichtsausdruck genau an und suche nach Hinweisen darauf, wie es wohl zwischen ihm und William steht. Haben sie sich versöhnt? Sind sie noch zerstritten? Ich weiß besser als die beiden, wie sehr sie einander brauchen, genau wie Mélie und ich. Geschwister, die in ihrer Kindheit einen Schicksalsschlag erlebt haben, rücken eng zusammen, werden zu einer Einheit, die nur funktioniert, wenn sie vollständig ist. Ich bin ein Teil meiner Schwester geworden, als sie vom Baum fiel und wir monatelang dachten, sie würde nicht mehr aufwachen. Wir haben eine eigene Sprache entwickelt, um zu kommunizieren, auch wenn sie zwischendurch manchmal ganz woanders zu sein scheint. Als Thomas seinen Unfall hatte, einen Teil seiner Sehkraft verloren hat und William die Verantwortung übernahm, haben sie einen Pakt geschlossen, den niemand lösen kann, nicht einmal sie selbst. So gibt man sich ewige Versprechen, schon vor dem Erwachsenenalter und in einer Welt, in der alles noch schwarz oder weiß ist, alles noch zu schaffen ist und in der man sich für unsterblich hält. Wenn man erwachsen ist, ist man zu so wichtigen Versprechen gar nicht mehr in der Lage.

»Hallo«, ruft Thomas in weniger stolzem Ton als sonst.

»Hallo, es gibt Tee und Kuchen, wenn du willst, bediene dich bitte.«

Er macht eine ablehnende Geste und setzt sich mir gegenüber. Er wirkt wie ein kleiner Junge, etwas verlegen und verletzlich. Thomas gehört zu den Leuten, die das Leben nur verstehen, wenn es leuchtet.

Alles, was nicht spektakulär ist, gibt es nicht. Deshalb ist er so gut darin, Events zu organisieren, und so unfähig, wenn es um alltägliche Aufgaben geht. Ich habe immer gedacht, er habe sich das angewöhnt, um Lenas Aufmerksamkeit auf sich zu ziehen und den Druck, den sie auf William ausübte, abzumildern. Er machte Wirbel, um abzulenken, und ließ sich von seinem Bruder beschützen. Ich beschließe, es ihm leicht zu machen.

»Wie geht's?«

Er zuckt die Schultern und antwortet dann:

»Bin ich wirklich so ein furchtbarer Egoist?«

»Wer sagt das?«

»William und so gut wie alle anderen.«

»Das hat er so nicht zu dir gesagt.«

»Woher weißt du das?«

»Ich versuche aus Prinzip, euch auszuspionieren.«

»Ich würde jetzt doch gerne einen Tee haben.«

Thomas geht in die Küche und kommt wieder. Nach ein paar Minuten der Verlegenheit sagt er:

»Ich bin kein schlechter Mensch, aber die meiste Zeit habe ich einfach Angst.«

»Wovor?«

»Vor so ungefähr allem. Ich weiß nicht, woher das kommt, aber ich habe immer Angst. Inzwischen merke ich es gar nicht mehr so, weil es so fest in mir verankert ist, deshalb weiß ich gar nicht mehr, wie es ist, wenn man keine Angst hat. Ich habe Angst, Leute zu verlieren, die ich liebe, sie zu enttäuschen, nicht mehr geliebt zu werden, keine Arbeit mehr zu haben, allein dazustehen. Es hört nie auf.«

Er sitzt in seinem Sessel und wirkt ganz klein, er seufzt und fährt dann fort:

»Will hat recht. Er geht mir damit auf die Nerven, weil er immer in allem recht hat. Wie macht er es nur, so perfekt zu sein?«

»Das ist er nicht, Thomas, und genau das ist es, was das Problem zwischen euch beiden ist. Du projizierst deine Angst auf ihn und denkst, du wirst ihm nie das Wasser reichen können. Stell dir bloß mal vor, was für einen Druck du auf ihn ausübst, wenn du der Meinung bist, in eurer Beziehung muss er weiterhin perfekt sein, und du kannst ruhig Fehler machen.«

»Aber er macht tatsächlich nie Fehler und findet für alles immer eine Lösung.«

»Vielleicht, weil er keine Wahl hatte. Lena und du, ihr erwartet immer, dass er alle Probleme löst. Und ich glaube, lange Zeit hat er diese Heldenrolle geliebt. Aber so etwas kann niemand lange durchhalten, ohne sich selbst zu verlieren. Heute müsst ihr beide eure eigenen Plätze einnehmen.«

»Aber was ist meiner?«

»Du bist mehr wert als die Figur, die du immer spielst, Thomas, und William ist nicht der Heilige, für den du ihn hältst. Ihr müsst offen miteinander reden.«

»Aber ich kann euch nicht verlieren, verstehst du? Mélie, du und William, ihr seid meine wahre Familie. Ich wüsste nicht, was ich ohne euch tun soll. Ich wäre völlig aufgeschmissen. Ich kann den Gedanken, dass das passiert, nicht ertragen. Ich bin nicht so weit, allein klarzukommen.«

Ich beuge mich zu ihm, nehme seine beiden Hände und drücke sie, so fest ich kann.

»Thomas, wenn William nicht mehr mit dir arbeitet, heißt das doch nicht, dass er dich im Stich lässt. Uns verbindet mehr als ein Arbeitsplatz. Macht dir die neue Arbeit deines Bruders zu schaffen?«

»Ja.«

»Mach dir keine Sorgen, du bist Teil von Williams DNA, daran kann auch ein anderer Beruf nichts ändern. Er verlässt die Galerie, aber er verlässt dich nicht.«

»Ich hatte den Eindruck, er gibt auf, weil er mich nicht mehr erträgt.«

»Das habe ich so nicht verstanden, als ich euch belauscht habe. Ich hatte eher den Eindruck, dass er von den Launen der Künstler genug hatte und nicht mehr so viel Zeit und Energie in eine Sache stecken wollte, mit der es bergab geht.«

Ich bin ganz unglücklich wegen der beiden, ich muss sie so weit bringen, dass sie ihre britische Zurückhaltung überwinden und offen miteinander reden.

»Thomas ... Willam braucht dich auch. Ich kenne ihn. Ich weiß, dass er fürchtet, nicht die richtige Entscheidung zu treffen und einen falschen Weg einzuschlagen. Dann muss er noch mit dem Scheitern der Galerie zurechtkommen, und zwar ganz allein. Auch er fürchtet sich vor dem Urteil seiner

Umgebung. Du musst ihm helfen und ihm zeigen, dass du für ihn da bist, so wie er immer für dich da gewesen ist.«

Thomas unterdrückt ein bitteres Lachen.

»Dafür bin ich nicht besonders geeignet. Ich habe eher den Eindruck, wenn ich versuche, Dinge in Ordnung zu bringen, mache ich alles nur schlimmer. Denk nur an Orlando.«

»Orlando ist erwachsen. Du hast ihn zu nichts gezwungen. Es war seine Entscheidung, und wir sind alle verantwortlich für unsere Taten.«

Ich stehe auf und stolpere fast über mein Riesenplaid.

»Genug jetzt, Thomas Hill. Du reißt dich jetzt zusammen und tust das einzig Richtige: Sag deinem Bruder, dass du ihn liebst und immer geliebt hast und für ihn da bist!«

Er sieht mich mit großen Augen an und entgegnet:

»Das ist mir alles ein bisschen zu französisch.«

»Ich habe dich nicht nach deiner Meinung gefragt.«

»Wenn ich ihm so was sage, kriegt er einen Herzstillstand und ich auch. Man darf mit der Nationalität keine Späße treiben.«

»Ihr geht mir so was von auf den Wecker mit eurem schamhaften Getue! Wie spät ist es überhaupt?«

»Beinahe zwölf Uhr.«

»Dann müsste er ja bald hier sein. Sobald er reinkommt, legst du los. Sonst schicke ich dich für einen Monat zu meiner Mutter.«

»Ist ja gut, du brauchst nicht gleich die schwersten Geschütze aufzufahren.«

Manchmal muss man hart sein. Da die Kosmetikerin bald kommt und mir meine Ringe unter den Augen etwas unangenehm sind, mache ich mir noch eine Maske, die fünf Jahre Stress und Müdigkeit verschwinden lässt.

»Wenn du willst, dass es wirklich etwas wird, brauchst du eine Nadel, Botox und einen guten Hautarzt«, bemerkt Thomas.

»Fuck!«

»Gute Idee, aber Orlando ist in der Stadt und kauft sich gerade einen Anzug, den nicht seine Mutter für ihn ausgesucht hat.«

Ich höre die Tür ins Schloss fallen.

»Ich bin's!«, ruft William. »Alles in Ordnung hier? Oder soll ich die Polizei, den Tierarzt oder die Feuerwehr rufen? Wenn du in Gefahr bist, klopf zweimal gegen die Wand!«

»Nein, alles gut hier«, rufe ich vom Wohnzimmer her.

»Im Ernst?«

Ich wische mir mit Hilfe von einem Dutzend Kosmetiktüchern die Maske ab und werfe einen Blick in Williams Richtung. Er kommt gerade vom Friseur und sieht verdammt gut aus.

»William, ich muss mit dir reden«, sagt Thomas in einem harscheren Ton, als er vielleicht beabsichtigt hat.

»Okay«, sagt William mit leichtem Misstrauen.

»Ich ... ich wollte dir nur sagen, dass ich dich liebe, dass ich dich immer geliebt habe und dass du von jetzt an auf mich zählen kannst.«

Will sieht mich fragend an.

»Es gibt vieles, was du nicht weißt und das ich dir längst hätte sagen müssen«, erklärt Thomas, der offenbar nicht mehr aufhören kann zu reden.

»Ich lasse euch dann mal allein.«

Ich verschwinde in der Küche und mache die Tür hinter mir zu.

Dieser Moment gehört nur den beiden, aber ich hoffe, sie können sich so sehen, wie ich sie sehe, und nicht wie sie meinen, dass man sie sehen muss. Die Minuten vergehen, keine lauten Stimmen, keine knallenden Türen. Vielleicht hat sie tatsächlich ein Herzstillstand getroffen, alle beide. Ich nehme mein Telefon und rufe Mélie an.

»Hallo?«

»Mama?«

»Sei nicht überrascht, ich bin bei deiner Schwester.«

»Warum geht sie nicht selbst dran?«

»Sie redet gerade mit diesem trübsinnigen Mann, der da im Empfangssaal war.«

»Alistair?«

»Vielleicht. Ein melancholischer Riese, ein bisschen furchterregend.«

»Das ist Alistair. Was macht er bei euch?«

»Als wir vom Einkaufen zurückkamen, kriegten wir das Auto nicht frei, zu viel Schnee. Ich habe William angerufen, aber da er nicht drangíng, habe ich mich an deinen Schwiegervater gewandt.«

»Du hast die Nummer meines Schwiegervaters?«

»Klar, die hat er mir schon letztes Jahr gegeben.«

»Redet er denn mit dir?«

»Wenn ich ihm eine Frage stelle, ja. Aber mach nicht alles so kompliziert. Also, ich habe ihn gebeten, zu kommen und uns zu helfen, und da kam er mit Williams Onkel und dessen Sohn.«

»Braucht ihr noch lange?«

»Mit drei Männern und einem Problem mit dem Auto kann alles passieren. Sie sind gut beschäftigt. Es ist immer gut, die Männer zu beschäftigen. Du hattest nichts für sie vorgesehen, das war ein Fehler.«

»Okay, aber läuft denn inzwischen alles?«

»Wir trinken einen schönen Kakao, das Fahrzeug hat sich schon ein bisschen bewegt, und Mélie erklärt gerade dem trübsinnigen Mann …«

»Alistair.«

»… warum man keine Bäume fällen soll.«

»Weil die Bäume miteinander reden?«

»Ja, du weißt ja, wie sie ist. Er hört ihr aber sehr aufmerksam zu. Und du, wie geht es dir?«

»Ich glaube, gut.«

Es läutet an der Tür.

»Ich muss Schluss machen, die Kosmetikerin ist da.«

»Sag ihr, du willst aussehen wie Grace Kelly und nicht wie Sophia Lauren.«

»Schön, ich bin mir aber nicht sicher, dass sie die beiden kennt, aber ich versuche, das Ganze etwas zu aktualisieren.«

Ich lege auf und gehe in die Halle. An der Türschwelle steht eine winzige Frau in einem Anzug mit Eidechsenmotiv, mit wilden schwarzen Haaren, die bis zum Hintern reichen, und Fingernägeln, die man irgendwo in der Welt für Stichwaffen halten muss.

»Guten Tag! Kommen Sie bitte herein.«

»Danke, oh, verdammt!«, ruft sie, während sie mich ansieht.

»Was?«

»Das ist verdammt viel Arbeit. Vielleicht habe ich nicht genug Zeug dabei ...«

Ich verzichte auf Tee und Kakao, ich nehme lieber einen Whisky.

20

Wendy, meine neue Kosmetikerin, ist dreiundzwanzig. Sie hängt gerade zwischen zwei Liebesbeziehungen, eine dritte kündigt sich an, falls der Freund ihres besten Freundes auf ihre Avancen reagiert, was nach ihrer persönlichen Statistik eigentlich funktionieren müsste. Sie hat eine Laktoseintoleranz, fürchtet sich vor dicken Menschen, ist der Meinung, dass man ab dreißig mit kosmetischer Chirurgie beginnen muss, weil es sonst zu spät ist. Sie war sehr besorgt um mich, weil ich noch nichts für mein Gesicht getan habe, was bedeutet, dass sie beim Schminken eine Stunde länger brauchen wird. Wendy ist eine Quasselstrippe, und ich frage mich, aus welcher Gegend Englands sie kommt.

»Woher stammen Sie?«

»Aus einem Dorf in Irland.«

Das erklärt alles.

»Als meine Mutter mit meiner Schwester und mir unterm Arm von zu Hause abgehauen ist, wollte sie mit uns weit weg von unserem brutalen Säufervater.«

»Das kann man verstehen.«

»Reden Sie nicht, solange das Peeling einwirkt. Zwinkern Sie einfach mit den Augen, ich verstehe die Leute auch dann, wenn sie nicht sprechen können. Sie haben ein super tolles Haus, alles so schön dekoriert! Wir feiern nicht Weihnachten.«

Ich zwinkere.

»Ja, ich weiß. Aber einmal hat mein brutaler Säufervater meine Mutter mit einem Küchenmesser verfolgt. Sie hatte das Püree zu lange kochen lassen, deswegen ist sie ein bisschen allergisch gegen dieses Fest. Irgendwann wird es vorübergehen. Vorsicht, ich behandele jetzt Ihre Nase ...«

Wendy zieht und rückt an meiner Nase herum und scheint sie abzunehmen, und ich frage mich, was für Hochzeitsfotos das werden sollen mit einer Braut ohne Nase. Ich habe glücklicherweise einen Schleier, den man nach vorne und nach hinten tragen kann.

»Oh«, sagt die junge Frau, nachdem sie den Strip entfernt hat. »Sie sehen eigentlich gut aus, Sie dürfen sich nicht so gehen lassen, sonst haut Ihr Mann noch mit einer wie mir ab. Wir mögen verheiratete Männer.«

»Kann ich eine Narkose haben, bevor Sie mir wieder die Maske aufs Gesicht legen?«

Zu spät.

»Sind Sie Französin?«, fragt sie und legt mir ein neues Tuch auf die Nase. »Franzosen sind Granaten im Bett.«

»Ich weiß nicht so recht, ich habe nicht genug Abstand dazu.«

»Ich sage Ihnen, es ist so. Ich habe genug Kerle verschiedener Nationalität kennengelernt, und ich muss Ihnen sagen, Franzosen, die haben *richtig* Ahnung!«

William kommt ins Badezimmer, in dem mich Wendy schon seit zwanzig Minuten foltert.

»Ich gucke nicht hin«, sagt er und nimmt sich die Schachtel mit den Manschettenknöpfen vom Waschbeckenrand.

»Ist mit Thomas alles okay?«

»Ich glaube schon, ganz sicher bin ich aber nicht ... Er sagt, er *liebt* mich, will für mich da sein und dass es richtig ist, die Galerie aufzugeben. Seiner Meinung nach habe ich was Besseres verdient. Ich verheimliche dir nicht, dass er mir gerade etwas Angst macht. Weißt du, ob Mélie mit ihm gesprochen hat?«

Innerlich muss ich lächeln, sage aber nichts.

»Ich glaube nicht, Mélie ist seit gestern sehr beschäftigt. Ich glaube, du hast einfach so lange darauf gewartet, dass er dir das sagt, dass du es jetzt kaum glauben kannst. Du kannst mich nicht täuschen, du bist wie eine Katze. Wenn man zu deutlich wird, verziehst du das Gesicht, aber im Grunde findest du es wunderbar.«

William antwortet nicht, aber seine blitzenden schwarzen Augen tun es an seiner Stelle. Er ist glücklich, wirklich glücklich wie in dem Moment, als wir uns zum ersten Mal geküsst haben, als wir zum ersten Mal nebeneinander aufgewacht sind. Ich weiß, dass er glücklich ist.

»Brauchst du mich noch, oder kann ich zu meinem Vater gehen und mich dort umziehen?«

»Eigentlich kann jetzt nichts mehr passieren, unser Abonnement von Katastrophen ist ausgeschöpft.«

»Bist du sicher, dass es sich nicht automatisch verlängert?«

»Jetzt geh schon.«

Er beugt sich über mich und küsst meine Stirn, die einzige Stelle ohne Öl und Creme. Sobald er den Raum verlassen hat, stößt Wendy einen bewundernden Pfiff aus.

»Wo haben Sie den denn kennengelernt? Ist das ihr zukünftiger Mann?!«

»Ja.«

»Der ist ja 'ne Wucht!«

»Allerdings.«

»Binden Sie ihn am Bett fest, sonst klaue ich ihn mir irgendwann.«

Du kommst mir nie wieder ins Haus.

»Ich habe schon Handschellen bestellt.«

»Ja, so was machen die Franzosen gerne.«

Nach zwei Stunden ist Wendy der Meinung, sie hätte ihre Mission erfüllt. Sie hat während der Behandlung so viel geredet, dass ich kaum noch weiß, wie ich heiße. Im Spiegel sehe ich mir an, welches Wunder sie vollbracht hat. Es wäre äußerst kleinlich, ihr Talent nicht zu würdigen. Ich habe keine Ringe mehr unter den Augen, einen Pfirsichteint und riesige Bambi-Augen. Sieht man es aus der Ferne, könnte es ganz natürlich aussehen. Ich glaube, ich sehe schön aus. Beinahe könnte ich mir vorstellen, dass sie mit William schlafen darf, wenn ich dafür jeden Tag so aussehen kann.

»Wendy, Sie haben Zauberhände.«

»Ja, ich weiß, das sagen meine Freunde auch. Es wäre gut, wenn Sie während der Feier nicht zu sehr heulen, ich hab zwar alles fixiert, aber man weiß ja nie. Sie haben auch eine leicht fettige Haut, da hält es vielleicht nicht ganz so gut.«

Ich schiebe sie freundlich, aber entschlossen zur Tür, bezahle in bar und gebe ihr ein Trinkgeld für das vollbrachte Wunder.

»Falls Sie mich wieder brauchen, hier ist meine Karte. Und auch die eines Chirurgen, den ich kenne. Er ist genial und hat günstige Preise. Ich schicke alle meine Freundinnen zu ihm, und sie sind begeistert. Sie sind jünger als Sie, aber das ist nur von Vorteil.«

»Ein Chirurg?«

»Ja, für Ihre Nase, er ist ein echter Künstler, und wenn Sie noch Fett absaugen lassen, gibt es Rabatt.«

Gib mir mein Trinkgeld zurück!

Endlich geht sie. Ich folge ihr mit Blicken, um sicher zu sein, dass sie sich wirklich entfernt. Da sehe ich, wie Lena mit ihrem SUV ankommt und ihn im Hof parkt. Niemand hat sie eingeladen. Ich würde gern gelassen reagieren, aber die letzten Tage haben mich ziemlich nervös gemacht. So rechne ich mit dem Schlimmsten. Lena und Wendy treffen aufeinander, zwei Planeten aus zwei Sonnensystemen, für den Bruchteil einer Sekunde scheint das Raum-Zeit-Verhältnis außer Kraft gesetzt. Sie werfen sich einen kurzen Blick zu, und ich wüsste zu gern, was sie übereinander denken.

»Sehr schön«, sagt meine Schwiegermutter, als sie mein Gesicht betrachtet.

»Das ist Wendys Verdienst«, sage ich und zeige auf die junge Frau, die sich auf ihren Zehn-Zentimeter-Absätzen zu ihrem Auto bewegt. »Was gibt's?«

»Ich komme, um Sie zu frisieren. Da Sie ja niemand dafür gefunden haben.«

Ich bin bass erstaunt und weiß nicht, was ich sagen soll.

»Ich glaube, ich kann das genauso gut wie diese …«

»Wendy.«

Wir gehen ins Haus, und erst da sehe ich, dass sie einen kleinen Koffer hinter sich herzieht.

»Lena, das ist eine sehr nette Geste, aber sind Sie sicher, dass Sie das wirklich machen wollen?«

»Natürlich, ich brauche nicht lange dafür.«

Natürlich, denn du bist ja perfekt.

Wir gehen nach oben, und schon wieder bin ich im Badezimmer. Ich wäre in ihrem Beisein gern natürlich und entspannt, aber etwas hindert mich daran, und ich habe es nicht im Griff. Ich glaube, ihre Art ist so anders als meine, dass es ist, als könnte ich einen Schlüssel nicht ins Schloss stecken. Wir sind in fast jeder Hinsicht so verschieden, wie soll da zwischen uns eine Verbindung entstehen? Ich sollte ein Gesprächsthema finden, sonst wird jede Minute eine Ewigkeit dauern.

»Haben Sie ein Foto von der Frisur, die Sie sich vorstellen?«

»Machen Sie es, wie Sie möchten, es wird ganz sicher besser sein als das, was ich zustande bringen würde.«

»Wie finden Sie meine Frisur im Allgemeinen? Sagen Sie es ehrlich.«

»Sie ist immer perfekt. Aber ich glaube, Sie haben dem Teufel Ihre Seele verkauft, dass Ihre Locken immer so gut halten.«

»Das ist Technik und lange Praxis, mit dem Teufel hat das nichts zu tun. Zeigen Sie mir das Foto.«

Ich nehme mein Handy und zeige ihr meine Wunschfrisur.

»Sehr gute Wahl. Mit dem Diadem sieht das sicher hübsch aus.«

»Ich weiß nicht, was ich sagen soll, Lena, es ist sehr nett, dass Sie sich die Zeit nehmen, mir zu helfen.«

Jetzt widmet sie sich der undankbaren Aufgabe, mein Haar durchzukämmen. Sie macht das präziser und sanfter, als ich gedacht hätte. Ich beobachte sie im Badezimmerspiegel genau, kann sie aber nicht durchschauen. Diese Frau ist undurchdringlich. Ich beginne, manche Charakterzüge von William zu verstehen. Nach einer Weile, die mir ziemlich lange vorkommt, sehe ich die Andeutung eines Lächelns auf ihrem Gesicht.

»Ich hätte immer gern eine Tochter gehabt«, sagt sie plötzlich.

»Das wusste ich nicht.«

»Niemand weiß das. Wenn man ein Kind erwartet, sagt man besser nicht, welches Geschlecht man gerne hätte, und begnügt sich mit dem Wunsch, dass es gesund ist.«

So ist es nicht immer. Meine Mutter hat meinem Vater und dem Frauenarzt gedroht, alles stehen und liegen zu lassen, wenn sie einen Jungen bekäme. Zum Glück wurde dann Mélie, ein Mädchen, geboren.

»Ich hatte auch mal ein Mädchen«, sagt sie leiser, »aber es wurde eine Fehlgeburt.«

Warum erzählt sie mir das jetzt?

»Das tut mir leid.«

»Es war vor William, bevor ich seinen Vater kennenlernte. Ich war noch sehr jung. Vielleicht hat mir die Natur damals sogar einen Gefallen getan.«

Ich krame in meiner Erinnerung. Lizzie hat mir mal erzählt, dass Lena einen schweren Liebeskummer hatte, als sie jung war. Offenbar hat der Mann sie im Stich gelassen und ihr das Herz gebrochen. Williams Vater lernte sie bald danach kennen, und nach dem, was Lizzie sagt, hat sie ihn weniger aus wahrer Leidenschaft als aus Vernunft geheiratet. Ihrer Meinung nach ist ihre Tochter deshalb anderen gegenüber so kalt. Ein versehrtes Herz kann nicht gut funktionieren. Ich würde sie gern in den Arm nehmen, aber ich weiß, dass sie das wohl kaum trösten würde.

»Ich nehme an, dass man sich von einem solchen Kummer nie ganz erholt. Aber Sie haben eine schöne Familie, und ich hoffe, dass sie Ihnen hilft, diesen Verlust zu verschmerzen.«

»Danke, dass Sie auf diese Weise der Frage aus dem Weg gehen, ob ich in meiner Ehe glücklich bin«, sagt sie lächelnd.

»Diplomatie ist in der Archer-Familie so gut wie unbekannt. Danke, dass Sie meine Anstrengung bemerkt haben.«

»Sie werden noch lernen, dass alle Familien auf ihre Weise glücklich sind. Glück besteht nicht immer aus Leidenschaft und Wahnsinn, wie meine Mutter meint. Manchmal rührt es von der Überzeugung her, die richtige Wahl getroffen zu haben und da zu sein, wo man sein möchte.«

Ich nehme an, entscheidend ist eher, den Menschen zu finden, der zu uns passt. Je mehr Zeit vergeht, desto mehr Form nimmt meine Frisur an, und ich muss sagen, sie macht das ziemlich gut. Eine schöne Hochfrisur ist entstanden, und mit dem Schleier und dem Diadem wird das sicher sehr gut aussehen. Nach einer Stunde beendet sie ihr Werk.

»Lena, das ist ja wunderbar! Ich weiß nicht, wie ich Ihnen danken soll ...«

»Sie heiraten meinen Sohn, dafür habe ich das gerne gemacht, wir sind sozusagen quitt«, sagt sie mit dem schelmischen Gesichtsausdruck, den ich von William kenne.

Ich hatte bisher nie gemerkt, wie sehr die beiden sich ähnlich sein können.

Da hören wir eine laute, wohlbekannte Stimme, die vom Erdgeschoss nach oben dringt.

»Wir sind wieder da!«, ruft meine Mutter.

»Hier oben!«

Wenige Augenblicke später erscheint meine Familie im Badezimmer, das mir plötzlich viel zu klein vorkommt. Meine Mutter bleibt wie erstarrt stehen. Stille. Sie zuckt nicht mit der Wimper.

»Mama?«

Sie hat einen seltsamen Ausdruck im Gesicht, als sei ein Motor steckengeblieben.

Was ist nur mit ihr?

»Sie ist überwältigt, weil du ganz wunderbar aussiehst«, übersetzt Mélie.

»Ich ... ja ... man erkennt dich kaum wieder, das ist ein echter Schock!«

Ich sage vorwurfsvoll: »Mama!«

»Nein, du bist von Natur aus schön, aber jetzt bist du einfach bezaubernd. Wenn dein Vater dich nur sehen könnte, er wäre so glücklich!«

»Lena hat mir die Frisur gemacht.«

»Sie mögen kalt sein wie Packeis, aber mit einem Kamm umgehen, das können Sie!«

»Ich nehme das mal als Kompliment«, antwortet meine Schwiegermutter ungerührt.

»Und jetzt ... jetzt noch das Kleid!«, ruft meine Mutter. »Mélie, wo ist das Kleid?«

»Ich hole es.«

»Gut, ich gehe dann«, sagt Lena und verlässt das Badezimmer.

»Nein! Bitte bleiben Sie! Sie müssen uns helfen, sie richtig anzuziehen, und sehen, ob alles gut zusammenpasst. Ich habe zwar einen sicheren Geschmack, aber ich glaube, da meine Tochter in Großbritannien heiratet, wäre es gut, dass eine Engländerin dabei ist, um sich das Ergebnis anzusehen.«

Träume ich, oder ist das der Beginn von Friedensverhandlungen zwischen zwei Nationen? Ich habe keine Zeit, länger darüber nachzudenken, denn Mélie bringt schon das Kleid. Ich bin ein bisschen aufgeregt, ich habe es ja erst dreimal angehabt und nie länger als fünf Minuten. Jetzt gehört es mir, und ich kann mich darin bewegen, drehen und tanzen bis in den frühen Morgen. Ich lege meine Sachen ab, ziehe die passenden Dessous an und stelle mich mitten in den Raum. Meine Mutter und Schwester halten mir die Korsage und den weiten Unterrock hin.

»Los, rein mit dir«, befiehlt Mama.

»Warten Sie«, unterbricht Lena sie und legt vorsichtig ein T-Shirt über meinen Kopf, damit kein Make-up an den Stoff kommt.

Ich tauche in mehrere Schichten feinen luftigen Tüll ein. Als ich mit dem Kopf wieder nach draußen komme, spüre ich starken Druck an den Rippen. Meine Mutter bindet meine Korsage, und ich werde leiden wie viele Frauen im Lauf der Geschichte. Lena setzt mir das Diadem auf und befestigt den Schleier. Mélie legt mir das Diamanthalsband um, das ich von meiner Großmutter habe, und die Ohrringe in Form kleiner Goldtropfen. Dann treten meine drei Kammerzofen zurück und sehen sich das Ergebnis an. Mein Herz schlägt heftig.

»Und?«

Meine Mutter zeigt auf den Spiegel. Ich stelle mich genau davor. Ich kann nicht anders, als zu lächeln. Der Schnitt meines Kleides ist eher schlicht. Ein enges Oberteil und ein riesiger Rock aus mehreren Tüllschichten. Das Originelle daran ist, dass das Oberteil mit Swarowski-Kristallen verziert ist. So wirkt es durch die Steine fast wie eine schimmernde Rüstung, während der Rock um so luftiger und märchenhafter aussieht. Ich wollte ein Kleid haben, das an die russischen Ballettkostüme aus *Der Nussknacker* erinnert. Der Traum eines kleinen Mädchens.

In meinem Rücken höre ich ein Schniefen. Meine Mutter hält mühsam einen Schluchzer zurück.

»Ich habe Taschentücher«, erklärt Lena und schaut in ihre Handtasche.

Während sie ihr eins reicht, habe ich den Eindruck, im Augenwinkel der Eiskönigin Tränen zu sehen. Nur Mélie bleibt gleichmütig, sie ist weder hier, noch ist sie anderswo. Sie kommt zu mir und umarmt mich, und als sie sich wieder entfernt, sehe ich, dass sie etwas in der Hand hält. Es ist einer von Papas Lieblingsmanschettenknöpfen, die er immer zu offiziellen Feiern trug. Wir hatten nie viel Geld, aber Papa war ein bisschen eitel und besaß ein paar Schätze. Mélie sieht mich an und schiebt mir den Manschettenknopf ins Dekolletee. Niemand kann es sehen, nur wir beide teilen unser kleines Geheimnis.

21

Es ist so weit. Der Aston Martin, den Winnie ausgeliehen hat, wartet unten im Hof, umwirbelt von Schneeflocken. Ich wollte nicht zusammen mit William fahren. Er hat mein Kleid zwar schon gesehen, aber beim nächsten Mal soll das erst vor dem Altar geschehen. Das mag albern erscheinen, doch wer weiß schon, was albern ist? Ich möchte einen großen Überraschungseffekt, und mit Wendys und Lenas Talent wird mir das gelingen. Der tiefere Sinn eines solchen Kleides ist, dass sich alle Frauen wenigstens einmal im Leben als Königin eines Festes fühlen können. Ich möchte Aufsehen erregen.

Mama und Mélie sind schon vorausgefahren, um die Gäste zu begrüßen. Ich wage mir gar nicht vorzustellen, wie Mama reagiert, wenn sie ihre beiden Töchter Arm in Arm durchs Kirchenschiff gehen sieht. Es wird ihr genau wie uns schwerfallen, sich zwischen der Trauer um das Fehlen dessen, der mich zum Altar führen sollte, und der Freude darüber, dass wir drei alle noch da sind und uns gut verstehen, zu entscheiden.

Ich höre Winnie im Erdgeschoss reden. Mein Chauffeur wird unruhig. Ich gehe mit Hilfe von Orlando die Treppe hinunter. Emma, meine Freundin aus London, die sich um die Tanten und Rhett gekümmert hat, wartet in der Halle auf mich. Winnie öffnet den Mund und kriegt ihn nicht mehr zu. Er ist sprachlos. Ein kleiner Triumph, den ich genieße.

»Du siehst prächtig aus«, erklärt mein Freund warmherzig.

»Danke.«

Schließlich murmelt Winnie etwas, das ich sofort verstehe. Ich hatte mir keine Gedanken gemacht, wie schwierig es ist, ein solches Tüllvolumen in ein so kleines Auto zu kriegen. Er hat recht, wenn ich versuche, in dieses Fahrzeug zu kriechen und auch wieder heraus, sieht das nicht besonders würdevoll aus. Ich will aber nicht das Gesicht verlieren und sage:

»Ich schaffe das.«

»Nein«, seufzt er verärgert.

»Doch, mach die verdammte Tür auf.«

Er zuckt die Schultern und geht zu seinem Aston Martin. Orlando und ich heben meinen riesigen Rock, damit er nicht vom Schnee nass wird. Da ich darunter nichts sehen kann, hoffe ich sehr, dass ich mit meinen feinen Schuhen nicht ausrutsche. Glücklicherweise hat Winnie den Wagen sehr dicht vor dem Haus geparkt.

Als ich vor dem Rücksitz stehe, sind wir alle drei in Verlegenheit.

»Das passt nicht«, sagt Winnie erneut und zieht die Nase hoch.

Er geht mir richtig auf den Wecker.

»Es sieht vielleicht nicht elegant aus, aber am besten wäre, du beugst dich vor und legst dich dann auf den Rücken«, sagt Orlando. »Du musst einfach im Liegen fahren.«

»Okay, ich gehe rein und drehe mich dann um.«

»Pff!«, schnaubt Winnie.

Ich halte die Hände über den Kopf, als wollte ich von einem Dreimeterbrett springen, und spüre, wie sie meinen Rock hochheben, so hoch, dass eisige Luft an meinen Hintern dringt. Ich bin froh, dass keiner aus der Familie dieses schaurige Schauspiel verfolgen kann. Dann lege ich mich auf die Rückbank, wobei ich mir fast an der Tür der anderen Seite den Kopf stoße.

»Bist du drin?«, fragt Orlando durch Unmengen Tüll.

»Das hängt davon ab, was du unter drin verstehst, ich glaube ja, ich drehe mich jetzt … oh Mist, eine Brust ist verschwunden.«

»Wir gucken nicht hin«, sagt Emma.

Ich möchte nicht wissen, was Winnie gerade murmelt.

Wie durch ein Wunder liege ich am Ende auf dem Rücken, die Beine angezogen, der Rock reicht mir weit über den Kopf. Es wird schwer sein, da wieder rauszukommen, auch wenn ich von Würde gar nicht reden will. Na und, ich genieße meinen Sieg und rufe: »Ich hab euch doch gesagt, dass ich reinpasse!«

Der Wagen fährt langsam los. Wegen der Stoßdämpfer habe ich das Gefühl, ich wäre an den Auspuff angebunden und würde über den Boden schleifen. Ich halte das Diadem mit einer Hand fest, während sich die andere an einem Griff festhält, und ich zähle die Sekunden, die mich noch vom Aussteigen trennen. Bei jedem Halt frage ich: »Sind wir schon da?« Lange höre ich keine zufriedenstellende Antwort. Dann endlich:

»Alles okay, wir sind da!«, ruft Orlando.

»Sehr gut, jetzt muss ich hier nur noch rauskommen, ohne meine Selbstachtung zu verlieren.«

Was hab ich von diesem Superschlitten, wenn ich ihn verstecken muss, um auszusteigen.

Winnie brummelt wie üblich vor sich hin, und ich verstehe, dass er hinter der alten Abtei geparkt hat, damit ich erst dann vor den Gästen erscheinen kann, wenn wir vor den Standesbeamten treten, der uns trauen wird. Dank geschickter Verrenkungen, die ich durch Sven, meinen Lehrer für Yoga, Spiritualität, Persönlichkeitsentwicklung und Kartenlegen, kenne, schaffe ich es, wieder auf die Beine zu kommen.

»Passt auf, dass ich mich nirgendwo hinsetzen muss.«

»Keine Sorge, ich habe schon dafür gesorgt, dass du auch im Stehen pinkeln kannst.«

Ich freue mich über die Wärme im Inneren des Gebäudes. Ich gehe in die erste Etage, in der es Konferenzräume und ein paar Zimmer gibt. Ich gehe in eines hinein und warte, dass Mélie kommt, um mich in den Empfangssaal zu begleiten. Meine Mutter ist schon dort und breitet die Arme aus, kaum dass ich da bin. Orlando und Emma gehen zu den anderen Gästen.

»Na, dann wird es wohl gleich so weit sein«, sagt meine Mutter aufgeregt wie ein junges Mädchen bei ihrem ersten Rendezvous.

»Sieht ganz so aus.«

»Wenn man Kinder hat, weiß man, dass dieser Moment irgendwann kommen wird, aber man ist nie genug darauf vorbereitet. Ein komisches Gefühl, dass eins der Babys heiratet.«

»Dir ist aber schon klar, dass ich seit einiger Zeit kein Baby mehr bin?«

»Mach deiner Mutter keinen Kummer, vor allem wenn sie erschüttert ist. Du wirst immer mein Baby bleiben, ist das klar?«

»Okay.«

Never feed the Kraken. Never.

»Auch wenn ...«, sie unterdrückt einen Schluchzer, »auch wenn du so stark bist.«

Ich verziehe das Gesicht.

»Du bist so stark, mein Liebling. Wenn Mélie und ich dich nicht hätten, wüsste ich nicht, wie wir es geschafft hätten, ohne deinen Vater auszukommen.«

Ich lege den Arm um ihre Schultern, sie zittert wie Espenlaub.

Siehst du, Papa, ich kümmere mich gut um sie, wie versprochen.

»Ist ja gut, Mama. Alles ist gut«, sage ich sanft.

»Ich weiß, mein Schatz, nur gibt es Tage, an denen er mir mehr fehlt als sonst. Er hätte dich zum Altar begleitet und wäre so stolz gewesen. Er war immer so stolz auf dich. Ich habe ihm oft gesagt, er soll es dir nicht zu sehr zeigen, sonst würdest du noch eingebildet.«

Meine Mutter und ihre sinnlosen Ängste.

»Und jetzt heiratest du und gründest deine eigene Familie. Hier auf dieser verfluchten Insel, Tausende Kilometer von zu Hause entfernt.«

»Und ich hatte gedacht, du würdest darauf ruhig und gelassen reagieren.«

»Ich habe allen Grund, mich zu beklagen.«

»Mama, als ich in Paris gearbeitet habe, haben wir uns viel seltener gesehen. Hierher kommt ihr jeden Monat, Mélie und du.«

»Trotzdem bist du in fremden Landen. Wenn du jemals fliehen willst, weißt du, dass du zu Hause immer willkommen bist. Auch mit William, ihm würde ich immer Exil gewähren.«

»Er wird froh sein, das zu hören.«

Jemand klopft an die Tür. Mama schnäuzt sich heftig, bevor sie öffnet.

Lizzie, Williams nicht zu bändigende Großmutter, steht in der Tür. Sie kommt eilig herein und schließt die Tür gleich hinter sich. Mit Schalk in den Augen mustert sie mich von Kopf bis Fuß und hat sicher irgendetwas im Sinn.

»Ich konnte es nicht erwarten, dich zu sehen. Da ich alt bin, hat mich keiner daran gehindert, hochzukommen. Es ist wunderbar, alt zu sein.«

Ich glaube, noch nie hat sie jemand in ihrem Leben von ihren Launen abgehalten.

»Wie schön du aussiehst in diesem Kleid! Hier, ich habe dir etwas mitgebracht.«

Sie holt eine Schmuckschatulle aus ihrer Handtasche, in der ein prächtiges Diamantarmband liegt.

»Ein Geschenk von der Person, die ich am meisten geliebt habe. Mein kostbarstes Gut.«

»Das ist ja prachtvoll! Ihr Mann hatte einen beachtlichen Geschmack!«, ruft meine Mutter begeistert.

»Mein Mann? Dieser Sturkopf hätte nicht mal einen alten Brotkrumen von einem Edelstein unterscheiden können. Nein, ich habe es von meiner geliebten Mary, der ganz großen Liebe meines Lebens.«

»Ich ... hm ...«

Ich gebe meiner Mutter ein Zeichen, sich bloß nicht mit Lizzie anzulegen.

»Danke, es ist wunderschön, ich werde während der Feier gut darauf aufpassen.«

»Ich schenke es dir. Diese Steine passen besser auf glatte Haut als auf schrumpeliges Pergament.«

»Lizzie, das ist viel zu kostbar, das kann ich nicht annehmen ...«

»Du weißt, dass es mir ganz egal ist, wenn jemand nein zu mir sagt.«

»Bist du dir sicher, dass du es nicht lieber Lena schenken willst?«

»Ich glaube kaum, dass meine Tochter gern ein Geschenk von der Frau hätte, mit der ich jahrelang ihren Vater betrogen habe. Ich habe aber gefragt, ob sie einverstanden ist, dass ich es dir schenke, und sie hat ja gesagt.«

Wieder klopft es an der Tür. Emma steckt den Kopf herein und sagt: »Alle sind auf ihrem Platz. Du musst kommen, Mélie wartet unten schon auf dich.«

Meine Mutter und Lizzie sehen mich noch einmal liebevoll an und verschwinden dann. Ich hole tief Luft und gönne mir eine Sekunde, um an das zu denken, was ich in den letzten zwei Jahren erlebt habe.

Dann nehme ich den Brautstrauß aus weißen Lilien, der für mich bereitliegt, und gehe vorsichtig die Treppe hinunter. Dieser voluminöse Rock sieht auf einer Schaufensterpuppe wunderschön aus, aber im wahren Leben ist er alles andere als praktisch.

Mein Herz bleibt stehen, und ich halte im Gehen inne. Ein paar Stufen unter mir steht meine Schwester und wartet darauf, mir den Arm zu reichen. Sie trägt nicht das schöne nachtblaue Kleid.

Ach, Mélie ...

Sie hat Papas Lieblingsanzug umarbeiten lassen. Einen Dreiteiler, dunkelgrau mit feinen weißen Streifen. Er zog ihn nur zu wichtigen Gelegenheiten an, aus Angst, ihn zu schnell zu verschleißen. Wir hatten ihn ihm zu seinem sechzigsten Geburtstag geschenkt, den Anzug eines bekannten Couturiers. Er war so stolz, wenn er ihn trug. Jetzt sieht er so aus, als wäre er für Mélie gemacht, und doch ist es der Anzug von Papa. Mir wird die Kehle eng, und mir kommen die Tränen. Mélie reicht mir die Hand, und ich schwebe auf sie zu.

»Jetzt sind wir alle vollzählig«, flüstert sie.

Ist ihr klar, dass dies das schönste Geschenk für mich ist? Ich würde es ihr gerne sagen, aber ich bringe kein Wort heraus.

»Ich weiß«, sagt sie wie immer.

Natürlich weiß sie Bescheid.

Die Musik beginnt, eine alte Ballade von Frank Sinatra, melancholisch und magisch zugleich. Alle Gesichter wenden sich mir zu, vertraute Blicke, und jeder von ihnen erzählt einen Teil meiner Geschichte. Und je weiter ich durch den Saal gehe, desto mehr sage ich mir, sie war nicht schlecht.

Am Ende des Saales steht der Standesbeamte, der uns trauen wird, und rechts von ihm Thomas und William. Als sich unsere Blicke treffen, muss ich lächeln. Als ich bei ihm angekommen bin, sehe ich das Feuer in seinen Augen. Und ich erinnere mich an das, was er mir sagte, bevor er um meine Hand anhielt: »Du bist mein Feuerfunken.« Zu wissen, dass ich am Ursprung seines inneren Feuers beteiligt bin, macht mich froh. Ich sehe ein leichtes Rot auf seinen Wangen. Meine müssen in demselben Zustand sein, denn ich spüre, wie sie warm werden. Wir sind wie zwei Jugendliche, die überrascht sind, sich kennenzulernen. Der Standesbeamte beginnt mit seiner Ansprache, ich höre kaum zu. William und ich wollten selber nichts sagen, denn unsere Liebe, ihre Innerlichkeit und Stärke gehören uns allein. Wir wollen niemand anderen hineinlassen. Was wir uns zu versprechen haben, wird im Geheimnis unserer Umarmungen offenbart und nirgendwo sonst.

Ich sehe, wie sich Worte auf seinen Lippen formen, und schrecke auf, als mir klar wird, dass er gerade gesagt hat: »Ja, ich will.« Ich habe nichts gehört, als wäre die Zeit zwischen William und mir stehengeblieben, zwischen meinem Atem und seinem. Ich wende mich dem Standesbeamten zu, um die Konzentration nicht zu verlieren. Jetzt stellt er mir die berühmte Frage, die das Wesentliche des Rituals zusammenfasst: Will ich ihn den Rest meines Lebens lieben und für ihn sorgen? In guten und in bösen Tagen, zu jeder Zeit? Hier liegt die Magie des Rituals, dass man nach Jahrtausenden der Erfahrung auf diesem Gebiet immer noch sein Herz heftig schlagen hört, wenn man feierlich »Ja, ich will« sagt. Der Applaus sagt mir, dass unsere Verbindung nun offiziell vollzogen ist und wir vor dem Gesetz zusammengehören. Mir wird leicht schwindelig bei der Vorstellung, dass dies bis zum Tod so bleiben wird.

Der Standesbeamte fragt uns, ob wir Ringe tauschen wollen. Das ist doch selbstverständlich. Monatelang habe ich diese Feier vorbereitet, da darf das Prinzessinnenkleid nicht fehlen und auch nicht der passende Ring. William und ich wenden uns Thomas zu, der sich die Augen trocknet und zugleich in der Tasche seines Smokings nach dem Schmuckkästchen sucht. Es ist anrührend, ihn vor Aufregung zittern zu sehen. Er geht einen Schritt auf uns zu, und durch einen Fluch, den nur Satan und Thomas verstehen, stolpert er – nach seinem Ableben wird die Autopsie erweisen, worüber – und lässt das Schmuckkästchen fallen. Die Versammlung ist bass erstaunt. Ich weiß schon, mit welcher Waffe ich ihn zweiteilen werde. William und er kriechen am Boden herum und suchen, aber ich ahne bereits, dass mein Ring nicht aufzufinden ist.

»Heilige Maria Mutter Gottes«, raunt meine Mutter, die kurz vor einer Ohnmacht ist.

Ich habe zwei Worte mit Gott zu reden, gut, dass sie ihn anruft.

»Ich finde ihn nicht«, flüstert William bedauernd.

»Nicht so schlimm, er ist sicher unter einen Sitz gerollt.«

Mélie tippt mir auf die Schulter und reicht mir den Verlobungsring unserer Großmutter, den sie geerbt hat. Wenn ich hier im Saal Feuer lege, werde ich nur sie verschonen. Jetzt können William und ich endlich die Ringe tauschen und uns den ersten Kuss als Ehemann und Ehefrau geben. Voller Liebe und Erleichterung erfreuen wir uns so lange daran, dass irgendwann Thomas auftaucht, der nur noch eine kleine Weile zu leben hat, und uns sagt, für britische Verhältnisse dauere es ein bisschen zu lange.

Während die Trauzeugen den Trauschein unterschreiben, haben meine Mutter und Lizzie den Ort des Verbrechens abgeriegelt und suchen den Boden ab. Ich bemühe mich, mir nichts anmerken zu lassen, damit man mich nicht in zehn Jahren fragt, warum ich auf den Hochzeitsfotos das Gesicht verziehe. Die Minuten ziehen sich in die Länge, und ich sage mir, dass mein schöner Ring in dieser Parallelwelt der Dinge, die man nie wiederfindet, für immer verschwunden ist. Plötzlich taucht eine dunkle Gestalt auf, größer als die anderen, und hebt eine Hand, in der die Edelsteine glitzern.

Alistair.

Alle Gäste stoßen einen Seufzer der Erleichterung aus. Außer Mélie.

Sie wusste ja, dass er den Ring finden würde.

22

Kaum haben wir die Papiere unterschrieben, da beginnt der riesige Tannenbaum in der Mitte des Saales zu leuchten. In den Gesichtern spiegelt sich das Licht der Girlanden. Das erinnert mich an das, was meine Schwester immer sagt: Es gibt eigentlich keine Erwachsenen auf Erden, sondern nur Kinder, die größer geworden sind. Die hellen Gardinen reflektieren das warme Licht der Beleuchtung und alles – Menschen und Dinge – scheint mit Gold überglänzt. Wie es die Tradition will, und einmal bin ich mit ihr einverstanden, stoße ich mit allen Gästen an. Ich bin erstaunt festzustellen, dass unter den ersten Gratulanten mein Schwiegervater ist.

»Ich freue mich sehr, dass du jetzt zur Familie gehörst. Mein Sohn hat großes Glück, dass er dir begegnet ist.«

Habe ich je schon so viele Worte aus seinem Mund gehört? Der Ton seiner Stimme verwirrt mich so, dass ich stammele:

»Ich ... danke.«

»Ich muss dir sagen, dass es auch für mich eine große Freude ist. Nach Thomas hätte ich gern noch versucht, eine Tochter zu bekommen. Leider wollte Lena es nicht. Ich danke dir, dass du es mir jetzt ermöglichst.«

Ich öffne den Mund, aber nichts dringt heraus. Ich lächele nur. Er legt die Hand auf meinen Vorderarm und drückt ihn leicht. Das ist das Höchste, wozu er fähig ist, wenn es um menschliche Nähe geht. Was für ein seltsames Paar sind sie doch, er und Lena. Verheiratet und doch gibt es so viel Unausgesprochenes, Schweigen und Unverständnis. Durch ein Wunder, an das ich nur mit Mühe glauben kann, sind sie immer noch zusammen.

Da ich spüre, dass er alles gegeben hat, entferne ich mich leise. Die Gäste lachen und trinken, und ich möchte mir jedes Gesicht merken. Ich will mich an den Ausbruch von Freude und Heiterkeit erinnern, der den ganzen Saal erfüllt. Die Zeit eilt dahin, und ich würde sie gern festhalten, sie so weit ausdehnen, wie ich kann.

Dann erklingt Musik. Ich weiß nicht, wer sich um den Ablauf des Abends kümmert, doch es ist mir gleichgültig, so perfekt ist alles. Inmitten der Gäste sehe ich zwei schwarze Augen, die ich so sehr liebe. William kommt direkt auf mich zu und zieht mich an sich, der erste Tanz des Abends beginnt. Sinatra singt die ersten Takte von *Fly Me To The Moon*, mein Lieblingslied. Meine Wange an seiner, meine Hand in seiner in dem goldenen Licht, nichts anderes zählt mehr.

»Mein kleines Wunder«, sagt er mir leise ins Ohr.

»Glaubst du das?«

»Sonst wärst du nie in mein Leben gekommen. Ich hatte alles verschlossen und verriegelt. Aber du hast mit mir gesprochen, du hast mich angesehen, und da gaben alle Schlösser nach. Weißt du noch, was ich dir gesagt habe, als ich dich am Flughafen eingeholt habe?«

»Natürlich, du hast gesagt: Schauen wir mal, wohin uns das führt.«

»Ich kann dir heute gestehen, dass es mir völlig egal ist, wohin es uns führt. Hauptsache, wir sind immer zusammen.«

»Immer.«

Er zieht mich noch fester an sich, meine Füße berühren kaum noch den Boden. Ich lege mein Gesicht an seinen Hals.

»Danke, dass du meine Weihnachten so schön machst.«

»Du hast gemerkt, dass alles bis ins Kleinste vorbereitet wurde. Das freut mich.«

»Angeber!«

»Gerade genug, um sexy zu bleiben.«

Er lässt mich mehrmals um mich selbst drehen, ich verliere fast das Gleichgewicht. Sobald ich zu Hause bin, werde ich meine Schuhe wegwerfen! Um uns herum sammeln sich weitere Paare, und ich sehe Lena auf uns zukommen. Ich lächele. Offenbar hat die Eiskönigin auf mich gehört. Ich trenne mich von William, der ganz überrascht ist. Ich gebe ihm ein Zeichen, sich umzudrehen. Als er sich seiner Mutter gegenübersieht, ist er erstaunt und eher zurückhaltend. Lena fordert ihren Sohn zum Tanz auf, indem sie die Arme ausbreitet. Ihre sonst so flüssigen und eleganten Bewegungen wirken etwas unsicher. William zögert, doch ich ermutige ihn leise. Schließlich lässt er sich darauf ein und tanzt mit ihr. Ich entferne mich ein Stückchen, auch wenn ich gern wüsste, was sie sich zu sagen haben.

Vermutlich werden sie sich gar nichts zu sagen haben.

Hinter mir steht Mélie reglos am Rand der Tanzfläche. Ich habe nie jemanden gesehen, der so wenig Sinn für Musik und fürs Tanzen hat. Ich nähere mich ihr, nehme ihre Hände und mache ein paar Schritte mit ihr. Es ist, als hätte ich es mit einer Marionette zu tun. So wenig Rhythmusgefühl hat sie. Ich muss furchtbar lachen.

»Du siehst toll aus in Papas Anzug. Danke dafür.«

»Ich ziehe das blaue Kleid dann auf der Hochzeit von Thomas und Orlando an.«

»Meinst du nicht, das ist ein bisschen früh?«

»Nein.«

Ich sehe sie an.

»Meinst du das ernst?«

»Keine Sorge, du hast Zeit genug, dir ein schönes Kleid auszusuchen.«

Ich rolle mit den Augen.

»Es geht also in der Familie immer weiter. Wo wir schon bei Vorhersagen sind. Hast du mir noch etwas anderes anzukündigen?«

»Nein.«

»Na schön, würdest du mir sagen, wenn es im Verhältnis zum schwarzen Ritter Neues gäbe?«

»Ja.«

Mehr kann ich meiner Schwester nicht entlocken. Sie öffnet und verschließt sich, wie es ihr passt. So sind ihre Spielregeln.

Das Fest dauert bis spät in die Nacht. Wir tanzen und unterhalten uns an den Tischen. Weder William noch ich werden von den üblichen Reden unserer Verwandten und Freunde verschont, die uns loben und preisen, aber auch ein bisschen sticheln. Das ist ihr gutes Recht, ich habe ihnen ja auch die Windbeutel vorenthalten.

Gegen fünf Uhr morgens tut mir alles weh. Die Gäste sind immer noch voller Energie, aber ich wünsche mir nur eins. Die Korsage lösen und feststellen, ob meine Organe noch funktionieren. William sieht mir mein Unwohlsein offenbar an, denn er kommt und fragt, ob ich mich zurückziehen will.

»Mein ritterlicher Held!«

»Dabei habe ich nicht mal einen Umhang an.«

Wir sagen nun allen, dass wir gehen wollen und dass der Letzte, der den Saal verlässt, das Licht löschen soll. Wir verlassen die Abtei unter Applaus und spöttischen Bemerkungen. Wenn jemand von ihnen stundenlang eine solche Korsage ertragen hat, sprechen wir uns wieder.

Winnie dient uns wieder als Chauffeur, er ist treu auf seinem Posten, trotz der Musik und der Feier. Ich tauche wieder mit dem Kopf zuerst ins Auto, worauf William in lautes Lachen ausbricht.

»Ich möchte dich mal dabei sehen«, schimpfe ich.

»Ich habe dazu kein Talent, mein Liebling.«

Nachdem auch William sich in den Wagen gequetscht hat, fahren wir los.

Es hat aufgehört zu schneien, in weniger als zwei Stunden wird der Schnee im rötlichen Morgenlicht glitzern, und ich werde in den Armen des Mannes, den ich liebe, einschlafen. Wenn ich dann die Augen wieder öffne, packen wir im Beisein der Familie unsere Geschenke aus.

Plötzlich spüre ich, wie der Wagen ins Rutschen gerät. William verzieht das Gesicht.

»Winnie, was ist?«, fragt er beunruhigt.

Der Wagen wird langsamer und bewegt sich nach links, Winnie versucht gegenzusteuern. Es ist vergeblich. Das Auto gleitet langsam auf den Graben zwischen Feld und Straße zu.

»Ooops!«, brummt unser Chauffeur.

»Winnie, willst du jetzt sagen, das wir feststecken?«, fragt William.

Winnie murmelt etwas Unverständliches.

William und ich tauschen einen Blick und fangen an zu kichern. Mein frischgebackener Ehemann ruft den Abschleppdienst, ich schicke Thomas eine Nachricht, er möge eine gute Seele finden, die uns nach Hause bringt.

»Liebling, ich glaube, wir sollten daraus die richtigen Schlüsse ziehen«, sagt er todernst.

»Einverstanden. Wir werden nie mehr im Winter heiraten und überlegen uns zweimal, ob wir die Hochzeitsreise bis ans andere Ende des Planeten machen.«

William lacht, dann zieht er mich an sich. Die Lippen an meinem Ohr flüstert er:

»Frohe Weihnachten, meine Liebste.«

Perfekter hätte es nicht sein können. An diesem Sonntagmorgen, dem 25. Dezember. Dem ersten Weihnachtstag.

Weihnachtsengel gehören zum Fest einfach dazu!

Ute Scharmann
Ein Engel für Weihnachten

Roman

Piper Taschenbuch, 336 Seiten
ISBN 978-3-492-31941-6

Kiel 1979: Albertine Hollmann steckt mitten in den Weihnachtsvorbereitungen, die Familie hat sich angekündigt. Da erreicht sie ein Brief: Grete Wendt ist verstorben. Berti ist geschockt, war Grete doch Freundin, Mentorin und Vorbild. 1919, als Siebzehnjährige, hatte Berti in der Manufaktur Wendt & Kühn im Erzgebirge ihre erste Stelle gefunden. Die Herstellung der liebevoll in Handarbeit bemalten Holzfiguren prägte die ganze Region. Bertie konnte ihr Talent entfalten – bis die Stürme der Geschichte ihr Leben für immer veränderten.

Leseproben, E-Books und mehr unter www.piper.de